HOUTEI YUGI

Ritsuto Igarashi
五十嵐律人

法庭遊戲

目次

第一部　無辜遊戲

無辜【ㄨˊ ㄍㄨ】
辜即是罪。無辜指的是無罪，或是無罪之人。

○

1

站在老舊的木門前，握住金屬門把。

我不記得自己曾經走進這扇門多少次，但我每次打開模擬法庭的門都有一點緊張，這一定是某種下意識的戒備吧。

與其說是寂靜，更像是無聲。室內安靜得彷彿連空氣都不肯流動。

這裡雖然只是模擬法庭，但設備和格局都和真正的法庭一樣。

旁聽席是整齊的三排座位，每排十張椅子，目前空無一人。

有一道木柵欄擋在旁聽者和參加者之間。這木柵欄輕輕一推就能推開，但是沒有決心和資格的人絕對無法跨進這條界線。

左右對稱的當事人席位設置在房間前方，那裡也沒有坐人。

也就是說，現在房間裡沒人在……並非如此。

法都大學法科大學院的模擬法庭裡坐著結城馨。我來這裡就是為了見他，我想請身為審判者的馨幫我審判某個人。

他用長長瀏海下的細長眼睛俯瞰著站在旁聽席的我。

「……是正義啊。真是稀客呢。」

我的名字是久我清義，發音是Kiyoyoshi，因為念起來很拗口，所以很少人叫我的本名。說不定還有同學以為正義才是我的本名。（註1）

「馨，我要申請開庭。」

「什麼罪？」馨百無聊賴地撐著臉頰問道。

「有人在自習室的桌子裡塞傳單，揭發我的往事。」

「喔……？那就是公然侮辱或妨害名譽吧。」

馨靠在椅背上，手指輕敲桌面。

「這次我會邀請來賓旁聽。幾分鐘後開庭？」

「三十分鐘後吧。敗訴者的懲罰到時再想。」

罪與罰。如此一來，無辜遊戲的提告就完成了。

倦怠的審判者，空蕩蕩的作證發言臺，沉默的模擬法庭。

等到無辜遊戲開始以後，這一切都會變得截然不同。

1　「清義」也可以讀作「seigi」，音同日文的「正義」。

2

三十分鐘後，旁聽者坐滿了三分之二的旁聽席。法都大學法科大學院的最高學年有二十一位學生，我和馨在木柵欄內側，其他十九人坐在旁聽席。最後方的那人坐在離門口最近的座位，蹺著二郎腿望向法官席。

「正義，你說的來賓就是奈倉老師啊？」

法官席上的馨向我問道，他看起來不怎麼驚訝。

「因為老師說過想要參觀。沒關係吧？」

「是沒關係啦，不過看學生扮家家酒只是在浪費時間。」

專攻刑法的年輕副教授面露微笑。

「你太謙虛了，我聽說這是很專業的模擬遊戲喔。如果我覺得無聊就會自行離席，你們不需要在意我。」

「這可不行。」

「難道無辜遊戲是只有自己人才能享受的非公開遊戲嗎？」

副教授開了個很有法學風格的玩笑，但馨沒有笑。

「這是遵循憲法規定而舉行的公開法庭，任何人都能旁聽。我剛才那句話的意思是說我不能把老師視為無物。難得老師特地來旁聽，所以我必須向您好好說明。」

「那就讓我好好見習一下吧。對了，那件法袍是審判者的服裝嗎？」

「可以這麼說。」

馨身上披著一件漆黑的法袍，像是穿著開襟衫。

馨在進行無辜遊戲時都會穿上法官開庭時的制服，我們早就看習慣了，不過奈倉老師看見平時很少說話的學生帶著毅然表情朝自己望來，當然會感到疑惑。

「那就立刻開始吧。告訴人請站上作證發言臺。」

這是我第一次以告訴人的身分參加無辜遊戲，我的心狂跳個不停。

「你的名字和學號是？」

「久我清義，Y8JB1109。」

在形式上必須先問這個問題，為了確認告訴人是法都大學法科大學院的學生。

「你了解規則嗎？」

「當然。」

「我還是再解釋一次吧。」

或許是因為奈倉老師來旁聽，馨流暢地說起了平時不會做的解釋。

「告訴人要先說出自己遭受的損害是觸犯了什麼罪，然後提出所需的證據，並指認犯罪者。如果審判者的心證和告訴人一致，被告就要接受懲罰。若是不一致，告訴人則會因為誣告無辜之人而受到懲罰。」

無辜指的是沒有犯罪的人。無辜遊戲的關鍵所在，就是告訴人所指控的罪犯是否被判為無辜、得到救濟。

「告訴人也有可能受到懲罰？」奈倉老師在旁聽席上問道。

「這畢竟是遊戲嘛，如果不是雙方都有機會受罰，就太不公平了。正義，沒問題吧？」

「我是同意這規則才提出告訴的。」我立刻回答。

「或許正在旁聽席裡的罪犯……沒問題吧？」

旁聽席沒有人起身走進法庭。

罪犯若在此時站出來表明不同意，就等於承認自己犯罪。這麼一來罪犯即使沒有受到無辜遊戲的懲罰，也逃不過法科大學院這個封閉社群裡的制裁。

「告訴人請提出指控的罪名。」

「好的……」

「正義，傳單的內容是真的嗎？」

旁聽席裡有人起鬨。我不用回頭就知道那句話是誰說的。

八代公平。沒人比他更愛無辜遊戲了。他並不是對我懷有敵意，而是想要炒熱法庭的氣氛。馨不是會提醒旁聽者肅靜的那種親切的審判者，如果鬧到不可收拾，他就會直接宣布休庭，把旁聽者趕出去。

「是真的又怎麼樣？」

我緩緩回頭，望向坐在旁聽席中央的公平。

「這個嘛，那我以後就要避免惹你不高興了。」

一旁傳來了笑聲。看來公平沒有正確地理解我問這句話的用意。

「散播那些事會損害我在社會上的評價，就算內容被證實是真的，我的名譽也不會恢復到原本的程度。光是證明內容真實，還不足以推翻妨害名譽罪喔，你先把刑法讀熟一點再來起鬨吧。」

公平愣了幾秒鐘。

「不愧是優等生。打斷你們真是抱歉。」

我繼續走向作證發言臺，途中和坐在門邊的織本美鈴四目交會。美鈴狠狠地瞪著我，她一定很氣我擅自提出告訴吧。

我有什麼辦法？我在心中喃喃說道。

為了恢復安穩的生活，我非得抓出凶手不可。

這不只是為了我，也是為了美鈴。

3

好啦，我該從哪裡說起呢？

沒有在這裡說出來的事不會被納入審判的考量，所以我應該要詳細地敘述事情經過，可是連枝微末節都說出來又會模糊焦點，讓擔任審判者的馨更難做事。

就從我走進自習室的時候說起吧。我做出了這個結論。

今天第一堂課是刑事訴訟法，接下來兩堂都是空堂。法科大學院的學生如果遇上空堂，通常會待在自習室，直到下一堂課開始。自習室有各人專屬的桌椅，而且二十四小時開放，想在這裡徹夜讀書也不成問題。

不過，實際的使用情況和理想相去甚遠。滑手機或午睡並不會影響他人，所以在自習室做這些事也沒關係，但後來還會有人用電腦看影片卻不戴耳機，或是大聲聊天，所以在這裡根本沒辦法專心讀書。

吊車尾的法科大學院——這是一般人給法都大學法科大學院貼上的可悲標籤。

我刷門禁卡走進自習室，然後嘆了一口氣。

「快把下週聚餐的問卷交上來啦。」

「是星期三嗎？」

「星期二啦。晚上六點集合。拱廊商店街底端那間店。」

「又是那裡啊。多少錢？」

「三千圓。赴償債務。」（註2）

「赴償債務？喔喔，要先付錢給總召啊？」

耳中聽到的都是這種無聊對話。

這五年來，法都大學法科大學院沒有任何畢業生通過司法考試。司法考試確實很難考，但這麼少人考上還是很不尋常。不過，若是聽到學生的對話，就會覺得這種結果非常合理。我把耳機塞進耳朵，遮蔽周遭的雜音。

做完憲法題庫之後，我注意到桌上出現一張印著聚餐資訊的傳單，我隨便掃過一眼，突然想起奈倉老師要找我說話。

從十一點十五分到十一點三十分，我大約離開了自習室十五分鐘。這十五分鐘就是鎖

2　債務可依照清償地點分成「赴償之債」、「往取之債」、「送交之債」三種類型，須在債權人住所地清償的債務即是「赴償之債」。

定罪犯作案時間的關鍵。

我離開二樓的自習室，去敲三樓研究室的門。

「我遲到了。」

「喔喔……是久我啊。突然叫你過來真抱歉。」

這個房間不算小，但是雜亂地堆滿了大量專門書籍，所以只剩一點點空間能走路。我們在房間中央的待客區相對而坐。

「老師找我有什麼事？」

「我不是要訓話，正好相反。校方交代我說明年一定要有人考上，所以我把看起來比較有希望的學生找來談話。」

「老師說話真直接。」我忍不住笑了。

「反正我是要誇獎你，直接一點也無妨。順帶一提，我覺得有希望的學生只有你和織本。其他人就沒什麼好談的了，別說是司法考試了，他們能不能在我的課堂上拿到學分都很難說。」

奈倉老師這麼年輕就當上副教授，可見是個很聰明的人，他說起話來一點都不客套含蓄，大概是覺得沒必要顧慮別人的心情吧。

「老師在我們這一屆開的課只有模擬審判嗎？」

我們再過不久就要畢業了，所以剩下的課程不多。三月畢業，五月就是司法考試，必須多給學生一些看書的時間。

「你擔任律師時駁倒檢察官，把模擬審判的程序都打亂了。那次很精采呢。」

「我已經在反省了。」
「沒關係，那就是律師的工作嘛。擔任檢察官的是誰啊……」
「是賢二。」
當時賢二急到臉紅脖子粗，他本來還想硬扯一些破綻百出的論點，結果被老師喊停了。
「喔，是藤方啊。你平時一向冷靜，為什麼那次會跟藤方槓上呢？」
「因為他的論點太不合理了，我實在忍不住。」
「我還以為是因為被告是織本，你才會那麼拚命。」
「美鈴？跟她無關啦。」
我不希望老師再問下去，趕緊換個話題。
「剛才老師提到有希望的學生，馨根本是另一個次元呢。」
「你說結城啊……我真不明白他為什麼要來讀這間學校。」
「我也搞不懂。」
很驚人地，馨已經考上司法考試了。只有一條捷徑能讓人不經過法科大學院就能獲得考試資格，馨竟能通過那條充滿荊棘的道路。
「你應該也考得上合格率更高的學校啊。」
「我可不敢跟馨相提並論，而且我考慮的條件只有學費。」
「你是拿全額獎學金的特別優待生吧？唔……今後也要保持下去，繼續加油。」
「我知道了。我可以走了嗎？」
我才剛站起來，奈倉老師像是突然想到似地說道：

「對了，你們好像常玩一種有趣的遊戲。」

老師丟出了我意想不到的話題。

「呃……老師是說無辜遊戲嗎？」

「是啊。我本來以為那只是學生之間流行的無聊遊戲，但是聽說結城和你都會參加，我就很有興趣。那是怎樣的遊戲呢？」

「我不太會解釋。」

「那我可以去看看嗎？」

「老師要看無辜遊戲？可以是可以啦，但我不知道下一次是什麼時候喔。」

我非常驚訝，沒想到老師會這麼有興趣。

「我會耐心等待的。」

談話結束，我剛走進自習室，所有人就同時朝我看過來。我察覺到氣氛不太對勁，但我很快就知道自己受到矚目的原因了。

坐在隔壁的美鈴拿著一張紙，抬頭看著我，我還記得她當時的眼神充滿了困惑和譴責。她手上的紙張印了兩張照片和簡短的字句。

「那是什麼……」我不自覺地喃喃說道。

美鈴沒有回答。我們早就說好在法科大學院裡不跟彼此說話。我伸手把美鈴手中的紙張一把搶過來。

那是A4尺寸、摸起來很光滑的高級紙張，上半部和下半部以相同的排版各印著一張照片。我一看到那兩張照片，頓時驚得面無血色。

第一張是在刻著「櫸樹之家」的招牌前拍攝的合照，中間有位穿制服的男生被圈起來，一旁寫上「久我清義」。從建築物的名稱和外觀可以看出這是一所兒少安置教養機構，看到第二張照片就更能確定了。

第二張照片似乎是用微距攝影拍下來的剪報。

『兒少安置教養機構「櫸樹之家」院長（48歲）胸部被刀刺傷，高中一年級的院生（16歲）因傷害嫌疑遭到逮捕。警方表示少年已經承認罪行。』

這篇報導只有短短幾行字，但那些內容我完全記得。法務教官和調查官一再逼我面對事實。那是我過去犯下的罪。

割開皮膚的觸感，流出的鮮血，少女的尖叫……

報導中沒有提到少年的姓名，但是兩張照片裡的機構名稱相同，可以輕易推論出那個犯罪的十六歲少年就是久我清義。

最下面寫著一句「實行扭曲正義的人有資格成為法律人士嗎？」，還加上天秤的圖案。

我大致了解狀況了，有人對我設下了一局無辜遊戲。

無辜遊戲的規則很多，關於加害者的規則有兩條，那就是犯下違反刑罰法規的罪行，以及留下天秤的標誌。此人在不特定多數人的桌子裡塞了損害我名譽的傳單，最後還加上天秤圖案，所以兩個條件都滿足了。

受害者可以選擇的路有三條，第一是告狀，第二是忍氣吞聲，第三是接受遊戲。告狀的意思是把這件事告上教務處或警察局，可是一句輕描淡寫的「只不過是遊戲」就能令正當的解決途徑淪為懦弱的選項。

此人犯下的罪是妨害名譽，因為公布我過去犯下的傷害案會降低我的社會評價。老實說，我大可不計較此人揭穿我過去犯的罪，反正我又不在乎別人對我的評價，而且那件事在我的心中早就處理完了。

我不能原諒的是那人公開了我們在機構裡拍的合照。拿到這張照片的人是誰？目的是什麼？根據不同的答案，有可能會演變成最壞的事態。

這不光是我一個人的問題，就連美鈴都有可能被拖下水，所以我也不能選擇忍氣吞聲。不講理的三個選項之中有兩個被刪去了，我能做的只有接受遊戲。

4

「這就是我要請你審判的罪。」

我大概花了十分鐘敘述自己發現這張紙的經過。當然，我跟奈倉老師對話的內容幾乎全都省略了，如果告訴大家老師覺得有望通過司法考試的學生只有我和美鈴兩個人，搞不好會引發暴動。

馨一如既往，默默地聆聽我這告訴人的說明。

「你要提調證據嗎？」

這是馨聽完我說明之後的第一句話。指出罪名之後是提調證據，這道程序是要藉著告訴人提供的證據來分辨事件的真相。

「我在自習室拿到的紙張是物證。此外，我要請坐在我隔壁座位的織本美鈴作為人證。」

「物證的立證意旨是？」

立證意旨指的是我想藉由這項證據來證明什麼。

「犯行型態和受害程度等等。」

「那人證呢？」

「發現物證紙張的經過和鎖定罪犯身分等等。」

「我知道了。請呈交物證。」

我離開作證發言臺，走向法官席。

「我等一下還要拿來詢問證人，看過之後可以還給我嗎？」

馨接過紙張，用右手拿在臉前晃了一下。

「嗯，我看完了。」

「你仔細看過了嗎？」

「只要知道是一些無聊的內容就夠了。」

馨不到一分鐘就把紙張還給我。他從法袍袖口露出的手腕纖細到很不健康。

「證人請到臺前。」

依照馨的要求，美鈴走進木柵欄。我讓出作證發言臺，走到面向法官席左手邊的當事人席。在刑事法庭上，這個地方是檢察官的座位。告訴人的角色類似擁有追訴權的檢察官，不只是受害者，還要負責追訴。

站在作證發言臺的美鈴筆直望向法官席。我已經說過我找她當證人是因為她的座位在我旁邊，但她顯然很不高興自己被找來作證。

「姓名和學號？」

「織本美鈴。Y8JB1108。」

學號依照五十音的順序排列，因為法科大學院的學生很少，所以織本和久我的學號是相鄰的。

「妳了解詢問證人的規則吧？」

「嗯，我了解。」

「這次有奈倉老師來旁聽，所以我還是再確認一次。第一條規則是證人不能說謊，除非……」

「除非是為了避免揭穿自己的罪行。」

美鈴幫馨把後半句說完了。

「沒錯。再來是證人對於告訴人的詢問只能表示肯定或否定，而且回答時不能擅自揣測詢問的意圖。如果告訴人問妳『今天是晴天嗎？』，但這天是陰天，就算妳知道對方其實是要確認『今天沒有下雨』也得回答『不是』。」

「我了解。」

「最後一點，告訴人問完，輪到我這個審判者詢問時，妳可以不受限制地回答，但是關於說謊的規定還是和告訴人詢問的時候一樣。」

奈倉老師此時提出一個問題，彷彿事先早有準備。

「證人有沒有說謊是結城來判斷的嗎？」

「我哪有辦法看出來？」馨笑了。

「可是規則不是禁止說謊嗎？」

「實際的刑事法庭也不容許作偽證，難道證人接受詢問時都要用測謊儀嗎？」

「所以這只是藉著告知罰則來遏阻偽證吧？打斷你們真是抱歉。」

如同馨的說明，無辜遊戲規定詢問證人不能要求對方回答「是」或「不是」以外的答案，如果要領不好，或許會問不出任何證詞。

重頭戲要開始了。我走向作證發言臺，把那張傳單放在桌上。

「妳看過這張紙嗎？」

美鈴看到機構和剪報的照片，眉毛顫抖了一下。

「看過。」

「這張紙是在妳的桌子裡找到的，自習室的其他人也拿到了同樣的傳單嗎？」

「是的。」

「我要確認妳在案發前後的行動。第一堂課結束後，妳就立刻去了自習室嗎？」

馨看見美鈴答不上來，就說：

「剛才那個問題太籠統了，每個人對『立刻』的定義不一樣。」

「我知道了。我收回那個問題。」

如果問得不適當，審判者就會糾正當事人。

「我走進自習室時，妳已經坐在座位上了嗎？」

「我記得是這樣。」

「直到我看見放在妳桌子裡的那張紙為止，妳都沒有離開過座位嗎？」

「沒有。」

和我想的一樣。要揪出這件案子的主謀並不難，因為自習室裡應該有人目睹了犯行。聽到美鈴剛才的回答，我很確定她就是目擊者。

法都大學法科大學院的自習室是二十四小時開放的，如果主謀是半夜跑來發傳單，就沒機會找到目擊者了，但我第一堂課下課後來到自習室時並沒有看到這些傳單，可見這些傳單是在我去找奈倉老師談話時散布的，沒有離開過座位的美鈴一定目睹了作案的時刻。

如果下一個問題得到她的肯定，接下來交給馨就好了，到時就能問出主謀的名字。

「有人趁我去奈倉老師研究室的時候把那張紙塞進妳的桌子裡嗎？」

「不，沒有。」

哎呀？是時間範圍定義得不夠詳細嗎？

「我指的是……從我離開自習室到我回來為止的這段時間。」

「我的回答還是一樣。沒有。」

怪了。我對作案時間的推論應該沒錯啊……

為了慎重起見，我也來確認一下另一個可能性吧。

「妳進入自習室時，那張紙已經在妳的桌子裡了嗎？」

「不，沒有。」

我在旁聽席上參觀過無辜遊戲好幾次，所以我知道應該聽到證人回答「是」卻聽到「不是」的時候要先懷疑什麼。

證人在說謊。這也代表著證人就是凶手。

在我去研究室的期間在自習室裡的所有人都可以找來當證人，唯一不能找的就是容許說謊的真凶。正是因為這樣，我才會不顧美鈴的排斥而選她當證人。

我告誡自己冷靜一點。如果證人不是美鈴，我一定會受到迷惑。

「這張傳單是我在自習室的時候發下來的，對吧？」

這是我最先刪掉的猜測，但現在只剩這個可能性了。

「嗯，是的。」

果然是這樣。旁聽席傳來竊竊私語。他們應該也知道答案。

話雖如此，問題還是沒有解決，因為這樣只能歸納出詭異的結論──傳單是我在場的時候發下來的，而我卻沒有注意到。

我無意識地出力，放在作證發言臺上的紙張黏住我的右手掌，我一抬手，紙也跟著浮起來。我本來以為紙是被汗水黏住的，結果卻發現紙張的表面帶有一點黏性。

表面光滑的高級紙張，些微的黏性。我在腦中結合起這兩點，得到一個簡單的結論──這張紙上本來貼了什麼。

原來如此……主謀利用無辜遊戲的規則設下了幼稚的騙局，而我差點就上當了。我該問的不是發下傳單的時間，而是印在紙上的字。

我朝不安地注視著我的美鈴露出微笑。

「這張紙印的內容本來不是這些吧？」

「是的，內容不一樣。」

我終於問出想要的答案了，接下來只剩簡單的問答了。我在自習室時拿到一張傳單，主謀就是在那一刻作案的。

「妳拿到傳單時，上面印的是下週聚餐的資訊。」

「答對了。」

「除了我以外的人拿到的都是貼紙，若不仔細看多半不會發現。我去找奈倉老師談話時，有人叫大家剝開貼紙，印在底下的東西就露出來了。」

「你又答對了。」

我吐出一口氣。接著是最後一個問題。

「妳知道分發聚餐傳單的人是誰吧？」

「是的，我知道。」

我離開作證發言臺，回到左手邊的當事人席。

「我的詢問到此為止。」

可以自由發問的審判者想都沒想就直接問美鈴：

「剛才告訴人提到的、分發聚餐傳單給妳的人是誰？」

「是他。」

美鈴回頭看著旁聽席，指著在模擬審判擔任過檢察官的人。

這樣啊……原來是這麼一回事。

「我要指控藤方賢一是罪犯。」

5

「在我宣告罰則之前，你有什麼話想說嗎？」

證人詢問結束後，美鈴回到旁聽席，換賢二站上作證發言臺。

「這只是個惡作劇，我是想讓大家知道優秀的正義也有黑歷史。拜託放我一馬吧。」

看到賢二諂媚地陪笑，我就感到一陣噁心。

「你想方設法弄來這些照片只是為了惡作劇？」

「現在不是聊天的時候。」馨打斷了我。「我是在確認被告是否反駁被指控的罪名，如果沒有，我就要宣判了。」

馨緩緩起身，法袍跟著他的動作輕盈地搖曳。

「我先宣布罰則。如果判定有罪，那賢二要受罰，如果判定無罪，就是正義要受罰。」

審判者會運用在法庭上出現過的所有資料來決定罰則。

「等一下。」奈倉老師舉起手。「我想先行離場。我沒必要繼續聽下去吧？老實說，是校方要求我來調查的。」

「調查？」馨問道。

「因為你一直占用模擬法庭，所以校方要求我一旦發現不妥之處就要加以制止。」

老師明明可以暗地裡向校方報告就好了，他真是個正直的人。

馨一向把模擬法庭當作自習室使用，而非只有進行無辜遊戲的時候才待在這裡。先前校方大概是看在馨出類拔萃的份上才默許了他的行為吧。

「結果呢?」

「我會向校方報告,這是用來培養刑事訴訟實踐能力的合理訓練。」

「真的可以嗎?我倒覺得這種遊戲從倫理或法律的角度來看都不太妥當。」

「我不相信倫理道德那種含糊不清的標準,越是標榜倫理道德的人,我就越看不起。至於法律方面的問題,我已經評量過了,目前看來沒有問題,我相信罰則的部分也一樣,但我若繼續看下去,就必須一併報告上去了,所以等我走後你們再繼續吧。」

奈倉老師站起來,接著說道:

「不過我有一句話得告訴你們。這個遊戲雖然嚴謹,卻比實際的刑事訴訟更激進。你們可別滿足於現狀,你們的目標應該是成為法律菁英站上法庭,而不是把法律當成遊戲來玩。」

有人露出苦澀的表情,有人怒目瞪著奈倉老師的背影,還有人在東張西望。不少旁聽者表現出這些反應。他們被迫面對殘酷的現實,一定都非常反感。

「繼續宣布罰則吧。」

馨清了清喉嚨,眾人的目光再次集中到他身上。

「妨害名譽要受到處罰,是為了防止個人在社會上的評價因第三者的加害行為而無故降低,因此,讓無故損害別人名譽者的社會評價也受到相同程度的損害,才符合無辜遊戲的理念。所以我以審判者的身分宣布,敗訴者要遭受的懲罰是二十四小時之內不能向勝訴者主張保護自己社會評價的權利。」

旁聽席傳來竊竊私語，但馨不以為意地說下去。

「遊戲中提調的各項證據指出罪犯是藤方賢二。告訴人指控的罪犯和審判者判定的罪犯一致，所以勝訴者是久我清義。你可以向敗訴者執行剛才宣布的罰則，自行挑選適宜的方式即可。我要說的都說完了。解散。」

馨一宣布閉庭，旁聽者就失去了興趣，陸續離開法庭。

我發現自己的腳在發抖。差一點就失敗了……如果我沒發現傳單是貼紙，沒有從美鈴那裡問出證詞，馨宣布敗訴者時就會念出我的名字，那個罰則也會落到我的頭上。

以當事人的角度來看，或是以旁聽者的角度來看，無辜遊戲的樣貌是截然不同的。

「嗨……正義，真有你的。」

公平走到柵欄邊對我說。他又高又瘦，在法科大學院很難見到這種運動員身材的人。

我想起了公平在剛開庭時起鬨的事。

「你起鬨的方式也不賴啊。」

「我是想讓你放鬆一點，當時你的臉色都發青了。」

「站在柵欄內當然會緊張。」

法庭裡只剩我和公平，連馨也離開了。

「你贏到了有趣的罰則呢，執行起來一定很好玩。」

「是嗎？罰他一萬圓更好吧，這樣也比較省事。」

「無辜遊戲的罰則向來都是以其人之道還治其人之身。以眼還眼，以牙還牙，每個時代都是這樣。所以你也知道不可能罰錢吧。」

「我是在開玩笑啦。」
我對怎麼處罰對方並沒有興趣，所以並沒有想太多。
「你打算怎麼執行？」
「呃……罰則的內容是什麼？」
「喂喂，你還好吧？剝奪維護名譽的權利二十四小時，也就是說，你在一天之內要怎麼整賢二都沒關係。乾脆把那傢伙的裸照貼到網上如何？我不知道是不是有這種需要，但我覺得這是很好的處罰。」
我光是想像就幾乎冒雞皮疙瘩。
「不行吧，這樣會違反其他法規，像是散布猥褻物之類的。」（註3）猥褻物頒布罪要保護的法益之一是維持健全社會風俗，就算得到賢二本人同意，散布他的裸照還是違法。因為即使是出自他本人的意願，看到裸照的人還是會感到不舒服。
「你很精明嘛。也罷……反正這件事已經讓那傢伙名聲掃地了，或許可以想想其他利用方法。」
「譬如呢？」
公平在想壞點子的時候特別積極。
「譬如你可以跟他說，如果不想被公開裸照就付錢了事之類的，這樣就能把剝奪信用的罰則轉換成罰金了。」
「我都說了裸照那招行不通嘛，和解這個主意倒是不錯。賢二的自尊心那麼高，一定會

3　日本刑法第175條規定，不得散布、販賣、公然陳列猥褻之文字、圖畫、聲音、影像。

想要恢復失去的信用。」

「正義……你的表情好邪惡。」

「你有什麼資格說我啊？」

我們在只有兩個人的法庭裡低聲竊笑。

「你是搶了賢二的女人嗎？如果不是有天大的仇恨，他也不會做出這種事。你知道他為什麼不是半夜發傳單，而是故意挑你在的時候發嗎？」

「因為他很有自信？」

「那也是理由之一，更重要的是，他想利用無辜遊戲的規則讓你丟臉。」

聽公平的語氣，彷彿他很確定這是正確答案。

「聽起來好像你才是主謀呢。」

「我很了解後段班的心情。馨和你這種優秀的傢伙很容易讓別人感到自卑，尤其是在聰明才智被視為最高原則的這個領域。」

「不要把我和馨相提並論，這樣會侮辱到他。」

「雖然你覺得自己比不上馨，但是看在我們這些凡人的眼中，你們是同一個等級的。你聽得懂我說的話嗎？」

「完全聽不懂。」

「如果大猩猩和棕熊打架，你覺得誰會贏？」

這個問題太無厘頭了，我的想像力實在跟不上。

「你知道答案嗎？」

「棕熊的體重是大猩猩的三倍以上，毫無疑問是棕熊會贏。」
「喔……不過你幹麼說這個？」
「大猩猩和棕熊都是人類無法匹敵的對手，除了學者或雜學愛好者之外，沒人會去研究哪一個比較強。你懂了嗎？不是在同一個等級根本分不出那些細微的差異。」
「你把我們比喻成熊和猩猩？」我有些不好意思，所以故意轉移焦點。
「你想得到賢二為什麼要把你扯入無辜遊戲嗎？」
「多多少少啦。雖然我覺得事情沒有那麼嚴重，但每個人看法不同。」
跟公平聊過之後，我才想到原因應該是上次那件事。
「這樣啊。我想你大概不需要我幫忙吧，不過你最好早點執行喔。」
「我知道了。感謝你給我建議。」
我正想走出柵欄，公平又開口說道：
「奈倉那傢伙臨走之前還丟下那句話。」
「你是說，不要滿足於無辜遊戲？」
「是啊。老實說，那句話滿傷人的。正因他沒有惡意，所以更過分。」
「法科大學院是學習正式法律程序的地方，我們卻在這裡玩私審的遊戲，別說是奈倉老師，其他人也會想要吐槽吧。」
「我們自己也知道那只是在扮家家酒，不過進到這所吊車尾的法科大學院的人多半都已經放棄成為法律專家站上法庭了。身邊有些厲害得跟鬼一樣的傢伙是多麼令人難過，你能明白嗎？」

我沒辦法回答，無論我答「是」或「不是」都只會惹人不高興。

剛入學時還深信自己和其他考差的人不一樣，就算讀的是吊車尾的法科大學院，還是自傲地立志考上司法考試、進入司法界，可是考試日期越近，心中的熱火就變得越微弱。

「奈倉老師想必也注意到了，無辜遊戲提供了展現法律知識的機會。他就是因為看穿這一點，才想勸大家不要放棄法律之路吧。」

「你連我們這些失敗者的心情都能顧慮到，你果然很適合當律師。」

看到公平自嘲的笑容，讓我感到心情複雜。

「我才是失敗者。那張剪報提到的十六歲少年確實是我，我因為傷害案而上過少年法庭，最後被送到其他兒少安置教養機構。你想知道更詳細的內容嗎？」

這次輪到公平說不出話了。

「都是過去的事了，我不想要探人隱私。」

「謝謝你，公平。你真體貼。」

我留下尷尬得不知所措的公平，走出了模擬法庭。

依照公平的建議，我立刻把賢二從自習室裡叫出來。進入空教室後，賢二就坐下來，蹺起二郎腿。他穿著名牌外套，一頭短髮抹了過多的髮蠟，全身散發出一股傲氣。

「你為什麼要做那種事？」我有一大堆問題想要問他。

「我都說了那只是惡作劇。別露出這麼凶的表情嘛。」

「那張機構的照片你是從哪裡拿到的？」

我認為首先該問的就是他得到那張照片的管道。

「那張照片上的人果然是你。」
「你不回答我嗎？」
「是在路上撿到的。我是不是該送到派出所？」
我瞪著用挑釁姿勢坐著的賢二。
「你了解自己的處境嗎？」
「只不過是贏了一場遊戲，何必這麼囂張？」
「這場遊戲是你輸了，你就乖乖地接受判決的處罰吧。」
聽到處罰二字，賢二的臉有些扭曲。
「你打算在走廊上大聲散布我的壞話嗎？如果這樣能讓你舒服一點，你就儘管去做吧。沒什麼大不了的，這樣根本威脅不了我。」
「是嗎？只要發揮創意，還是可以把這個罰則發揮得淋漓盡致喔。老實說，剛才的遊戲實在不夠盡興，因為我只揭發了罪犯身分和作案手法，卻無法說明作案動機。」
「喔？優秀的正義連人心都能看穿啊？」
「模擬審判的那次，我可能做得太過分了。」
「……你是在說什麼？」
在模擬審判必修課，學生要分別扮演法官、被告、檢察官、律師和證人，而隨機分配的結果是馨扮演法官，美鈴扮演被告，賢二扮演檢察官，我扮演律師，另一個女學生扮演證人。
這是一堂輕鬆的課程，只要照著事先寫好的劇本演出，就能拿到學分。

不過賢二卻擅自即興改編了劇本，他在做開庭陳述時加上一大段被告因經濟窮困而決定行竊的情節。他這麼做應該沒有惡意，或許還可以說他是為了豐富模擬審判的內容。但我沒辦法原諒他的行為，因為扮演被告的是美鈴。

「檢察官在詢問證人和被告的時候都演得太過火了，所以我也忍不住跟著即興演出，把原本有罪的劇本改成無罪。聽說檢察官一角可能會被當掉，沒錯吧？」

「我不記得這件事。」

賢二的聲音在顫抖，視線不斷游移。我想起了那場亂七八糟的模擬審判。賢二高傲的態度只是顯出他缺乏自信。

「喔，是這樣嗎?那我真是白忙一場了。」我用刻意的語氣說道。

「白忙一場?」

「我還以為那是你對我惡作劇的動機，所以我就依照無辜遊戲『以其人之道還治其人之身』的精神，用你的動機作為懲罰。」

「你到底在說什麼……」

「為了給教授評分，模擬審判都有現場錄影。我檢查過放在書記官席的攝影機，資料還沒刪掉，所以我剛才把影片寄給你以外的所有人了，這就是我執行罰則的方式。不過，既然你不記得那件事就白搭了，是我想錯了。」

「你這話……不是真的吧……」

賢二的臉頓時煞白。這傢伙真容易看穿。

「現在自習室裡應該在播放影片了吧。」

賢二猛然站起，揪住我的衣襟。

「冷靜點。你又不介意那件事，有什麼關係嘛。」

「我最不爽你的地方就是這一點！」

「你承認做案的動機是為了報復那次模擬審判吧？」

賢二不發一語，只是粗重地喘氣。這樣就夠了，我不需要他提供證詞。

「騙你的，我還沒寄出，只是寫了草稿。」

「啊？」

「你先放手，我不能呼吸了。」

「呃……喔喔。」

我拉了拉皺掉的衣襟，單刀直入地說：

「如果你不希望我寄出模擬審判的影片，就把你知道的事全說出來。你是從哪裡拿到機構的照片？」

賢二僵了幾秒鐘，才認命地回答：

「我真的不知道。我上週打開自習室的櫃子，就看到照片放在裡面，而且上面已經寫了『久我清義』。」

「那剪報呢？」

「一樣……報導的影本也放在一起。」

「你知道是誰放的嗎？」

「不知道。我沒有騙你，我只是被人利用了。」

賢二的語氣彷彿在說自己一點錯都沒有，讓我不禁火冒三丈。

「你把照片加工做成貼紙分發給大家，也是依照別人的指示嗎？」

「這……」

「夠了。」繼續聽他辯解也沒有意義。

「如果你想到什麼事再告訴我。還有，下次就沒有這麼簡單了。與其遷怒別人，還不如努力提升自己的能力。」

賢二似乎還想說什麼，但我逕自走向門口。

「拜託你刪掉影片。」

我握住門把，轉過頭去。再這樣下去，他就太可憐了。

「根本沒有什麼影片。」

看到賢二張口結舌的模樣，我差點笑出來。書記官席確實擺著攝影機，但錄影檔案不會一直存在裡面。

「明明是個罪犯……你少得意了。」

我知道賢二只是因為不服輸而放話，但我不能當作沒聽見。

「那只是不法紀錄（註4），不是前科。」

「犯罪就是犯罪。你的辯解在社會上根本行不通。」

「或許吧，不過我們既然是學法律的人，那就應該談法律，不是嗎？你在傳單上說我沒

---

4 原文為「非行歷」。除了犯罪之外，也包括因為抽菸、喝酒、深夜遊蕩等不良行為而受到輔導的經歷。

資格成為法律人士，但不法紀錄可不會讓我失去資格。」

我丟下臉孔扭曲的賢二，回到自習室，手機隨即收到美鈴傳來的訊息。她就坐在我隔壁的座位，卻不直接跟我說話。

『我想跟你談談。』訊息裡是這麼寫的。

『明天我去妳的公寓。』

確定美鈴手機發出震動聲之後，我就起身離開了。

6

電車上的狀態接近爆滿。

我的手腳大致上還能活動，但其他乘客若是往相同方向移動，就會撞到彼此。如果不想感到不舒服，就只能抓著吊環，閉上眼睛，默默忍耐。

地下鐵目前的擁擠狀態只存在著負面元素，但我知道有幾種特別的人反而很樂見這種狀態。

來摸的，來偷的，來割的，還有來栽贓的。

停止的電車開始移動，乘客們的身體稍微傾斜。原本站在我前方的魁梧男人下車了，我更清楚地看見了車內的情況。

我最先看到的是背著牛仔布背包的女高中生，她穿著短裙，皮膚是小麥色。我還是別再盯著她，免得被當成色狼。

沒錯……「來摸的」就是指色狼。

車上越擁擠，越難判斷是不是真的有人在偷摸，因為「只是不小心碰到」的理由會變得更有說服力。就算有個色狼慣犯已經鎖定她，正在找機會偷摸，也不是不可能。

女高中生附近有一位中年男性，連身為學生的我都看得出他的西裝很高級。他臉上的表情像是在祈求能儘早脫離這片混亂，褲子後面的口袋露出一小截長型皮夾。

不用說，「來偷的」就是指扒手。

如果乘客緊緊相貼，就能摸到別人的口袋而不引人起疑，即使被抓到，也能謊稱皮夾是撿到的。這種環境對扒手來說當然是大大加分。

聽說最近出現不少偷割女生裙子的變態——就是「來割的」。

說擁擠的電車就是犯罪溫床也不為過，我都不知道是不是有鐵路公司可以一整天不發生任何麻煩。

反過來看，容易發生犯罪事件的環境也很容易發生冤罪。說來真是諷刺，不只是犯罪會引發冤罪，冤罪也會引發犯罪。

本以為是加害者的人，其實是受害者。

本以為是受害者的人，其實是……

我一直盯著那個女高中生的一舉一動。過去的經驗讓我察覺到些微的異樣感。

她起初站在我的背後，但在不知不覺間移到了我的前方，她一邊左顧右盼一邊調整位置，最後站到一個穿西裝的男人的背後，她的頭幾乎碰到那男人的肩膀，兩人的身高差距和距離拿捏得很巧妙。

我也若無其事地往那邊靠過去。那個女生打算做什麼，從她站的角度來看，不像是為了偷錢包。這麼說來……

我觀察周圍的情況，沒有看到疑似她夥伴的人。單獨作案很危險。不，說她莽撞或許更貼切。這可不是外行人能隨便挑戰的事。

這時電車晃了一下，男人為了穩住平衡而移動身體，和我對上了視線。當他移動時，我看見了別在他西裝領片扣眼上的徽章。

我一眼就看出那個徽章代表著什麼。從女高中生的角度看不到那徽章。她若是對這個人出手，很可能會遭到報復。

就算如此，也是她自找的。別管她，讓她自生自滅吧。

可是……

脫線的裙襬。磨損的鞋跟。顫抖的指尖。

等我回過神來之後，我已經抓住了女高中生的右手。她渾身一顫，像是被靜電電到。

「你、你做什麼……」女高中生小聲地問道。

糟糕，我該怎麼解釋才好呢？她又還沒開始動手，所以我不能說是在抓現行犯。看在旁人的眼中，我可能只是個近乎色狼的變態。

好啦……該怎麼做呢？此時我有如神助，電車正巧到站，既然如此，只能走一步算一步了。於是我硬拉著女高中生的右手下了車。

「等、等一下……」

我們面對面地站在地下鐵的月臺。

女高中生帶著戒備和困惑的表情看著我。

「妳準備下手的對象是個律師。」

「啊？」

那男人的衣領上別著向日葵花瓣圍繞著天秤的金色徽章，那是律師的標誌，至少讀法律的學生都知道。

「妳一定沒發現吧？要下手也得挑對人嘛。」

「我聽不懂你在說什麼。」

我早就料到會有這種結果了。路人邊走邊好奇地看過來，如果他們以為我們是兄妹在吵架就好了。

「想要詐騙律師，就像是向拳擊手挑釁喔。」

我刻意清楚說出了「詐騙」二字。

「什麼詐騙？我一點都聽不懂。」

「正確的說法應該是誣賴色狼詐騙，謊稱對方偷摸自己，威脅對方如果不想鬧上警局就付錢了事。如果我沒有阻止妳，妳就會抓起律師的右手大喊色狼，沒錯吧？」

「你有完沒完啊！我要叫站務員囉。」

我本想由她去，但又覺得為了她著想最好不要把事情鬧大。

「我沒打算對妳做什麼，反正妳還沒下手，我也沒有證據。如果妳要去的地方不是這一站，搭下一班電車就好了。不過，妳不覺得好奇嗎？」

「好奇什麼……」

「為什麼我看得出來妳準備詐騙。」
「你幹麼一直說我詐騙?」
「如果我說錯了,那我向妳道歉。不過,如果妳真的想詐騙,最好問清楚我為什麼會知道,否則妳下次還是會犯同樣的錯,遲早會被抓的。」
女高中生的視線左右游移,顯然被這難以理解的事態搞得不知所措。
「別再糾纏我,下次我絕不會這麼輕易放過你。」
女高中生轉過身,走上樓梯。
算了,沒辦法。我打開手機看時間,第一堂課多半趕不上了,慢慢地移動到學校吧。
我拿出手機查詢下一班電車到站的時間。
那女生來得及上學嗎?早上的班會是幾點開始呢……?
我不經意地想著這些事的時候,那女高中生又從我前方的樓梯走下來。
「才過幾分鐘又重逢了呢。」
「我姑且問問看吧。」
「問什麼?」
「你為什麼知道我……以為我準備詐騙?」

7

我還以為自己會被帶去旅館,結果女高中生帶我去了站前的咖啡廳。

「妳叫什麼名字？」

我幫她付了皇家奶茶的錢。

「……Sakura。」

「喔？很美的名字。」

我以為Sakura指的是春天綻放的櫻花，所以給出了普通的反應。

「佐倉（Sakura）是我的姓。我才不會把名字告訴一個怪人。」

佐倉一邊用吸管攪拌冰塊一邊說道。

「我叫清義（Kiyoyoshi），請多指教。」

「Kiyoyoshi……這名字好難念，我差點咬到舌頭。」

「所以有很多人叫我正義。」

我把桌上的意見回函翻過來，解釋我的名字要怎麼寫。

「聽起來也很俗。」

「哈哈。妳喜歡怎麼叫就怎麼叫吧。」

綁得高高的烏黑馬尾，小巧精緻的五官。她的外表看起來像個清純的女高中生。正面仔細一看，真看不出她是會搞詐騙的那種人。

「所以呢？你是怎麼知道的？」

「妳這種說法像是認罪了呢。」

「這只是假設的說法。我的舉止有那麼不自然嗎？」

佐倉歪著頭問道。我喝了一口黑咖啡，回答說：

「喔喔，不用擔心，其他乘客都沒有發現。我只是想找妳聊聊，所以故意說得比較誇張，引起妳的興趣。」

「這是搭訕的新招式嗎？」我知道佐倉提起了戒心。

「不過妳確實打算詐騙吧？」

「你是色狼糾察員嗎？」

我從沒聽過這個詞彙，差點把咖啡噴出來。

這年頭色狼太猖獗了，或許真的有這種職務，等色狼下車就走過去說「你剛剛摸了她的屁股吧？」，把色狼帶到小房間。

「妳不是事先挑好目標，而是到車上才開始搜索看似有錢的中年男性。」

「無可奉告。」

「妳覺得電車上的乘客都在做什麼事？」

「滑手機，聽音樂，呼呼大睡。」

「還有一些沒禮貌的學生會大聲地跟朋友聊天。」

「以為只有學生會做這種事是偏見。不是也有很多喝醉的大叔會大吵大鬧嗎？那種人更沒禮貌，而且很臭。」

她的反應比我想得更快，看來她挺聰明的。

「這些人的共通點就是不會顧慮到其他乘客。在電車上幾乎沒人會對其他人感興趣，所以妳在車上左顧右盼的模樣特別顯眼。」

「說不定我是跟別人約好在車上見面啊。」

「妳找上的是穿著昂貴西裝的中年男性，妳不可能跟這種人相約吧？」

「女高中生和中年男性……聽起來像是援交呢。」

「一般人應該會先想到父女關係吧。」

「我才想像不出相約在電車上的幸福父女關係咧。」

「話題扯遠了。」我輕咳一聲。「不過妳沒有跟那個男人說話，只是站在他背後，神情焦慮地搖來晃去。沒人會在相約時表現出這種態度。」

佐倉拍了一下桌子，簡直像在搶答。

「或許我準備下一站下車，只是剛好停在和善的中年男性背後。」

「很遺憾，妳移動的方向反而遠離了車門。」

「唔……我想到了！因為我是跟蹤狂！」

「不要大聲說出這種話。」我偷瞄著其他客人的動靜。「跟蹤狂才不會跟得那麼近。」

「說得也是。」佐倉單純地哈哈大笑。這女孩真有趣。

「要放棄了嗎？」

「你在電車上都在想這種事嗎？聽起來像是喜歡觀察別人的怪胎。」

「大部分都是事後才想到的，我當時只是靠著直覺，感覺妳很快就會抓住那男人的右手大聲嚷嚷。如果我一開始就這麼說，妳一定不會相信。」

「你真的是色狼糾察員吧？」

「或許吧。」

「我有那麼可疑嗎……」

佐倉一口喝光了奶茶，融化的冰塊在杯子裡發出清脆的聲響。

「你的直覺猜對了，我當時正準備大喊。」

「原來如此。」

畢竟我沒有證據，她大可一口咬定沒這回事。看來這女孩的本性並不壞。我就是因為這麼想，才會在電車上抓住她的手。

「你準備把我交給警察嗎？」

「不會啦，我只是想給妳建議。」

「為什麼？我們又不認識。」

既然佐倉大方承認了，那我也該真誠地對待她。

「我以前也做過類似的事，所以才會注意到妳的舉止很可疑。」

「男生也會誣賴別人是色狼？」

「我負責的是其他工作。當年很少人知道這種詐騙方式，但現在不同了，上網一查就能找到應對方法，還能檢驗被指控者的手上有沒有殘留對方衣服的纖維，如果不夠老練，一下子就會被逮住。如果我當時沒有阻止妳，妳可能會被那位律師告上法院喔。」

周圍的客人和店員一定想像不到竟然有人上午在咖啡廳聊這種話題。

「你的意思是說像我這麼蠢一定會失敗？」

「重點是有沒有決心。妳在電車上看起來很猶豫。」

「你……你又知道什麼了。」

「我對妳一無所知，但妳應該不是為了買演唱會門票或名牌包而出來賺零用錢的。如果妳看起來樂在其中，我就不會阻止妳了。」

佐倉低頭看著自己破爛的制服和鞋跟磨損的鞋子。

「我是為了活下去。」

她的語氣和先前不同，顯得格外單純。

「那就更不能被抓。半吊子是最糟糕的。」

「你不勸我停手嗎？」

「我知道女高中生要靠正經工作賺錢是多麼辛苦的事。」

「你到底是什麼人？」

「算是妳人生的前輩吧。」

「真是搞不懂你。」

佐倉的表情變得柔和。我該跟她說什麼呢？

「今後要怎麼做就看妳自己，但我希望妳答應我一件事。」

「什麼事？」

「如果妳真的下定決心要搞詐騙，那妳就必須面對一些問題。」

「我得面對的問題鐵定不少。」

「如果妳選中的目標堅稱自己沒有偷摸，說自己是被冤枉的，那妳會怎麼做？」

佐倉思索了幾秒鐘。

「把他交給警察，然後趕快逃走。」

「絕對不可以。」

大概是我的語氣太堅決，佐倉愣了一下才回答：

「……為什麼？你不是說半吊子最糟糕嗎？」

「因為會造成沒必要的負面結果。我不會勸妳不要為了生存而犯罪，但妳若是為了脫身而讓無辜之人背負冤罪，那就太超過了。」

我沒有資格說這種話，但我還是想要勸告佐倉。

「muko？女婿？」（註5）

「意思就是沒有犯罪的人。」

「你是說，你可以接受騙錢的行為，但不能接受冤枉別人的行為？」

我默默地點頭。她聽懂我想表達的意思了嗎？

「學校教我們的是兩者一樣壞耶……」

「學校也沒教我們快被強暴的時候可以踢對方的下體，或是被人霸凌的時候可以打回去。」

「可以嗎？」

「為了活下去就可以。至少我會准許。」

「真是令人欣慰。」

佐倉雖然嘴上說笑，但她聽得很認真。

「妳的回答是？」

「好吧，我答應你。」

---

5 「無辜」和「女婿」的日文都是讀作「muko」。

「這麼一來我就成了詐騙的教唆犯了。」

「教唆犯？」

「就是慫恿女高中生去詐騙別人的壞蛋。」

她本來就有犯罪意圖，我只是促使她更容易做到……這麼說來，我應該算是「幫助犯」（註6）吧？我不經意地思索著這些無聊的事。

「這難看的制服是我的偽裝。這樣就像真正的女高中生吧？」

「嗯，我完全沒有起疑。」

「因為我直到上個月都還是真正的女高中生。可是……我主動休學了。一旦沒了高中生身分就變成假扮的，真奇妙。」

「就是啊。」

「你不問我為什麼休學嗎？」

佐倉強調她是主動休學的，大概是想告訴我她休學不是因為惹了麻煩。這種時候還是發問才算體貼吧。

「妳願意說的話，那我就問吧。」

「無聊得很，下次再說。」

「還有下次嗎？」

「如果你又發現我在電車上做出可疑舉動再跟我說吧，到時我們再來開作戰會議。」

6　共犯分成「教唆犯」和「幫助犯」兩種，前者是慫恿原本無犯罪念頭的人去犯罪，後者是協助已有犯罪念頭的人犯罪。

「我很少在這種時間搭電車。」

我們的飲料都喝完了，所以起身離開咖啡廳。我大概不會再跟佐倉見面了吧。我知道不該和她牽扯太深。

「咲。」我拿著托盤走在前面，佐倉在後面說道。「這是我的名字。花朵綻放的意思。」

她把自己的名字告訴我了。我把她的姓和名連起來才發現……

「櫻花綻放（Sakura Saku）。」

「不是Saku，要念Saki。」

「妳的名字果然很美。」

我總算能恰如其分地讚美她的名字了。

8

我比平時晚兩個小時到達法科大學院。

刷門禁卡進入自習室後，比昨天更多的視線朝我望來。

我已經執行懲罰了嗎？報導上的少年是我嗎？大家會好奇也是很正常的。敗訴的賢二假裝沒看到我，繼續看他的法律專書。

刻意的反應，過度的自尊心，無意義的逞強。這些都讓我看不順眼。

美鈴不在隔壁座位。我本來以為她出去吃午餐了，但她的桌上收得很乾淨，我的手機也沒有收到任何訊息。我把公平叫出來問話。

「要找我商量處罰遊戲嗎?我有一些好主意喔。」

「那件事已經解決了。」

公平遺憾地聳了聳肩膀。「那你想談什麼?」

「美鈴第一堂課來過嗎?」

「織本?沒有耶。優秀的正義和織本都缺席了,教授很不高興喔。」

法都大學法科大學院對於出席率的規定非常嚴格,據說只要缺席三次就拿不到學分了。

「你為什麼沒來?真難得。」

「我在電車上出了一些麻煩。」

「麻煩?你被人當成色狼了嗎?」

「很遺憾,猜錯了。」其實他幾乎猜對了。

「你不會是和織本去約會了吧?你可不准偷跑喔。我一直覺得奇怪,你老是直呼美鈴的名字,打聽她有沒有出席就更可疑了。難道你們昨晚……」

「你可別亂猜,叫她名字的人又不只我一個。我是想向她道謝,畢竟我擅自找她來當證人。」

「喔喔,原來是那件事啊。」看來公平接受了我的解釋。

和公平分開後,我去了美鈴的公寓。

在機構招牌前拍的那張合照裡面也有美鈴,因為她當時是個沒化妝的女高中生,所以大家都沒發現是她。

我和美鈴是在那所兒少安置教養機構認識的,大概是將近十年前的事了。

我們總是焦不離孟，美鈴的身邊一定有我，我的身邊一定有美鈴。

但是我們兩人的身邊卻沒有其他人。

我們既不是朋友也不是情人，最接近的說法或許是家人，但又不夠貼切。硬要說的話，我們好比是對方的影子。

一個人犯錯了，另一個人就幫忙收爛攤子。我們都覺得這是理所當然的。

美鈴住的公寓離法科大學院大約二十分鐘路程。我拿出手機，撥打了某個號碼。對方說不定已經換了門號。聽到鈴聲響起，才讓我放下心中大石。

「喂喂？」對方很快就接聽了。

「是喜多老師吧？我是久我清義。」

手機裡傳來對方吸氣的聲音。

「你這傢伙……為什麼……」

「您好嗎？」

「……你要幹麼？」

「真冷淡。我好歹也是個退所生，偶爾打打電話又有什麼關係。」

「我們的事早就處理完了。現在幹麼又……」

現在喜多一定是醜陋地皺著臉孔講電話吧。

「狀況有變。」

「你已經拿了那麼多錢，還想再跟我拿嗎？」

「不是啦。錢已經拿得夠多了，我不會再討了。要不是因為老師，我就沒辦法上大學了，真是太感謝了。」

「你這傢伙……別叫我老師！」

「您以為受害者只有自己嗎？我的人生也被搞得一塌糊塗呢。」

喜多秀明是「櫸樹之家」以前的所長，我曾經把刀子刺進他的胸口。

「如果不是要錢，那你打來幹麼？」

「我想請教一下，您知不知道有誰在打聽我們的事？」

我問得很直接。因為時間緊迫，我懶得跟喜多兜圈子。

「我們？」

「我和美鈴。」

喜多停頓了一下。他不可能忘記美鈴的名字吧。

「為什麼問我這種問題？」

「說到恨我們的人，我第一個想到的就是您。」

電話裡傳出了冷笑。

「恨你們的人多的是。退所後的事我都不清楚。」

「我早就發現您到處調查了。您之所以沒來找我們，只是因為沒有找到明確的證據吧？」

喜多沉默不語。我沒打算繼續追問，所以又說下去。

「那個人的手上有我們在機構拍的照片。恨我們的人或許很多，但是和機構有關的只有您。」

「哼……我不知道。難道你以為真凶會誠實地承認嗎？」
「我只是要看看您的反應，因為您很容易看穿。」
「就算你刻意激怒我也沒用，我早就知道你的伎倆了。」
從那顫抖的聲音可以聽出他正在壓抑怒氣。
「如果知道了什麼，請您通知我。」
「開什麼玩笑。別再打電話來了。」
「我明白了，下次我會直接去見您。」
「我恨不得殺了你。」
這只是老人的虛張聲勢。我以前為什麼會怕這種人呢？
「真巧，我也覺得當時應該把刀子刺得更深……」
我的話還沒說完，電話就被掛斷了。反正我的話也問完了，於是把手機收進口袋。
我只是為防萬一而姑且確認看看，這件事應該不是喜多做的。我刺傷喜多已經是多年前的事了，他不可能過了這麼久才開始報仇。
在我思索的時候，美鈴的公寓已經出現在前方。
生鏽的鐵皮屋頂，歪扭的排水管，茂密的草木。
這麼破舊不堪的木造公寓連窮學生都不想住。住在這裡的美鈴確實是個窮學生，但她光看便宜的租金就立刻決定簽約。
褪色的樓梯一踏上去就軋軋作響，讓人感到十分不安。
走到第八階，我的腦袋冒出「美鈴到底在做什麼」的疑問。

走到第十階，我樂觀地想著「說不定她只是睡過頭了」。

可是，在第十四階看見二樓走廊時，我馬上發現了事情的嚴重性。

從樓梯口數過去的第三間房間顯然不太對勁，原本平坦的門上多了一塊突出的東西，大老遠就能看出異狀。

我走到那一間的門前，看見了門上的狀況，但腦袋一時之間還無法理解。

203號房的大門中央偏高的地方插著一支木柄的物體，乍看之下彷彿刺穿了金屬大門，仔細一看，被刺穿的其實是門上的貓眼。用來觀察門外情況的窺視孔被砸得粉碎。

從門外看不出來木柄的另一端是什麼東西。

我盯著大門幾秒鐘，不知為何我沒有按門鈴，也沒有報警，而是直接拔出插在門上的木柄。

我毫不費力地拔出一支冰鑿。

貓眼所在的地方多了一個小洞，如果室內開著燈，應該可以從外面看到室內的情況。做出這件事的人是為了從那狹窄的小孔偷窺嗎？

我按了門鈴，隨即聽到腳步聲走近門邊。

裡面傳來美鈴的聲音。

「是誰……？」

「是我。快開門。」

轉門鎖的聲音響起，接著是解開門鍊的聲音，門緩緩開啟。美鈴看見走廊上只有我一個人，就撲到我的懷裡。

「清義……！」

「別怕。發生什麼事了？」

美鈴用力揪著我的衣服，呼吸有些急促。

「這個……到裡面再說吧。快進來。」

「這支冰鑿該怎麼處理？」

美鈴撲上來的時候，差點被刺傷手臂。

「我本來覺得最好不要碰它……既然拔出來了就帶進來吧。」

我沒有經過深思熟慮就動了木柄，大概是太慌亂了吧。

走進屋內，美鈴叫我不只要鎖門，還要掛起門鍊。她可能很怕在門上插冰鑿的人會闖進來吧。

這是一間三坪大的雅房，裡面只有極少的基本家具和家電，完全沒有女大學生風格的可愛裝飾。

「我本來要上學的，正想出門時卻發現門上插著那個東西。」

「是半夜弄的嗎？」

「我昨晚九點去過便利商店，只知道是從那時到早上之間發生的。我早上起來看見貓眼破了才發現。」

我有太多事想問，不知道該從何問起。

「妳為什麼留在公寓裡？」

「我覺得待在這裡比較安全。」

「安全？哪裡……」

「貓眼下面有門鎖，把細線之類的東西伸進冰鑿鑽的洞裡或許可以開鎖。」

「從那麼小的洞？不可能吧。」

「很難說。如果有人擅自闖入，那就麻煩了。」

「只要有工具，門鍊也能輕易剪斷啊。」

「盜妨等防止法第一條。」

我花了一些時間才想通她這句話的意思。

「妳是說防衛行為的例外規定啊……」

如果有人試圖開鎖闖入民宅，住戶為了自保而殺傷對方算是防衛行為，並不構成違法。

簡單說，美鈴是要守在家裡，對入侵者發動物理性攻擊。

「我的心中根本沒有出門這個選項。」

「妳還真冷靜。剛才明明還在發抖呢。」

「因為門外可能有人在監視，所以我故意裝成膽小的女生。」

原來如此……我完全被她利用了。

「為什麼沒有立刻聯絡我？」

「你不是傳訊息說今天會來找我嗎？」

「我的意思是下課後。」

「可是，清義，你還是來了啊，雖然比我想得晚。」

只有我們兩人時，美鈴都叫我清義，在大學裡她都是叫我正義，從來不會搞混。我沒打算仔細解釋電車上發生的麻煩。

「妳報警了嗎？」

「冰鑿的柄上綁了這個東西。」

美鈴指著桌上，有一張正面朝下的紙擺在那裡。

紙上用粗黑字體印著挑釁的字句。

『這毫無疑問是毀損器物罪，因為門上貓眼也是有價財產。但這算是侵入住宅罪嗎？只有冰鑿的前端刺穿大門，這樣算侵入嗎？』

下面還有一張在機構裡拍的合照。那是我上次被人惡作劇時出現過的照片，但加工方式不一樣，這次是站在角落的女高中生被紅線圈起，一旁寫著「織本美鈴」，筆畫不太自然，像是用尺畫出來的一樣直。

最後寫了這句話：

『這個洞洩漏了妳的行動。事情沒有結束，現在才要開始。最好去找機構的朋友商量。妳找得出主謀嗎？』

還不忘加上天秤的標誌。

「無辜遊戲。這根本就是犯罪吧？」

「無辜遊戲的規定是加害者要做出違反刑罰法規的行為。就是要犯罪才能進行遊戲啊。」

「我知道，但這次做得太過分了。」

「不管多麼過分，只要對方符合規定，我就得做出選擇。」

美鈴想必一看到那張合照就刪掉了告狀的選項。如同我昨天做的選擇。

「只有冰鑿和威脅信件，應該找不出主謀吧？」
「是啊。我之後再慢慢地找線索。」
意思就是她準備應戰了。這場無辜遊戲成了長期抗戰。
「妳想得到主謀可能是誰嗎？」
「我也想問你一樣的問題。你還比我更早被人盯上。」
我將昨天結束無辜遊戲之後和賢二之間的對話告訴了美鈴。
「機構的照片不是賢二自己弄到的嗎？」
「我只是在模擬審判讓他丟臉，他還不至於因此跑去調查我的過往吧。」
「法科大學院的同學之中還有其他出身機構的人嗎？」
「機構裡的人沒理由恨我和你吧。」
「這可說不準。」
去看看判例和文獻就知道，動機異常的犯罪案例多的是。
「也是。不過，應該還有更值得懷疑的對象吧？」
「妳是指……特定的某人？」
美鈴搖搖頭。
「我是說連名字都不知道的不特定多數人。」
和我想到的答案差不多。
「可是最恨我們的人……」
「不要在我面前提起那件事。」

「那件事已經過去很多年了。應該……不會有事吧。」
「閉嘴！」美鈴難得這麼大聲說話。
「總之妳要多注意安全。」
「我一定會在發生更多狀況之前找出主謀。」
聽到美鈴的宣言，我暗自下定決心。
就算這是因果報應，我也要打破連鎖。

9

在下一個週二，馨做出了無罪判決。
告訴人指控了罪犯，馨卻不認同。雖然氣氛很熱烈，但還沒到驚人的程度。在無辜遊戲中無罪判決並不是多稀奇的事。
在日本，刑事審判的有罪率高達百分之九十九點九，換句話說，遭到起訴的被告幾乎無一例外都會被判有罪。有罪率這麼高的原因眾說紛紜，不過學法律的人很容易就能想到主要原因為何。
因為檢方只挑非常確定會得到有罪判決的案子才起訴，讓別國望塵莫及的超高有罪率就是靠著檢察機關如此慎重起訴的態度撐起來的，而這慎重起訴的背後還有司法機關對檢察官調查能力和起訴判斷的信任。
在刑事審判或無辜遊戲中，審判者對起訴的信任程度截然不同。

在無辜遊戲裡承擔檢察官職責的是告訴人，外行的告訴人當然比不上專業的檢察官，兩者能力的差距也直接反映在無罪宣判的多寡。

我至今看過很多無辜遊戲的告訴人被惡劣的犯行激怒、沒有蒐集到充分證據就輕率提出告訴，結果被審判者否決的案子。

這次的罪名是竊盜，在無辜遊戲中可說是最常見的罪。

失竊物品是報名聚餐的人事先交給總召的費用。這場聚餐就是損害我名譽的傳單上印的那一場，所以告訴人正是擔任總召的賢二。

賢二說，他把裝著錢的信封放在自習室的桌子裡，然後去其他地方辦事，回來以後就發現信封不見了，卻多了一個天秤圖案的徽章。

陳述是否可信是由馨來判斷的，但我覺得他應該沒有看出任何不合理之處。

賢二指出罪名之後，審判持續進行，他提調的證據包括裝過錢的信封，以及久我清義——也就是我這位證人。

被賢二找來當證人，我實在是提不起勁，可是他找到信封的時候只有我在場，所以我早就猜到會被他抓來作證了。

「正義，你明白詢問證人的規則吧？」

「不能說謊，只能回答是或不是。」

今天沒有像奈倉老師之類的外人來旁聽，所以確認程序一切從簡。

馨做了個手勢，賢二便開始詢問。

「我要開始問了。你看過這個信封嗎？」

賢二毫不掩飾臉上的不悅，把一個鼓鼓的信封放在作證發言臺。
「嗯，看過。」
「裡面放了今天聚餐的費用。你會參加今晚的聚餐嗎？」
「不，我不會參加。」
這個回答表明了失竊的金錢裡面沒有我的份。賢二大概是想讓馨覺得我接下來的證詞是可信的。
「第二堂課結束後，我一個人在自習室裡，然後最早進來的人是你，沒錯吧？」
「我沒有要訂正的地方。」
聽說賢二是在第二堂課開始的五分鐘之前發現信封不見，還多了個天秤徽章。他發現之後就決定不去上第二堂課，留下來調查竊案，在無人的自習室裡逐一搜查同學的桌子。
「你走進自習室時，我正站在安住尊的桌子旁邊，對吧？」
「沒錯。」
我聽到後方傳來竊竊私語，大家一定都望向了坐在旁聽席左側的尊。我今天走進模擬法庭的第一件事就是先看看尊坐在哪裡。
「我手上這個信封是在尊的桌子裡找到的，沒錯吧？」
「……」
「你怎麼不回答？」
因為我不能肯定也不能否定。我不知道這個問題的答案。
「喂，你想包庇那傢伙嗎？」

賢二這句話完全不顧詢問證人的規則。我沉默地望向坐在法官席上的馨。
「再爭下去也沒有意義。你還有其他問題要問嗎？」
看到馨出手干涉，賢二不悅地咂舌。
「已經夠了。罪犯的名字是……」
「等一下，我還沒進行最後詰問。」
「有這個必要嗎？答案都已經出來了。」
「有沒有必要是我來判斷的，不是你。正義，你走進自習室時，信封已經在賢二手上了嗎？」
聽到這個問題，我就確定這個案子會被判無罪了。
「我沒有親眼看見賢二找到信封，但我要順便補充一下，當時抽屜確實是打開的。」
賢二沒有提出其他證據，直接指定安住尊是竊賊。尊被叫到作證發言臺，在馨的要求之下做了陳述。
「這只是賢二的一面之詞，我什麼都不知道。快點結束吧。」
平時文靜敦厚的尊難得這麼粗魯地說話。
「如果沒有其他的主張或立證，我就要宣判了。」
旁聽席上瀰漫著尷尬的氣氛。只有情緒激動的賢二相信自己一定會勝訴。
自從上週在無辜遊戲之中敗訴以來，賢二的樣子顯然不太尋常。
他在自習室裡老是趴在桌上，教授問的簡單問題他也答不上來。如果他精神狀態良好，一定不會把裝了鉅款的信封丟在抽屜裡而走開。

「我先宣布罰則。」馨低聲說道。「竊盜罪的保護法益有很多項，最直接的一項就是為了保障財產安全，必須維護人擁有財物的實際權利，所以損害他人財產安全者的財產權也該受到同樣程度的損害才符合無辜遊戲的精神。我以審判者的身分宣布，敗訴者要付給勝訴者一萬圓罰金。」

在遊戲中若是判處罰金，為了避免事後發生糾紛，控辯雙方在宣判之前就要先把錢拿出來。賢二和尊各自掏出一萬圓鈔票放在作證發言臺上。勝訴者拿走敗訴者的一萬圓之後，這次的遊戲就結束了。

「依照在遊戲中呈交的所有證據，無法鎖定犯罪者的身分。據此，告訴人指定的被告推定為無罪，勝訴者為安住尊。你可以拿走敗訴者藤方賢二交出的罰金。」

賢二呆立不動，一臉難以置信的表情。

「你剛剛說什麼？」

「我說你是敗訴者。」馨再次揭示了無情的現實。

「搞什麼？為什麼是我輸了？」

「我需要解釋理由嗎？」

「當然啊！」

「你無法證明尊侵占了信封裡的錢，這不是輸得合情合理嗎？」

「我都說了我是在這傢伙的抽屜裡找到信封的。你到底有沒有在聽啊？」

被他指著的尊面無表情地站在作證發言臺前。

「那只是你的一面之詞。你有照片能證明他把信封放進抽屜嗎？有證人看見你找到信封的那一瞬間嗎？你指出了作案的時間和方法嗎？我沒有要求你驗指紋，但你至少要有指出竊賊身分的立證吧，又不是小孩子吵架。」

賢二已經失去冷靜，就算聽了馨的指責還是沒意識到自己的疏失。

「你想要證人就去問正義，他從後方看見了我發現信封。」

「正義的證詞很精確，他說他走進自習室的時候，信封已經在你手上了。很遺憾，這證明不了什麼。」

「說什麼傻話，他只是想要扯我的後腿。」

「他是在描述事實。說話要公道一點。」

「你憑著一己之見就把犯罪的人判為無罪……你以為自己是神啊？」

「如果你真的這麼想，那就沒希望當上法律人了。」

沒想到馨會把話說得這麼難聽。

「你說什麼！」賢二大吼。「你這傢伙……像你這種眼睛長在頭頂上的人又知道什麼了！」

「你那種輕率的判斷只會造成冤罪。你最好還是從頭好好研讀法律，否則還會繼續敗訴喔。下一次就是連輸三場了。」

馨果然是故意刺激賢二。他到底想做什麼？

「你給我閉嘴！」

賢二從作證發言臺衝向法官席。一旦爬上左右的階梯，就能接近法官席。因為事發突然，沒人來得及阻止賢二。

所有人的視線都盯在賢二身上，所以反應慢了點。

等到他們兩人同時進入視野，我才發現馨的手上拿著什麼東西。裹著染色皮革的握柄，刀刃上引人注意的鋸齒，平滑的刀鋒，可以單手開啟的拇指鈕。這是常見的凶器，所以我立刻想到它的名稱——折刀。

坐在法官席上的馨不知為何拿著一把類似我用來刺進喜多胸口的凶器。我的腦袋一時之間還無法理解眼前的狀況。

賢二是從旁聽席看過去的右側爬上法官席，所以看不到馨的右手。他一定以為馨毫無防備，毫不遲疑地逼近法官席。

「危險！」我下意識地大喊。

賢二沒有停下來的意思，大概以為我是在警告馨。

等到兩人之間只剩幾步距離時，馨把右手舉到耳上。

緊接著……他以接近垂直的角度猛然揮下折刀。

沉重的聲響。賢二停止了動作。旁聽席發出尖叫。

折刀的刀尖插入桌面。

「你想幹麼……」賢二一邊後退一邊喃喃說道。

「本來插在這裡。」

馨放開刀柄，折刀依然立在桌上。

「是今天早上的事。我一走進模擬法庭，就看到刀子插在桌上。我本來以為是你做的，所以故意試探你一下，不好意思。」

「你為什麼覺得是我？」

「你看這個吊飾。」

那是個很小的吊飾，所以直到馨用手指在上面彈了一下，我才看到它。我瞇起眼睛，看見那天秤形狀的吊飾掛在刀柄上。

「無辜遊戲……」

「我懷疑過很多人，但我最先想到的是最近的敗訴者。」

氣勢全消的賢二沒有回答，不知道是生氣還是錯愕。

「你剛剛是在試探什麼？」

旁聽席上的公平喊道。他開口的時機總是抓得那麼巧妙。

「如果這把刀是賢二插在桌上的，那他應該不敢隨便靠近法官席，因為刀可能還在我的身邊，不過賢二還是憤怒地衝了過來。」

「所以賢二傻傻地衝過去就表示不是他做的？」

站在法官席旁的賢二瞪了公平一眼。

「我觀察的不只是賢二的反應，我也很好奇大家看到我揮落刀子時的反應。你們知道嗎？從法官席看旁聽席根本就是一覽無遺。」

「你用自豪的觀察能力找出真凶了嗎？」

「你說呢？」

「你可以發起無辜遊戲啊。由你擔任告訴人一定很精彩。」

插在桌上的刀子，天秤吊飾，這兩樣東西滿足了無辜遊戲的條件。只要馨在法庭上指出罪名，就可以開始新一輪的遊戲。

「如果公平願意擔任審判者，那我就發起遊戲。」

「啊？」

「如果我擔任告訴人，就需要另外找人擔任審判者，否則我就是球員兼裁判了。遊戲並沒有規定審判者一定要由我來當。我倒是要問你，你做好處罰別人的心理準備了嗎？」

「這個……」

就連巧舌如簧的公平也辯不過身穿法袍的馨。

馨確實是以優異成績通過司法考試的菁英，但他目前只是法都大學法科大學院的學生，敗訴者之所以願意遵從他在無辜遊戲判處的罰則——雖然多少還是會抱怨——是因為一個很重要的理由。

在半年前第一次舉行無辜遊戲時，馨以審判者的身分立下誓言，只要被證明他審判不公就要受到某種處罰。馨所說的心理準備就是指那個誓言。

「開玩笑的，我不打算找其他人擔任審判者。我要告訴現在可能在場的主謀，我不接受無辜遊戲的邀約，對我玩這種把戲是沒用的。」

說完以後，馨一臉嚴肅地看著賢二。

「如果揍我會讓你舒坦一點，你就動手吧。」

「馨……你真的認為那傢伙是無辜的嗎？」

「偷走信封的人有可能是尊。」馨很乾脆地承認了這一點。「你剛才問我是不是以為自己是神，我只是個凡人，我也會迷惘。由人來審判人，只能靠著近乎確信的心證。立證則是在蒐集讓審判者做出心證所需的事實和理論，比喻成路標或許更容易懂。」
「可能有罪卻沒有受到懲罰，這怎麼說得過去？」
他們的對話真是牛頭不對馬嘴。馨流暢地說道：
「假如我面前有十個被告，我確定其中九個殺了人，一個是無辜的，那九個人是該判死刑的罪人，但我分不出無辜的是哪一個人。所以我到底該把十個人都判死刑，還是該把十個人都宣告無罪？身為審判者就必須面對這種選擇。放走殺人凶手可能會造成很多人受害，但我還是會毫不猶豫地宣告無罪，只為了救濟那個無辜的人。」
賢二不發一語，或許他只是想不出該說什麼。
「可以閉庭了。解散。」
宣告閉庭後，模擬法庭瀰漫著尷尬的沉默。站在作證發言臺的尊留下一萬圓罰金，準備走出柵欄。賢二在他背後喊道：
「這是你的。拿走吧。」
「我得說清楚，錢真的不是我偷的。」
「算了，不重要了。」
尊有些不知所措，說著「那你以後別再提起這件事喔」，將兩萬圓都收進外套口袋。
我望向法官席，剛剛插在桌上的刀子已經不見了。

10

接下來兩週，我都過得很安寧。

在地下鐵沒有遇到企圖誣賴別人是色狼的女高中生，學校也沒有召開無辜遊戲，我過著一如既往的生活，只是在自習室或資料室看法律專書。

被公開的機構照片。插在門上的冰鑿。

這兩個懸而未決的問題還是沒有半點進展。得到照片的管道可能是個頭緒，但是打電話去櫸樹之家大概也問不到有用的答案。如果有個蠢蛋把機構的照片發到社群網站上，那就無從追查起了。至於我刺傷喜多的那件事，當時機構裡的每一個人都知道。

關鍵點不是照片和報導被公諸於世的這個結果，而是動機。揭穿我和美鈴以前在那個機構待過，到底有什麼好處？

遇到比我更嚴重挑釁的美鈴最近都沒有和我聯絡，她在法科大學院裡看都不看我，我傳訊息問她有沒有進展，她也不回覆。我尋思著要找一天去她的公寓看看情況，不知不覺就過了兩週。

總有一種不祥的預感……我靠在椅背上，嘆了一口氣。

我正在301教室上一堂特別課程，課程名稱叫「刑事審判隱含的問題」，講課的是奈倉老師。我本來以為沒機會再上他的課了，但是開頭就抱怨都快畢業了還被硬塞了一門課。

找尋美鈴的位置已經成了我的習慣。自由入座時她通常會選擇窗邊，今天她也是坐在窗邊從後方數來第三個座位。

窗外照進來的陽光照亮了美鈴的四周，她前後的座位也一樣明亮，我卻覺得彷彿只有她的座位打了聚光燈。

眼角稍微下垂的大眼睛，筆挺的鼻梁，櫻桃小嘴。
看著美鈴的側臉，我突然想起以前公平跟我閒聊時說過的話：
「你可以試試看和喜歡的對象排隊一個半小時玩遊樂設施，只要看你會不會覺得無聊，就知道能不能跟這個人交往。」
我不太記得我們是怎麼聊到這個話題的，只記得我不感興趣地回答「是嗎」或「喔」。
「製造出必須聊天的狀況，就能測出彼此的契合度。不過織本是例外，如果站在我身邊的是織本美鈴，我可以一直看著她的側臉直到打烊。」
公平說這話的表情很認真，我不知道該笑他還是該附和他，最後還是什麼都沒說。
雖然美鈴這麼漂亮，但我從沒看過任何人向她告白。公平說過「我沒想過要跟她交往，能遠遠看著她我就很滿足了」。
因為無法站在對等立場和對方交往，所以只當一個旁觀者。這種想法很像無辜遊戲。因為無法以專業身分站上法庭，就玩法律遊戲來安慰自己。
說不定那支冰鑿也是一樣……金屬門被刺穿了一個小洞。
那是在表示不想只當個消極的旁觀者，而是要當積極的參與者嗎？
把感情藏在心中叫作暗戀，若再加上惡意就是另一回事了。
摻雜惡意的暗戀，一般人稱之為跟蹤狂。
機構的照片、冰鑿、跟蹤狂、無辜遊戲。
我的思緒開始失控。美鈴的側臉變得模糊，講臺上的奈倉老師的聲音越來越遙遠。
或許那人暗戀美鈴，所以想要知道她的一切，光是知道她現在的事還不夠，於是又去調查她的過往，結果找到了那張照片。欅樹之家的那張合照上，除了美鈴之外，還有一個熟人。久我清義——也就是我。

我們兩人早就在機構裡認識了，在學校裡卻裝成陌生人。那人誤會了我和美鈴關係曖昧，所以決定除掉我這個礙事的傢伙。

寫上我名字的照片被公諸於世，但寫上美鈴名字的照片只出現在美鈴面前，因為那人只想損害我的名譽，並且向美鈴傳達「我不在乎妳待過兒少安置教養機構」。

這到底是狗血的妄想劇情，還是識破主謀想法的精闢論點？

多半是前者吧。我低下頭苦笑，免得被老師看見。一個學法律的法科大學院學生想要模仿偵探還是太勉強了。

「久我，有什麼有趣的事嗎？」

是奈倉老師的聲音。我還以為自己藏得很好，結果頭還是不夠低。

「對不起，只是想起一些好笑的事。」

我毫不心虛地回答，坐在後面的公平一聽就低聲地笑了。

過去做的壞事被揭發之後，我經常發現有同學盯著我竊竊私語，但公平還是會一如往常地找我說話。

「虧我特地挑了你們可能有興趣的題材，很無聊嗎？」

老師不知何時已經講到了課程的主題，白板上有一行大字寫著「冤罪與無罪」。

「這……是因為和無辜遊戲有關？」

「你知道冤罪和無罪的差別嗎？」

奈倉老師極力實踐蘇格拉底反詰法，上課時很愛問學生問題，在得到滿意的答案之前絕不會善罷甘休，而且他問問題的對象都是隨便挑的，所以平時上課就像考試一樣充滿緊張感。

「雖然結果都是不處罰，但冤罪的定義好像比較窄。」

我沒有仔細想過這個問題，只能一邊觀察老師的反應一邊思索正確答案。只要我的思路不脫軌，奈倉老師就會慢慢把我引導至正確的結果。

「什麼叫作無罪？」

「呃……對於被告是否犯罪這件事尚有合理質疑的空間。」

「只有這樣嗎？」

我已經答得很籠統了，不知道還能補充什麼。

「你所謂的『是否犯罪』指的是『構成要件該當性』吧？」

「喔喔，原來如此……」老師的引導很明確。

以殺人罪為例，只要確認被告是懷著殺意而殺人，就符合了刑法一百九十九條規定的構成要件該當性。不過，即使符合殺人罪的構成要件，還是有可能被判無罪。

「如果有阻卻違法事由或阻卻責任事由就算無罪。」

前者最好的例子是正當防衛和緊急避難，後者的例子有心神喪失或刑事未成年等等。

「那什麼叫作冤罪？」

「這個……唔，對了，冤罪和逆轉無罪一樣，原本是有罪判決，最後變成無罪判決。因為多了這個前提，所以定義比無罪更窄。」

奈倉老師終於引導出答案，滿意地點頭。

「這是其中一種定義。」

「還有其他定義嗎？」

「無罪是法律上的概念，但冤罪不是。不同的學者會有不同的定義，而我說的是實際的情況。結城，你還想得到其他的差別嗎？」

馨坐在門邊最後面的座位，他的白襯衫上沒有一條皺褶，穿得十分樸素。這是他尚未切換成審判者模式的平常模樣。

「有罪或無罪是由法官決定的……是不是冤罪，或許只有神知道吧。」

聽到他說出「神」這個字，讓我非常訝異。

「很有趣的答案。」奈倉老師摸著下巴的鬍子。「兩者的定義呢？」

「我對無罪的定義和正義一樣，這只是檢察官立證失敗的結果。」

「那冤罪呢？」

「明明沒犯罪卻被判了有罪。無論是上訴遭到駁回而執行了死刑，或是在文書上被指為罪犯，或是在監獄裡因精神受創而死，只要那個人沒有犯罪，全都算是冤罪。」

「你是說，一個人是否真的犯罪，只有看透真相的神有辦法判斷嗎？」

聽到奈倉老師的補充，我總算明白了。

「是的。因為負責審判的是不完美的人，所以會發生冤罪這種過失。」

「正如結城所說，是不是冤罪只有神知道，所以代替神進行審判的法官更要慎重地判斷。」

「老師想說無辜遊戲的名稱取得不正確嗎？」
既然是實踐蘇格拉底反詰法的課堂，學生當然可以發問。
「我什麼都還沒說呢。」
「老師剛參觀完我們的遊戲就講了這個主題，誰都看得出來跟那件事有關。」
我轉頭望向後方，公平歪著脖子，一副「那傢伙在說什麼」的表情。我的感想也一樣，所以朝公平輕輕點頭。
「我要反問你，什麼是無辜？」
這下子真的像蘇格拉底和徒弟的對話一樣，變成了哲學問答。
「就是沒有犯罪的意思。總覺得還是在同一個地方打轉呢。無辜和冤罪的差別只在於有沒有被宣判有罪。」
「是否無辜是由你來判斷的嗎？」
原來如此……老師要說的原來是這個意思。
在無辜遊戲裡擔任審判者的馨只是凡人，不是神，由人來審判人的遊戲命名為「無辜」不是很奇怪嗎？這就是他們兩人討論的議題。
「這只是學生之間的遊戲，沒有太深的意義。」
「真稀奇，我還以為這是結城經過深思而取的名稱呢。」
老師的語氣聽起來像是在挑釁馨。
「這名稱不是我取的，是大家不知不覺間就開始這麼叫了。不過我還挺喜歡的，所以雖然不正確，我也沒打算修改。」

「你喜歡？喜歡什麼地方？」

「只要夠努力，就算是凡人或許也能像神一樣分辨出無辜與否。我是這樣想的。」

「喔……」老師露出意外的表情。「接下來要說明的是和冤罪密不可分的再審制度。」奈倉老師說道。

以馨的能力，或許他有朝一日真能成為看透真理的神吧。

我懷著這不現實的想法，聽老師講起再審制度。

11

我一直無法拋開凶手是跟蹤狂的可能性，於是我把這個想法告訴了美鈴。

自從門上出現冰鑿之後，美鈴就很少來自習室了，她大概是想留在公寓裡抗敵吧。依照美鈴的個性，絕不會像我這樣默默等著對方再次出手，我必須在發生不可挽回的結果之前幫她踩煞車。

我星期三的課到第三堂就結束了，現在時間是下午三點半。

美鈴公寓附近的公園裡有一群孩子天真無邪地四處奔跑。沙坑、溜滑梯、攀爬架，雖然只有這些設備，看孩子們的表情彷彿那些東西比任何遊樂園的遊樂設施都好玩。或許他們能看見大人混濁的眼睛看不到的某些閃亮東西吧。

有小孩玩耍的公園多半也會有家長在，他們盯著孩子以免發生意外或爭執，也守著孩子不讓壞人靠近。我心想，這些家長真是辛苦。

公園四周圍繞著柵欄，美鈴就站在西側的柵欄前。我沒想到她會在這裡，就停下了腳步。她在這裡做什麼啊？

美鈴站在公園柵欄的內側，似乎正盯著外面的道路。她看著的那個方向就是她居住的公寓的入口處。

我都走到伸手可及的距離了，美鈴才發現我。

「怎麼了？」

「我正想去妳的公寓，就看見妳在這裡。」

「這樣啊。有事可以傳訊息給我。」

「我傳了好幾次，可是妳都沒有回覆。冰鑿的事解決了嗎？」

「你別這麼大聲。」

「那就回答我的問題啊。」

「我準備逮住那傢伙。」

「啊？」

美鈴嘆了一口氣，看著纖細手腕上的手錶。

「如果你要問我話，就站到我的旁邊。」

「妳知道主謀是誰了嗎？」

「如果我沒猜錯，那人再過二十分鐘就會現身。」

美鈴說凶手下午四點會來。

「這麼精準？他向妳自首了嗎？」

「別開玩笑了。那傢伙只會騷擾我。」
「那妳為什麼知道他什麼時候會來?」
「我已經查出他下手的頻率了。」
「不好意思!」
一顆足球從後方滾過來。美鈴的視線離開了原本緊盯的柵欄,把足球交給跑過來的少年。
「謝謝姊姊!姊姊在這裡做什麼?」
「玩偵探遊戲。」
美鈴溫柔地笑了。她平時不會展露這種表情。公園和少年,這些場景或許令她想起了以前一起在機構裡生活的年幼院生吧。
「偵探?」
「就是幫助別人解決麻煩的工作。」
「喔,是打擊壞人吧?」
「是啊。不過你別告訴其他人喔。」
「嗯。我知道了!」
美鈴看著少年跑開後,又用一如往常的冰冷眼神緊盯前方。
「事情沒有結束,現在才要開始。紙上是這麼寫的。」
「那個人又行動了?為什麼妳沒有告訴我?」
「說了你一定會跑來公寓。對方可能正在監視我的公寓,你若是跑來,他就不會現身了。」

「後來又發生了什麼事？」

「沒什麼大不了的，只是腳踏車的輪胎被刺破，鑰匙孔被灌了強力膠，郵件被偷走，還有……」

聽到她平淡地敘述那些惡劣的騷擾，我都不知道該怎麼回答了。從她說的情況聽來，這些騷擾事件都是發生在公寓裡。

「他真是鐵了心要騷擾妳呢，竟然一直去別人的公寓搞破壞。」

還好至今尚未發生過有人闖進家裡、身體受到傷害之類危害到性命的情況，我的腦海浮現出「不幸中的大幸」這句不適切的形容。

「週一、週三、週五。平常日每隔一天就會動手。」

「難道妳最近一直在監視公寓嗎？」

「我才不會做那麼沒效率的事。我已經觀察到，那人都是在下午四點前後出現的。」

「……妳是怎麼觀察到的？」

「解釋起來太麻煩了，總之你先相信我說的就是了。」

美鈴似乎很有把握。就算我說這樣太危險、勸她收手，她也不會聽進去吧。

「妳是在觀察四點前後會不會有人進出公寓嗎？」

「是啊。你可以先離開。」

「我陪妳吧。不過妳為什麼要在公園監視？」

「那人今天的目標是信箱。我公寓的信箱放在大門內側不遠處，和停車場及樓梯是反方向，在那邊監視會被牆壁和圍牆擋住，所以只能從公園監視。」

我回想著那棟公寓的格局，確實如同美鈴所說。在公園雖然無法直接看到信箱，至少看得到有沒有人進出公寓。

「妳連信箱會被動什麼手腳都知道嗎？」

「看到就知道了。」

美鈴盯著柵欄外面，用這句話強制結束了對話。

她想要逮住對方作案的那一刻。即使有人進出大門，也不能確定那就是騷擾者，但嫌疑確實很高，因為這棟公寓的優點只有租金便宜，房客想必不多，四點前後應該不會有太多人進出。

與其獨自監視，有我陪著更不容易惹人起疑。我們兩人並肩站著，等待四點的到來。只剩十分鐘的時候，氣氛非常緊張。我甚至還在想，如果看到我們的同學出現在公寓大門，我就要衝上去抓住他。

可是，到了四點十分，還是沒有看到任何人進出。

「真奇怪……」

到十五分的時候，美鈴終於喃喃說道。先前我們一直沒說話，沉默盯著公寓的時間久得都快讓我忘記目的了。

「妳查到的頻率可靠嗎？那人設下無辜遊戲至今已經過了兩週，妳觀察到的作案日期會不會只是剛好集中在那幾天？」

「對方或許發現了。」

美鈴自言自語，彷彿沒聽到我的聲音。
「喂，美鈴。」
「啊……抱歉，你說什麼？」
她終於轉頭看我了。
「比起獨自思考，兩人一起想不是更好嗎？」
「去我家吧。回去再說。」
我們很快就回到公寓。美鈴停在信箱前面，203號房的信箱是開著的。她早就料到信箱會被動手腳，可是在她監視的期間沒有任何人進出大門，不該發生這種事的。
「怎麼回事……」
美鈴的反應和我不一樣，她立刻轉頭，一臉驚恐地望向停車場和大門，然後從信箱中拿出一張紙。如果這是郵件，一定會裝在信封裡，也就是說，這張紙是被人直接放進信箱的。
「怎麼可能……」
美鈴粗魯地關上信箱，生鏽的金屬相撞，發出刺耳的聲音。
我跟在美鈴背後走上樓梯，走進203號房，直接坐在地板上。地板冷冷的觸感讓我的腦袋冷靜下來了。
「那張紙能不能讓我看看？」
「每次都是一樣的內容。發生過很多次了。」
她交給我一張印著網路報導的紙張。

『女高中生合夥犯罪，專挑中年男性下手，手法高明又惡劣。』

那是四個女高中生遭到逮捕的新聞。

報導提到，一群就讀於市內知名私立高中的女學生合夥進行詐騙，而且可能跟暴力組織有關。

後面提到了她們有組織性的詐騙行為具體手法。

其中包括仙人跳：利用聯誼網站把男性約到旅館，然後表明自己未成年，威脅對方付錢。還有性騷擾誣陷：聲稱自己被偷摸，恐嚇對方如果不想鬧上警局就花錢和解。還有典型的詐騙，在援交之後謊稱懷孕，騙對方拿出墮胎費和精神賠償費用。

集團詐騙的特色是分工合作，女高中生聲稱自己受到男性的侵害，暴力組織相關者再以此為由威脅恐嚇。

警方正在調查是否還有其他女高中生涉案。報導最後用這句話作為結尾。

「我已經收到這報導好幾次了……」

報導內容很簡略，更讓人覺得不舒服。對方顯然是在表示：「看到這報導就知道我想說什麼了吧」。

「你怎麼想？」美鈴面無表情地問道。

「……是揭發吧。」

「揭發什麼？」

「揭發我和妳犯過的罪。」

「我又沒有參加這個詐騙集團。」

「但是我們做過類似的事，還毀掉了別人的人生。」
美鈴從我的手上把紙搶過去，用雙手揉成一團。
「事到如今，再提那件事又有什麼用？」
「我只是覺得必須面對現實，否則就抓不出主謀了。我們確實勒索過無辜的大人，不過那是過去的事，都已經過了這麼多年……」
「會覺得事情已經過去的只有加害者。現在確實有人打算報復我，那人甚至拿到機構的照片，還查到我的住址。」
有人把女高中生詐騙案的網路報導放進美鈴的信箱。以我們現在的心理狀態，很難想到報復以外的目的。
「除了這件以外，還有其他的嗎？」
「在公園的時候我不就說過了？」
美鈴還提到腳踏車的輪胎被刺破，以及鑰匙孔被灌了強力膠。
「我是說，有沒有類似這份報導的威脅？」
「沒有。只有這張紙，其他都是普通的惡作劇。」
「也沒有向妳要錢？」
美鈴默默地搖頭。我越來越搞不懂主謀的目的了。
「這會不會是跟蹤狂做的？」
「跟蹤狂？」
我把我在聽奈倉老師講課時想到的事告訴了美鈴。

「你是說，這些惡作劇是喜歡我的人做的？我完全無法想像。」
「愛的相反不是恨，而是冷漠。」
「這是哪裡聽來的名言吧。」
我不知道這句話是誰說的，只能含糊地點頭。
「如果這句話說得沒錯，騷擾就不是愛的相反了。正是因為喜歡對方，才會去糾纏、去騷擾。愛和恨只有一線之隔。」
「如果凶手是跟蹤狂，那他的目的是什麼？」
「或許是想要得到妳的一切。」
「難道我看見冰鑿插在門上就會愛上他嗎？」
「或許這只是準備工作。先用惡作劇讓妳感到不安，再揭發妳的過去，威脅妳跟他在一起。這只是我的推測啦。」
「想像力真豐富。」
在美鈴看來，主謀大概只是個難以理解的變態吧。
「妳說那些惡作劇都是發生在公寓裡，在這麼近的地方不停地動手腳，多半會留下痕跡。」
「我也是這麼想。不……我懷疑他比我想得更近，他可能摸清了我在公寓裡的作息，才能做出這麼大膽的行為。」
「妳是說……」
我壓低聲音問道，美鈴指向房間角落的小櫃子，第二層擺著類似無線電對講機的東西。

「我用竊聽偵測器搜尋過屋內，但什麼都沒找到。」
「這東西管用嗎？」
「是一位內行的朋友幫我挑的。」
我不了解美鈴的交友圈，但她應該不是隨便說說的。
「妳是怎麼查出他下手的頻率的？」
「因為信箱裡定期出現那份網路報導，所以我在信箱附近裝了攝影機。」
「攝影機……裝在哪裡？」美鈴的每句回答都超乎我的想像。
「裝在303號房的信箱裡。那個房間還沒租出去，所以信箱沒有鎖上。」
我抬頭望向天花板。這棟公寓有三層樓，上方就是303號房。
「妳用的是紅外線攝影機嗎？」
「沒有那麼高科技，只是有夜視功能。特殊的是信箱的構造。這棟公寓很破爛，信箱也很簡陋，頂板和底板都是網狀，可以看見下方的信箱。我把鏡頭對準洞洞的位置，就拍到了信箱被放進東西的時刻。」
竊聽偵測器和監視攝影機……這些手段已經超出一般人想得到的範圍了。
不過，她確實蒐集到了騷擾者的資訊。
「所以妳預測主謀今天下午四點會出現在信箱前。」
「結果如你所見。」
「四點前後沒有任何人出入公寓，可是信箱裡卻出現了東西……」
「你是不是懷疑我開始監視之前報導就在信箱裡了？我做了這麼充分的準備，還在公園裡盯梢幾十分鐘，怎麼可能遺漏了這個細節？」
「被妳發現啦？如果妳沒有搞錯的話……」
「一定有哪裡想錯了，我得從頭再想清楚。」
我們都已經去盯梢埋伏了，但是到現在連事件的全貌都還看不清楚。
那人一定在嘲笑我和美鈴撓頭苦思的模樣吧。

12

隔天，我在自習室看憲法判例時，馨走了過來。自習室裡也有馨的座位，但我從未見過他坐在那裡。
「正義，我可以跟你聊聊嗎？」
馨帶著我走進模擬法庭，他坐在法官席上，我坐在他右邊的座位。
「你還記得這個嗎？」
馨打開抽屜，拿出裡面的東西。
「這是上次那把刀吧。」
近距離一看，我發現那把刀做得很精緻，應該挺貴的。在燈光的照耀下，刀上的鋸齒發出可怕的寒光。
「真是的，竟然把這種麻煩的東西塞給我。」
「你一直把刀放在抽屜裡？」

「我又不知道要還給誰，也不能當成失物送去教務處。」
「怎麼不拿去警察局？」
「把刀子插在法官席犯了什麼罪？」
如果收到這把刀子的人是我，我在無辜遊戲的開頭會指出什麼罪名呢？
「對方沒有要求財物，所以不是恐嚇。我甚至不確定這種行為是不是在威脅你。」
「為什麼？」
「模擬法庭不是專屬於你的自習室，而是你擅自占用的，所以我不能斷定把刀子插在桌上是針對你的威脅，除非刀上附帶了給你的訊息。」
我回答之前沒有經過詳細調查，但我覺得大致上是正確的。
「嗯。找你商量果然沒錯。」
「你到底想說什麼？」
我有一種不好的預感。馨關上抽屜，駭人的凶器消失在我的眼前。
「你對最近的無辜遊戲有什麼想法？」
「想法喔……很精彩這一點是無庸置疑啦。」
「已經差不多了。我決定不再擔任審判者了。」
我答得很婉轉。
「你是說無辜遊戲不該再玩嗎？」
「如果有其他人願意擔任審判者，繼續玩下去也無妨。」
「我們做不到啦，負擔太沉重了。如果你不繼續當審判者，那遊戲就結束了。」

「你不問我理由嗎？」
「想要繼續或退出是你的自由。」
遊戲遲早會結束。這遊戲已經延續得比我想的久了。
「如果大家都像你這麼明白事理就好了。」馨露出苦笑，接著又說：
「你知道無辜遊戲最大的問題是什麼嗎？」
可能會讓人誤會這是容許犯罪、可能會破壞人際關係、可能會讓學生丟下真正重要的學業……雖然問題很多，但只要說一句「各人自行承擔」就沒事了。馨想要的答案應該更嚴肅。
「是執行罰則的問題嗎？」
「嚇到我了……你想的和我一樣。」
「前陣子我第一次以告訴人的身分參加遊戲，當時我才體會到這一點。就算贏了遊戲，敗訴者若不肯接受懲罰，那也是白搭。」
如果罰則是罰金，叫雙方先把錢拿出來就好了，而我勝訴的那次罰則是剝奪社會評價，我還得自己想出執行的方法。
「在刑事訴訟中，有獨立的機關來執行罰則，可以強制執行懲役刑、禁錮刑這些限制人身自由的罰則，不繳罰金也可以強制執行或易科監禁。比喻成『到家之前都是旅途』或許不太對，總之罰則必須執行才有遏阻的效果。」
「可是，遊戲的審判者需要擔心這個缺點嗎？」
審判者宣告了罰則和勝訴者就完成任務了，至於罰則有沒有執行，都不關馨的事。

「最近無辜遊戲舉行得越來越頻繁，犯罪也逐漸擴大到難以漠視的程度，我覺得原因就是出在罰則沒有遏阻力。犯罪越重大，罰則當然也越重，因為制訂罰則的原則是同等報復。這已經不只是在玩遊戲了。」

「我知道你想說什麼，可是至今都沒出過問題啊。」

「我偶爾會想像，如果那把刀不是插在桌上，而是插在我的身上……這種情況的罪名是什麼呢？」

「呃……傷害罪，或是殺人罪。」

也有可能是傷害致死或殺人未遂，但我懶得全都說出來。

「無辜遊戲是沒辦法處罰這些罪的。我又不能說出『勝訴者可以拿刀捅敗訴者』這種話。一想到這些事，就會看見遊戲的極限。」

無辜遊戲在執行罰則時，是靠著敗訴者的同意來避免違法，若是會侵害到人的性命，即使受害者同意也不能避免違法。

「你不打算找出主謀嗎？」

「資訊太少了。如果那人有目的，應該還會再做些什麼。我就等著看吧。」

「再做些什麼……」

「我知道，下一次刀子可能就是插在我的心臟上。」

「還是去報警比較好吧？」

我想起自己也給過美鈴相同的建議。我的身邊為什麼如此動盪不安？

「如果我有什麼三長兩短，有一件事要拜託你。」

「如果你是叫我擔任審判者制裁凶手，那我拒絕。」

「我不會把那麼麻煩的工作推給你啦。只是一件簡單的事。」

「那我就聽聽看吧。」

他說的三長兩短是指什麼？我實在不敢問。

「我想請你帶龍膽花去掃墓。」

「啊？」就算是玩笑話，我也聽不懂他的意思。

「我是說，請你去我父親和爺爺的墳墓，幫我供上龍膽花。」

「這是哪首歌的歌詞嗎？」

「你記在心裡就是了。或許是因為宣告了很多殘酷的懲罰，我偶爾會想交代一下這些事。」

我不知道該做何反應。

但現在應該是了解馨身為審判者的想法的好機會。

「話說回來，為什麼你這麼執著於同等報復？」

「什麼意思？」

「我是說決定罰則的方法。『以眼還眼』這種同等報復的原則是非常古老的刑罰概念吧？」

在歷史課學過的漢摩拉比法典還是用楔形文字刻在石板上的。

「很古老就是錯的嗎？你的偏見也太深了。」

「我又沒有這麼說……」

「你真的明白同等報復的意義嗎？」
「簡單說就是……被人打了就要打回去？」
「喔？真是令我意外，你竟然也有這種誤解。」
我對自己的法制史知識沒什麼信心。
「誤解？同等報復的意義不就是支持報仇嗎？」
「不，正好相反，同等報復是一種寬容的態度。」
不是報仇，而是寬容？這是截然相反的兩種概念。
「你可以解釋得更清楚嗎？」
「你試試看把刺瞎別人眼睛的凶手拉到受害人面前說『這個人隨你處置』，如果是在沒有刑罰的無秩序地帶，這個凶手不是被打得半死就是直接被打死。可是，眼睛被刺瞎卻要對方賠上性命也太過分了。如果你被剝奪視力，那你也只能剝奪凶手的視力，這就是以眼還眼的意義。」
「同等的報復等於寬容……原來如此，我以前都不知道呢。」
聽到我坦率地表示認同，馨點點頭說：
「嗯，但只限於這種程度的報復。」
「可是『以其人之道還治其人之身』的同等報復，在現代社會是行不通的吧？這樣不就代表只要害死別人，無論是意外或是謀殺都要償命嗎？」
我只是隨口問問，馨卻想了很久才回答。
「那樣想有什麼不對的？」

「……啊？」

馨的語氣冰冷到嚇人，我不禁盯著他的臉。他像是極力壓抑著身穿法袍時很少表露的感情，凝視著遠方。

「管他是故意還是不小心，害死人就該償命。如果有人這樣想，你要怎麼跟他們說？」

突然被這麼問，我一時之間不知該如何回答。

「開玩笑的。我決定罰則的考量不只是看受侵害的法益是什麼，但我確實秉持著同等報復的原則，所以自然會把遭指控的罪名直接轉換成罰則。借用你剛才那句話來說，就是蓄意謀殺的人才需要償命。」

「要怎麼判斷是不是蓄意呢？」

馨想了一下，然後露出了柔和的表情。

「我一直在摸索審判的標準。我的目標是成為能幫罪行想出合適懲罰的審判者，所以才發明了無辜遊戲，一再向敗訴者宣告罰則，就是為了要累積判罪和決定罰則的經驗。」

「那你找到答案了嗎？」

「已經抓到大致的方向了。我發起這個遊戲只是為了私人的目的。」

我無法完全理解馨說的這些話，但我至少知道他是很真誠地在探索罪與罰應有的樣貌。

對馨來說，無辜遊戲的意義想必十分重要。如果他是只把無辜遊戲當成「展現法律知識的舞臺」的不負責玩家，不可能懷有這麼大的熱情。

「你不會再接受告訴人的申請嗎？」

如果無辜遊戲要結束了，我想問馨一件事。

「你捨不得結束嗎？如果你想提告，我可以受理最後一次。」

「喔喔……不是啦。我是想說，你一直以來都不陪人商量遊戲的內容……」

「這是為了避免我在審判時有先入為主的想法。」

「那以後就不需要避免囉？」

馨眨眨眼，然後點頭說：

「原來如此。你是在為某件不能提告的事而煩惱嗎？」

我知道這件事不該找其他人商量，但馨不喜歡探人隱私，他也不是口風不緊的人，最重要的是，我想要參考看看馨的意見。

「最近美鈴公寓門上的貓眼被插了一支冰鑿，握柄附了一張紙，裡面有天秤的圖案。」

「喔？詳細情況是怎樣？」

我簡略敘述了美鈴最近遭遇的麻煩，這令我回想起在馨坐鎮的模擬法庭上指出罪名，還有申請召開無辜遊戲的事。

我把會透露我和美鈴往事的部分都省略掉了。要是馨問我「為什麼那個人會送來詐騙集團的報導」，我還真沒把握能騙過他。

聽我敘述騷擾事件的概要時，馨沒有什麼反應，害我忍不住懷疑他到底有沒有在聽。可是當我提到美鈴靠著監視攝影機找出做案時間，以及她躲在公園監視公寓大門時，馨的表情出現了變化。

「你剛剛的說明是完整的嗎？」

「我把自己知道的都說出來了……應該吧。」

「好的。那你要找我商量什麼事？」

「為了制止這些騷擾行為，我想請你幫忙解開謎題。」馨經常藉著告訴人的立證來判定罪犯是誰，所以我覺得聽聽他的意見或許可以得到關於主謀的線索。

「什麼謎題？」

「我和美鈴一直在監視公寓大門，四點前後沒有人進出，可是信箱裡卻出現了報導。美鈴說她在開始監視以前有先檢查過信箱，當時裡面什麼東西都沒有。」

我還以為馨也會跟我一起苦思，但他歪著頭問道：

「除了你們監視的大門以外，還有其他地方可以進入公寓嗎？」

「我從她家出來以後，在公寓四周巡了一下，沒有找到後門，而且大門以外的地方都有圍牆，我沒看到任何能輕易進入的地方。」

我很仔細地找過是否有其他入口，因為我覺得這是最有可能的答案。

「那道圍牆高到不可能翻過去嗎？」

這種問法真奸詐，馨明知要證明「不可能」或「不存在」有多難。我在回答時很慎重地選擇措辭，避免任何說謊的可能。

「牆上沒有圍著有刺鐵絲網，真的想翻牆還是做得到。但我只想得到兩個需要爬牆的理由，而這兩個理由都能輕易推翻。」

「說說看。」

「第一個理由是那人經常爬牆入侵民宅，所以這次也是爬牆進來。不過這個假設不太合理，根據美鈴所說，公寓已經發生過很多次騷擾事件，如果那人爬牆進來那麼多次，一定會被人看見的。」

「然後呢？」

「第二個理由是那人知道我和美鈴正在監視，所以選擇爬牆來躲開我們的監視。這個假設乍聽很合理，但他大可等我們走了以後再行動。如果在我們監視的期間發生了騷擾事件，只會讓我們得到更多線索來看破他的手法，這根本是有害無益。」

我的分析應該沒有疏忽之處。那人一定不知道我們在監視公寓大門，他也不是爬牆進去的，而是大搖大擺地走進去，但我們卻沒有看到。難道他是鬼嗎？

「你都已經整理清楚了嘛。那我就放心了。」

我確實想過很多了……但馨為什麼還是一副氣定神閒的樣子？

「所以我才頭痛啊。那人不用經過大門就能到達信箱，做了手腳之後不用經過大門就能離開……這怎麼可能嘛。」

「不，答案已經出來了。我沒有親自去現場調查，但這次沒去反而比較好。你試試看用俯瞰的角度去思考，以你的程度一定很快就會想通了。」

「我想過了，但我什麼都想不到。」

「我不是叫你想『這些描述之中有哪裡錯了』，而是接受『這些描述全是正確的』。你就當作是被騙，姑且試試看吧。」

或許美鈴事前沒有檢查信箱、或許除了大門還有其他路線可以進入公寓、或許在公園監視時有疏忽。我檢驗過所有可能性，質疑過每一項前提條件，拚命地想要找出其中的失誤。

如果依照馨的指示，相信這些前提條件都沒有失誤……

「啊……」一想到答案，我忍不住叫出聲來。

「想通了嗎？」

那人不用經過大門就能到達信箱，是因為他本來就在公寓裡。

那人不用經過大門就能離開，是因為他根本沒有離開。

我完全疏忽了這一點：那棟建築物還有其他房客。

「……是公寓的其他房客？」

「應該沒錯。」

那人是從自己的住處直接走到信箱，放進報導，再回到自己的住處，這樣他就不需要爬牆，也不需要經過公寓大門。想到答案之後，我才覺得事情很簡單，為什麼我之前一直想不到呢？

「可是……沒有其他的可能性嗎？」

「我想到的答案和你一樣。如果你不相信，那也是你的自由。」

「那人和美鈴住在同一棟公寓……」

一想到這可怕的事態，我就嚇到說不出話了。不，現在不是害怕的時候。我推開椅子站起來，從法官席俯視著旁聽席。

「你打算怎麼做？」

「我要去告訴美鈴，待在公寓裡太危險了。」

「那我再補充一些推測吧。」

馨說出的作案伎倆實在太超乎常理，我一下子還沒辦法相信。

不……或許就是因為超乎常理，所以更符合這件事的真相。

13

有個男人抱著巨大的紙箱走下生鏽的樓梯。

在狹窄的樓梯上和他擦身而過很危險，所以我盯著信箱，等他經過。那些四四方方的信箱在這次的事件裡扮演了重要的角色。

信箱的排列和那些房間實際的排列是相同的，也就是說，203號房信箱的左右兩邊就是202號房和204號房的信箱，上下分別是303號房和103號房的信箱。

美鈴用監視信箱的方法查出了作案時間。令人驚訝的是，受害者和加害者使用的手段都是監視，只不過一個監視的是信箱，另一個監視的是房間。房間的天花板和地板當然不像信箱一樣是網狀，所以加害者用的方法更簡單。

我有一股衝動想要打開303號房的信箱，但我勸自己冷靜一點。

現在最重要的是確認美鈴平安無事，並且通知她危險就在身邊。

我拉回視線，樓梯上已經沒有那男人的身影。我走上了二樓。

走到樓梯轉角平臺時，我的視線不是看向二樓走廊，而是看向通往三樓的樓梯。若不是聽了馨的推理，我一定不會對三樓感興趣。

此時我看到三樓有個房間的門是開著的。那是203號房正上方的房間。303號房。我想起剛才那個搬紙箱的男人。要說是丟垃圾，他的動作也太小心翼翼了，要說是搬家，那箱子又太小了。

難道……我回頭一看，那男人就在我的身後。

「不好意思，借過一下可以咩？」

「啊，請。」

我站到二樓走廊上，望著那個腔調奇怪的男人。

單眼皮的細長眼睛、輕微的鷹勾鼻、薄薄的嘴唇，他的五官令人想到陰沉的爬蟲類。他的年紀應該比我大，但他留著邋遢的長髮和一圈鬍子，令人摸不清年齡。

我不認為這個像流浪漢一樣的男人和美鈴認識。

這傢伙……就是主謀嗎？

男人爬上樓梯。他很快就會到達三樓，回到自己的房間。

我迅速地思索。照理來說，我不能做出任何行動，因為我沒有證據，也沒有正當化自己行為的理由，我應該要調查信箱、設下陷阱、抓住對方的狐狸尾巴。若是時間充足，我當然要那樣做才對。

可是，那個紙箱……如果我猜得沒錯，那個男人有可能準備躲起來，那我就再也找不到他了。這可能是我第一次、也是最後一次機會。

我跑上樓，叫住正要進屋的男人。

「不好意思……」

男人慢慢地轉頭。
「幹麼?」
「你是這裡的住戶嗎?」
這不像是會追去問陌生人的話，但我也想不出其他話題了。
「是啊，算是住戶吧。」
「我還以為這是空屋。你是什麼時候住進來的?」
「啊?我什麼時候住進來跟你有什麼關係?你是誰啊?」
男人眼看就要走進屋內。我絕不能讓他就此關上門。
「我是住在你樓下的女大學生的朋友。」
「喔……是我太吵了嗎?不用擔心，我已經搬完了。」
「我的意思是太安靜了，根本感覺不出有人住在樓上。」
「是嗎?隔壁的聲音聽得比較清楚，樓上的聲音比較聽不到吧。我還要忙，你沒其他事了咩?」
他的腔調很特別，所以我不太抓得到對話的節奏。他說話聽起來有點像關西腔，但聲調、語尾和關西腔不太一樣。這是哪裡的方言呢?
「其實我是要向這間的住戶道歉，我本來以為這是空屋，所以擅自使用了這一戶的信箱。真是對不起。」
「……啊?你在說什麼?」
男人的眼皮像是驚訝地顫動。

「我剛剛說我是住在你樓下的女生的朋友，其實我只是在暗戀她。為了多了解她，我還監視了她的信箱。」

「喂喂，幹麼告訴我這些？」

「我安裝監視攝影機的地方，就是你這一戶的信箱。你沒發現嗎？」

男人沒有回答，可能是在摸索我說這些話的用意。

「我的攝影機在信箱裡放了一週以上，你一次都沒開過信箱嗎？」

「你擅自用了別人的東西，態度還這麼囂張。」

「是因為你認定自己不會收到信，所以沒有開過信箱吧？若是如此，為什麼你認定自己不會收到信呢？因為你沒有告訴任何人自己住在這裡嗎？因為你不是普通的住戶？這一戶不久之前還是空屋，你卻突然住進來了，簡直像在逃債呢。」

我接連不斷地丟出問題，不給他時間想藉口。

「這是我的自由吧？沒開信箱不是很常見咩？」

他的說詞也有道理，但他已經開始慌了。別放鬆，繼續進攻。

我停頓片刻，視線瞄向屋內。

「我一直很好奇，那個集音器是幹麼用的？」

男人一聽到我這句話就立刻回頭，大概是在檢查屋裡的情況。

就是現在！我從男人的身邊鑽過去，直接穿著鞋子衝進了走廊。

「喂！」

我不理會他的制止，闖進了屋內，看到了如我所想的景象。

「這是什麼？」

我指著中央的地板，只有那一處的地板被翻開了，接著一條類似聽診器的碗狀器具。

「你是什麼人？」

「你還不知道嗎？你應該從集音器裡聽過吧？我就是跟女大學生說話的那個男生。」

「原來就是你……」

集音器上接了好幾條管線，其中一條連接到桌上的筆記型電腦。那應該是用來把樓下傳出的聲音擴大並存檔。

他錄的是樓下房間的聲音。也就是美鈴房間的聲音。

「好厲害。這年頭還有這種竊聽工具啊？這機械可以擴大聲音？」

「喔？你好像早就看穿了呢。」

「老舊破爛、隔音不良的公寓是最適合竊聽的。」

「你怎麼知道的？」

竊聽的證據被人發現，他為什麼還能如此鎮定呢？

「被你騷擾的那個人可不是會默默隱忍的個性，她想盡辦法要抓出主謀，還懷疑自己在公寓裡的行動遭人監視，用竊聽偵測器查過自己的房間，但是沒有找到竊聽器。」

「所以呢？」

現在沒必要隱瞞手段，而是要讓對方知道辯解也沒用，他才會乖乖地說出真話。我要用詳盡的理論令他無從辯解。

「因為對方是從另一戶竊聽的，所以才找不到。」

「小心是最基本的。竊聽如果被抓到就沒有意義了。」
「為了不被抓到竊聽，所以竊聽器越做越小；為了縮小竊聽器，所以分成發信機和收信機；為了把發信器藏在竊聽對象身邊，所以做成無線式。竊聽偵測器檢測的是無線電波，只要把集音器用電線直接連上電腦，就不會被偵測到了。」
男人一邊聽一邊點頭。
「因為被看穿行動，就猜想有人在竊聽。你真有意思。」
「被你誇獎我也不會高興的。」
而且猜到對方用集音器竊聽的是馨，我只是說出了馨的推理。
「就算你能猜到方法，也不能確定我是從哪一戶竊聽的吧。」
「如果要收音，距離就不能太遠，所以一定是在被竊聽的203號房上下或左右的房間。把目標縮小到這個範圍很簡單，接下來就是可能性大小的問題了。」
「你是說，要賭四分之一的機率咩？」
我朝那臺有著強烈存在感的集音器瞄了一眼。
「我才不會賭沒有把握的賭局。我想到了在303號房的信箱安裝監視攝影機的事，如果303號房有人住，信箱裡的攝影機卻沒被人發現，那303號房就很有可能被當成竊聽的基地。我是這麼想的。」
若是為了竊聽樓下而租了這個房間，除了廣告傳單以外當然不會收到任何郵件，所以不看信箱也很合理。
「原來我們做了一樣的事，她是在監視信箱，我是在竊聽房間。哈，真沒想到。」

「你不是聽到房間裡的聲音了嗎？」
我和美鈴相信了竊聽偵測器的檢查結果，所以說話時沒有任何防備。
「我又不可能一直即時監聽，只是把聲音錄下來而已。這樣說來，我也不算是跟蹤狂吧。」
他似乎不打算幫自己開脫。我有一個問題必須問他。
「你……是什麼人？」
繫在冰鑿上的那張紙上有天秤的圖案，所以我本來以為會在這裡遇見某位同學，可是如今站在我面前的卻是個年齡不詳的男人。這樣說來，他或許是受到某人的指使。
「我是網路報導的送報員。」
「別開玩笑。你知道自己做了什麼嗎？」
「我不過就是送了份網路報導。不是咩？」
「你還用冰鑿刺穿別人家門上的貓眼，破壞別人家的鑰匙孔。」
「我不知道。那些事不是我做的。」
「怎麼可能……」
我還來不及質問，他就先開口了。
「我接到的委託只有竊聽樓下的聲音，以及在安全的時機投遞報導。」
「委託人叫什麼名字？」
「別傻了，我才不會把客戶的名字告訴你。」
「你想被拉到警察局嗎？」

男人聽到這句話就笑了。

「有什麼好笑的?」我用力握緊拳頭。

「把網路報導放進別人的信箱犯了什麼罪?你要這樣說的話,那色情廣告和傳教活動也都是犯罪了。」

我總算知道他為什麼如此鎮定了。他的委託人或許早就教過他被發現的時候要怎麼開脫,所以他才不肯承認自己做過那些無庸置疑的犯罪行為。

「那你用集音器竊聽的事呢?」

「我又沒有闖進那女生的房間安裝竊聽器,也沒有偷接電話線來竊聽,或是把無線竊聽器聽到的聲音洩漏給其他人,這樣根本沒有違反任何法律。」

我知道他講的是關於竊聽的判定標準,可是憑我的知識無法判斷他說的對不對。我能確定的只有一件事。

「這是你的委託人教給你的吧?」

「是又怎樣?」

光是「懂法律」這一點,還不足以找出真凶。

「既然沒有違法,那你的委託人為什麼不自己動手?那只是為了讓你頂罪而編造的謊話。你又何必保護這麼卑鄙的委託人呢?」

「你好像誤會了,我不覺得我的委託人是好人,我會接受這個委託只是因為利害關係一致,這跟頂不頂罪根本沒有關係。我為客戶保密是因為契約內容包含了這一條規定。」

「利害關係?你是說錢嗎?」

「當然。而且委託人還幫我準備了這麼舒適的住處，雖然破了點，不過對一個流浪漢來說簡直就像天堂一樣。他對我也算仁至義盡了。」

即使我試著追問，都被他東拉西扯地迴避掉了，他那流浪漢的外表說不定也是用來騙人的手段。這人比我想得更難對付。

「如果我付錢，你會告訴我委託人的名字嗎？」

「別打腫臉充胖子，你只是個學生吧？」

「就算是借錢我也會付給你的。」

男人摸了摸留長的鬍鬚。

「你為什麼要做到這種地步？我之前好像聽到，你跟那個女生又不是男女朋友。」

「我一定要保護她。」

「我不討厭像你這樣的人，但我幫不了你，因為我也不知道這個委託人是誰。」

他的語氣非常肯定，不像是胡謅的藉口。

「我跟委託人只靠郵件溝通。是他主動找上我的，但我不知道是誰介紹他來的。公寓租約、竊聽的機器、投遞報導的檔案、用來支付酬勞的電子帳戶……這些都是郵寄來的。」

「這種接案方式和你的外表真不搭。」

我極力諷刺，但男人不以為意地露齒而笑。

「幹我們這一行的不這樣就做不下去了。」

「這一行？代客竊聽嗎？」

「是居無定所的萬事屋。我在這一帶還挺有名的喔。」

我不知道他這番話有幾分是真的。雖然他語氣輕鬆，但我正在踏入對方的領域，所以絕對不能掉以輕心。

「只是為了投遞報導到信箱，竟然準備了一間公寓房間和竊聽機器，你不覺得奇怪嗎？」

「我接到的委託多半都很奇怪。如果可以用普通的方法解決，就不會找上我這種流浪漢了。」

我最重要的目的不是讓這個男人認罪，而是挖出指使這個男人的幕後黑手的線索。

「你剛才說，你跟委託人只靠郵件溝通？」

「喔喔……這樣行不通啦。你想要叫我傳訊息給委託人，把他引出來對吧？很遺憾，委託人只給了我送信專用的信箱，而且……我們的契約已經結束了。我昨天收到一封信，叫我撤走。」

「撤走？為什麼？」

「我哪知道。大概是過足癮了吧。」

男人剛剛搬紙箱出去，就是在收拾嗎？我沒有挖出委託人的任何資訊，又不能報警，我也沒有任何理由要求這個男人留下。

「幫我問候一下那個女生吧。」

我很清楚，就算我揍他也解決不了任何事。

「別再出現在我們面前了。」

「我也是這麼打算的。如果你有事想找我幫忙，可以去打聽『萬事屋佐沼』這個名字。我沒有刊登廣告，不過你只要問這一帶的流浪漢就能找到我。」

「我不會饒過你的。總有一天要讓你付出代價。」

「哈。那我就等著看了。」

我深感挫敗，咬牙切齒地走出去。

14

一言以蔽之，我真是輸得一敗塗地。

我沒有問出是誰對美鈴設下了無辜遊戲，也沒辦法制裁佐沼。雖然公寓裡的騷擾事件停止了，但那是因為佐沼收到撤走的指令，並不是因為我闖進３０３號房。

公寓的租金、竊聽機器的費用、支付給佐沼的酬勞，以及其他的雜費。委託人為這件事花了這麼多錢，如果只是要惡整美鈴，應該有更好的方法才對。再說，我也搞不懂為什麼那人只過兩週就下令撤走。

沒解開的謎題太多了。我覺得自己就像一條被主人命令不能動的狗，但主人還沒解除命令就死了，真是可悲至極。

損害我名譽的事件，騷擾美鈴的事件，主謀花費了不少心思做這些事。他都是利用別人動手，自己則是躲在幕後，向我和美鈴施加精神壓力。

我不認為事情會就此結束。我每天都過得膽戰心驚，等待著主要的攻勢到來。可是，這種不祥的預感卻沒有實現。

真是望眼欲穿——雖然我沒有在等，而且我一丁點都不期待——總之我和美鈴身邊什麼事都沒發生。

沉寂不動的事情還包括無辜遊戲。

馨宣布以後不再接受告訴，也沒有人自願站出來繼任審判者。同學們失去了唯一的娛樂，還有人單方面地設下遊戲以示抗議。

譬如電梯突然被人從外面緊急按停，電梯車廂裡放了天秤圖案的鑰匙圈。

即使發生這麼惡劣的監禁事件，馨還是不肯開庭，受害者不願就此罷休，於是一狀告上教務處，調出監視畫面找到凶手加以懲戒。後來大家都明白了馨的決定不會動搖，所以學校裡沒再出現過天秤。

接著，我們從法科大學院畢業了。

畢業生在考上司法考試之前既不是學生，也不是社會人士，就像懸在半空一樣。雖然我們早就知道這種情況，但真的到了這一天，還是有一種踩不到地面的感覺。想要消除不安，就只能伏案苦讀六法和基本法律書籍。

我沒有忘記那張機構合照的事，還有美鈴信箱裡被放入報導的事，但我沒有閒工夫再去調查，漸漸覺得反正只要沒再發生什麼事就好了。

或許是努力得到了回報，我和美鈴第一次考司法考試就考上了。隔了五年終於又有學生考上，法科大學院為此大肆慶祝，甚至舉行了表揚典禮，還有學長跑來找我們握手，真是想都想不到的待遇。

在表揚典禮上，馨也出現在教職員的行列之中。馨以第一名的成績畢業之後沒有參加遲來的司法修習，而是選擇留在大學。他決定不進司法界，而是當個學者。聽說他現在正跟隨著奈倉老師寫論文。

考上的人必須選擇是否參加司法修習。

落榜的人則是要選擇明年再考或是換一條路。

就像被設下無辜遊戲一樣，一旦出現結果，就得面對選擇。至於哪個選項才是正確的，要等到下一次結果出現才會知道。不……或許要等到幾十年後才會知道。

在一場考試後，大家紛紛走上各自的道路。

我和美鈴選擇去參加司法修習。結束了為期一年的修習之後，就能開始從事法曹（註7）的工作。在這一年間，有八個月要去分配的任所實習，結果我們被分到了不同的縣。

在修習期間，我和美鈴完全沒有聯絡。除了忙碌之外，也是因為經過了無辜遊戲那件事，我們覺得必須和彼此保持更遠的距離。

因為我畢業於沒有名氣的法科大學院，所以找工作不太順利。即使如此，還是有好幾間法律事務所錄取了我。

為什麼你想當律師呢？我在面試時一再被問到這個問題。

契機是我刺傷喜多的傷害案件。

在少年法庭裡，我認識了很多法律人士，譬如擔任觀護人的律師、少年觀護所的法務教官、家事法庭的調查官和法官。

很遺憾，我不是因為崇拜其中的某個人而決心走上法律之路。我沒有經歷過這種命運般的相逢，但是有人教導了我法律的趣味和奧妙。

7 指的是法官、檢察官、律師這三種職務。

吸引我的不是那些法律人士，而是法律本身。

我還沒進入機構時就經常和周圍的人發生衝突，不是打架，而是吵架。我每次都很氣，為什麼感情比道理更重要？弄哭別人的就是壞人，快要吵輸的就會開始大聲。我一直很難接受這些不講理的事。

我的心中充滿這類的埋怨，所以我在少年觀護所第一次接觸到的法學簡直就是救世主。在法律的世界裡，法律條文就是一切，只有理論上的解釋才是正確的。擔任觀護人的律師跟我說話從不動之以情，只會諭之以法。

和回歸社會的方法相比，我對少年法的理論和發自法律的思考邏輯更有興趣，所以觀護人也開始給我上起法律課。

學習這門沒有感情介入餘地的學問，讓我覺得非常愉快。

進入法律系之後，我對法律依然沒有失去興趣，反而覺得大學程度的課程不夠過癮，經常窩在資料室裡看法律專書。我會決定去讀法科大學院，也是因為覺得畢業後若是直接去找工作一定會後悔。

話雖如此，我並不打算當個學者，我知道自己沒辦法鑽研到那種地步。

我並不是特別執著於當上律師，只是在選擇法曹的三條路時，我想都沒想過判事補（註8）和檢事（註9）這兩個選項。

這跟能力多少有些關係，但更重要的理由是我心中扭曲的正義定義和判事補及檢事的

8 完成司法修習後，選擇當法官的人最初任官的階級。

9 完成司法修習後，選擇當檢察官的人最初任官的階級。

職務顯然格格不入，只有能依照自己信念決定要不要接案的律師才是我唯一的選項。
我要當哪一種律師？我和美鈴的關係要怎麼處理？要用怎樣的方式和過去道別？時間在我思索這些沒有答案的問題之間不斷流逝，冗長的司法修習生考試也結束了。
不可能落榜的——我如此相信的同時也夾雜著一絲不安。正當我懷著這種複雜心情，每天無所事事地等待放榜時……
我收到了一條訊息，寄件人是令我很懷念的名字。
『好久不見，來舉行無辜遊戲吧……』
能重新舉行無辜遊戲的人只有一個。
傳來這條訊息的就是馨。

15

『好久不見，來舉行無辜遊戲吧。
有人提出了告訴申請，至於那人是誰，等你來了我再告訴你。保證讓你出乎意料。連我都覺得意外。
其實我很猶豫，不知該不該舉辦，或許你會覺得我是在辯解吧。或許會有人埋怨我宣布遊戲休止後一直不接受告訴申請，為什麼現在又重新舉辦？我只能承認，這是為了我自己著想。
此外，在那之後已經過了很久，我也思考了不少事情，更重要的是，身為從前的審判者，這次的案子我非得受理不可。

雖然有點趕，我還是決定把時間訂在本週六。大家不像以前都是聚集在自習室，如果人找不齊也沒辦法。

週六下午一點，地點在以前的模擬法庭。我很期盼跟你重聚。』

看完內容以後，我把手機收進口袋。

我搭上了週六上午十點發車的新幹線。我用左手揉揉眼睛，呆呆望著窗外掠過的風景。老實說，剛看到訊息時，我本來是不想去的，因為我不想為了參觀無辜遊戲而出遠門。

可是，隔天美鈴傳來了訊息。

『你週六會去吧？』

我立刻回覆『嗯，會啊』。我的意志真是薄弱到可悲的地步。

馨在訊息裡說「非得受理不可的案子」是什麼事呢？

他判斷要不要接受申請的標準並不是看犯罪程度的輕重，犯罪情節越重大，處罰也會更重，執行起來反而更困難。如果是牽扯到重罪的案子，譬如讓人受重傷或是性方面的侵害，馨一定會勸對方去報警，我不認為他會為了舉辦無辜遊戲而積極地召集大家。

比起重罪的案子，能挑起馨好奇心的案子還更有可能。我想不到具體的例子，如果是難以判定是否有防衛之意的正當防衛，或是在蓄意與否的判定上有爭點的竊盜案，或許會讓學者感到熱血沸騰吧。雖然我也很難想像馨會有這種反應。

此外，我也不明白為什麼是這個時候。我們已經從法科大學院畢業了，事到如今還有誰會對誰設下無辜遊戲？

不管怎麼說，到了模擬法庭就會知道了。我就等著看那是怎樣的案子吧。

小睡片刻之後，很快就到了我要去的那一站。我在許久未去的咖啡廳吃完午餐，距離馨指定的時間還剩二十分鐘。

現在雖是可以穿外套的季節，我到達校門時卻已滿身大汗。我一邊調整呼吸一邊看著手錶，已經十二點五十五分了。

如果工作不準時，可能會被人抱怨，但無辜遊戲頂多只算特別的同學會，晚一點也沒關係。我想一定會有很多人遲到。

一想到這裡，我就覺得不需要太趕。就算漏掉了開頭的程序也無傷大雅。先在建築裡到處看看，再去模擬法庭吧。

經過天花板挑高的入口大廳，搭上停止時都會劇烈搖晃的電梯，二樓走廊的第一間就是自習室，但我的門禁卡已經歸還了，所以進不去。

實際走在學校裡才會發現，回憶確實有美化效果。我還在這裡就讀時根本無法想像自己有朝一日竟會覺得這味道令人懷念，或是想到某某教授現在不知道過得好不好。

我當時的目標是能免除學費的法科大學院，最後挑中了法都大學。我一開始對這所學校的程度之差感到愕然，能在這裡遇見才華出眾的結城馨更是令我驚愕。

讀到第二年，我已經認識了可信賴的教授，也交到了不錯的朋友。因為害怕司法考試，我總是拚命抄筆記。

開始玩無辜遊戲之後的記憶非常鮮明。

我看到了人際關係扭曲到無法修復的程度。原本只覺得這遊戲很無聊，卻又漸漸產生興趣。以告訴人身分參與遊戲之後，我才明白處罰的可怕。看到美鈴的家門插了冰鑿時的氣憤心情。

畢業以後，在法科大學院累積的記憶變成了回憶。

和母親之間的回憶、在學校的回憶、在機構裡的回憶……我會把各種回憶轉變成索引儲存下來，免得往事一直綑綁著我。

可是，只有法科大學院的回憶沒有貼上標籤收納起來，至今都還留在表層。大概是因為無辜遊戲的記憶像沉澱一樣留在回憶裡吧。

以為所有記憶都能轉換成回憶，只不過是一種錯覺。無法融解的記憶像異物一樣擾亂我，拖住了我想要往前邁進的雙腳。

回到這裡真是太好了。再一次地面對我的記憶吧。

我打開模擬法庭的門扉時，已經是一點五分了。

身分確認已經結束了吧？是誰以告訴人的身分站在作證發言臺呢？今天來了多少旁聽者呢？我一邊想著這些問題，一邊走進去。

可是，踏進模擬法庭後，我的腦袋頓時變得一片空白。

完全不對。我想像的那些景象全都不存在。

我遲到了五分鐘，我本來以為會有好幾個人朝我看過來。

可是，沒有人望向我。旁聽席上一個人都沒有。

我應該沒有走錯房間吧。

這裡應該正在舉行馨預告的無辜遊戲吧。

現在到底是什麼情況？我一頭霧水地看著柵欄內側。

我覺得那裡會有答案。我想要找到答案。

出現在我眼前的景象只能用淒慘一詞來形容。

有人倒在作證發言臺前。像是看著天花板，仰天躺在地上。

那人的胸口插著一把刀。

掛著天秤吊飾的折刀。

那把刀子不是插在桌面上……而是插在人體的胸口。

刀上沾滿了鮮血，白襯衫也被染上了一片鮮紅。

血液暈開的紅色在中途被黑色的法袍吸收了。

染不上任何顏色的漆黑法袍象徵著法官一職的中立態度。

法袍確實沒有變成紅色。但是，那又如何？

那人流出大量鮮血的事實並沒有改變……

從法袍袖口伸出的纖細手臂。蓋在眼前的捲曲黑髮。

不可能看錯的。不可能認錯的。

為什麼……會發生這種事……

倒在地上的是馨。流出鮮血的是馨。

出血的分量和那扭曲的姿勢，怎麼看都不可能活著。

看到這麼不真實的景象，讓我好想吐。
我的視覺和嗅覺都察覺到死亡。
眼淚差點掉出來。這是我第二次目睹死亡。
我發不出尖叫，甚至沒有想到開口呼救。
作證發言臺的前方是書記官席，書記官席的長桌後方有東西在動。從旁聽席上看不到那邊，我不自覺地往後退。
「清義……！」
我一直找尋的人就在那裡，但我真不希望她在那裡。
因為危險可能還沒有遠離。
因為我擔心危險就是她造成的。
「別動，我現在過去。」
我必須靠近她。我覺得這是自己的義務。
我用顫抖的指尖推開柵欄，柵欄發出軋軋的聲響。
我別開眼不看作證發言臺，走向書記官席。心臟跳得越來越激烈。
我深吸一口氣。若非如此，我恐怕說不出話。
「美鈴……」
癱坐在地上的美鈴直勾勾地注視著我。
她的上衣、裙子、雙手，全都染上了紅色。
我已經知道那顏色是怎麼來的了。是馨胸口噴出的大量血液。

美鈴悄然站起，伸出右手。
美鈴的右手和我的右手相觸。
夾帶著血液黏稠的觸感，我將美鈴纖細的手指握在手中。放開她的手以後，我的手心留著一塊像是小塑膠片的東西。
令人想起雨中鐵製單槓的血腥味一直籠罩著我的鼻子。
「這是什麼？」
美鈴不發一語。彷彿忘了語言，她緊閉著嘴巴。
「發生什麼事了？大家都去哪了？」
我想聽到回答。無論是肯定或否定都好，我想要聽到美鈴的聲音。
「馨為什麼倒在地上？」
不是……他不只是倒在地上。
但我說不出死這個字。
「是妳發現的嗎？」
不對……如果光是發現，不可能全身都被染紅。
我沒有勇氣接受事實。
「為什麼不說話？」
我非得面對不可。
刀、血液、馨的屍體……我必須面對這一切。
「你覺得是我殺的嗎？」

美鈴用不帶感情的語氣問道。
「這……」
「你相信我吧？」
我不知道自己該相信什麼，但我沒有點頭以外的選項。
「我相信妳。所以把事情都告訴我吧。」
我完全猜不到美鈴接下來會說什麼。
是我殺的。不是我殺的。
我該回答什麼？我要怎麼回答才對？
「警察等一下就來了。我很快就會被逮捕。」
「怎麼會……」
「不久之後我應該會遭到起訴。」
「美鈴，妳到底……」
「拜託你，清義，當我的辯護律師。就像那次模擬審判。你還記得吧？就是你扮演律師、我扮演被告的那次。」
我本來以為今天的模擬法庭會讓無辜遊戲的記憶拉下終幕。
可是……結果並非如此。
小小的天秤吊飾在馨的胸口前後搖晃。
看在我的眼中，那不規律的動作就像在宣告下一場遊戲的開始。

第二部　法庭遊戲

1

我第一次見識到死亡，是在國中三年級的夏天。

社團活動結束後，我一回到公寓，發現母親已經上吊身亡。

我早就知道這一天遲早會到來，所以我把該流的眼淚流一流，把該吐的胃酸吐一吐，就這麼和母親的死亡道別了。

我從沒見過我的父親。母親也沒有跟我解釋過，想必她根本不知道我的父親是誰，再不然就是被對方拒絕了。

母親養育我的方式很中立，她沒有給我愛，也沒有給我恨。

這樣說來，她死後既沒留下債務也沒留下財產，很符合她的作風。

在母親的葬禮上，沒有任何能稱為親戚的人出席。市公所職員期待會有親戚來領養我，但我除了母親以外從來沒見過跟我有血緣關係的人。

在一群像臨時演員的陌生人的包圍之中，母親的遺體被焚化了。我看著白煙升起，帶回一罈白骨。這種儀式到底有什麼意義呢？

就這樣，我在十五歲時變得孤身一人。

不過，我之後的人生並沒有陷入絕望，我樂觀地想著，這個國家不會捨棄像我這樣的可憐國中生。雖然我希望一個人生活，但就算是孩子也明白要享受權利就得承受義務和限制，以及要得到自由就得付出代價的道理。如我所料，國家提供了我最基本的生活環境。

也就是兒少安置教養機構——櫸樹之家——之中的團體生活。

在櫸樹之家有各式各樣的院生一起生活，上至和我同齡的孩子，下至沒辦法自己站立的幼兒。入住條件是未滿二十歲，以及基於某些理由無法和家人親戚同住。職員第一次向我說明規定時提到，在機構裡禁止提起自己不幸的背景。我不喜歡被別人同情，所以很慶幸有這條規定。

在機構裡的生活比我想像得更舒適，職員不會過度干涉我，也不需要擔心麻煩的人際關係。我花了不少工夫才拿捏到跟其他院生之間的適當距離，不過和他們相處還是比學校同學更輕鬆。

小學生都把我當成大哥哥一般依賴，高中生則是把我當成弟弟一般疼愛。雖然很像在扮家家酒，讓我有些尷尬，但我還是漸漸從中感受到了奇妙的溫情。

不知不覺間，櫸樹之家變成了我唯一的棲身之所。

我還記得美鈴是在高中開學典禮的前後進入機構的。

我對美鈴的第一印象不太好。

當時她眼神黯淡，全身彷彿瀰漫著一股不幸的氛圍。她那副模樣令我莫名地感到不悅，就算她沒有開口，光是四目交會，我都覺得她好像在向我炫耀她的不幸。

除此之外，美鈴還有一副令人難以親近的美貌，所以我剛見到她就覺得不容易跟她混熟。不對，我當時根本不想靠近她。

認識了一個月左右，我和美鈴才第一次開口說話。

我們讀的是不同的高中，所以我們都不知道彼此在機構外面都在做什麼。我放學後通常會在圖書室打發時間，但是那一天圖書室要整理書籍，所以我沒辦法留在校內。

因為沒錢去其他地方，我只好回機構，結果在機構附近的公園看到一個熟悉的面孔。身穿運動服的美鈴正蹲在沙坑裡蓋隧道。當然，她不是一個人在那裡玩，她面前還坐著一個貌似小學高年級生的少年。美鈴沾著泥沙的笑臉吸引了我的目光，我盯著他們兩人好一陣子。

後來美鈴發現了我，朝我舉起拿著鏟子的右手。

「喂，沒事的話就來幫忙！」

和善的表情，被泥沙弄髒的運動服，高喊的聲音。這一切都和美鈴原先的形象截然不同。我走進沙坑，用笨拙的動作幫忙蓋隧道。

「大哥哥做得好爛喔。」

少年說道，美鈴笑了出來。小小的隧道完工時，太陽已經下山了。少年說他差不多該回家了，就跑出公園了。

「那孩子是哪來的？」

「他總是一個人待在公園，大概住在附近吧。」

「喔？我還以為他是妳弟弟。」

「如果我有家人，就不會住進機構了。」

我們之間充滿了尷尬的沉默。

「呃……妳喜歡小孩嗎？」

我說出了突然想到的問題，美鈴卻冷冷地望著我。

「你問我喜不喜歡小孩是什麼意思？喜歡一個人跟對方是大人或小孩有什麼關係？我就只是喜歡那個孩子。」

美鈴拍落衣服上的泥沙，獨自走回機構。當時的我完全搞不懂美鈴為什麼不高興。

隔天放學後，我沒有去圖書室，而是在同一時間騎腳踏車去公園。美鈴和少年一邊笑一邊盪著鞦韆。

「啊！是大哥哥！」

玩到太陽下山後，少年又先行離開了。

隔天也是，再隔天也是。

如同美鈴所說，少年每天都會來公園。只要有時間，我都會去陪他們一起玩。有時只有我和少年，有時則是三人一起。

在公園玩耍的時候，我和平時不會正眼打量的美鈴也能自然地開口聊天。美鈴沒有講過太多關於少年的事。

可是我們總是一起玩耍，就算不想看，還是會看到那些事。

少年名叫阿透。我先前猜得沒錯，他是小學五年級的學生。

他的學校就在附近，放學後他都會一個人來公園。

因為他母親嚴令他在某個時間之前不准回家。

如果少年沒有照做，就會吃到苦頭。就算他聽話，還是會吃到苦頭。

拉著單槓的纖細手臂、捏著泥巴的手背、在公園裡奔跑的雙腿。

他全身上下都布滿了鮮明的傷痕。

我在機構裡看過類似的傷痕很多次。

霸凌，或是虐待。聽了阿透說的話，我覺得後者比較有可能。

美鈴當然也發現了，但她似乎一直忍著不提這件事。

我一開始很想幫助他，但我始終沒有勇氣拿出實際行動。

我埋怨著自己的無能為力，結果問題以出人意料的方式解決了。

阿透住進了櫸樹之家。

我直到現在都不知道阿透是被母親拋棄，還是被學校老師或警察救出來的，總之我很高興他逃出了迫切的危險。

看到我一臉驚訝的表情，阿透哈哈大笑。

阿透住進機構，對美鈴來說是件好事。不怕生的阿透很快就跟大家打成一片，但他很喜歡跟著住進來之前已經認識的我和美鈴，美鈴和其他院生之間的隔閡也因此而消除了。

我和美鈴、阿透在機構裡共度了不少時光。通常都是我和美鈴並肩走在前面，阿透小跑步跟在後面。

這樣形容或許很老套，總之我在那段時間過得非常幸福。

進入偏差值高的優秀大學、在知名企業上班、找到完美的結婚對象……我從來沒有嚮往過這些不實際的幸福，只要在二十歲離開之前能持續這樣的情誼，我就很滿足了。

可是，連這麼小的心願都沒有實現。

阿透進來兩個月左右，機構裡流行起捉迷藏的遊戲，低年級生負責躲，高年級生負責抓，如果低年級生直到遊戲結束都沒被抓到，晚餐可以多吃一份點心。就是這麼平凡無奇的遊戲。

這一天的點心是阿透最喜歡的奶油泡芙。他整個心思都沉浸在獎品上，拚了命也要獲勝，所以他躲到了規定禁止的地方。

時間到了，贏家出爐，到了晚餐時間，阿透的桌上擺了兩個泡芙，但阿透卻遲遲不見蹤影。我不知道他發生什麼事了，但我覺得他到晚上就會出現，結果阿透的確在快要熄燈的時間來到我的房間。

「清義……」他用童音的腔調喊著我的名字。

「你跑到哪裡去了？大家一直在找你耶。」

「我該怎麼辦……」

阿透看起來非常驚慌，我很快就猜到發生什麼事了。

「冷靜點。你和別人吵架了嗎？」

「不是啦！不是那樣。」

「更糟糕嗎？」

我突然有一種不祥的預感。

「你會保密嗎？」

「嗯，我不會告訴別人的。你先坐下吧。」

我讓阿透坐在床尾，然後等著他開口解釋。

「我之前一直躲在老師的房間。」

「不是跟你說過不能躲在那裡嗎？」

在櫸樹之家會被稱為老師的人只有一個，就是院長喜多。

「可是我很想吃泡芙……」

「好吧，晚點再來教訓你。你打破花瓶了嗎？」

「沒有，我躲在有很多衣服的地方。」

「你是說衣櫃嗎？」

「我想躲在那裡一定不會被抓到。」

「根本沒有人會去找那個房間啦。然後呢？」

雖然阿透違反規定，但他既然若無其事地回來了，應該沒闖什麼禍吧。

「後來老師回來了，所以我出不去。」

「喔喔……原來如此。」

只要喜多一直待在房間，阿透就沒辦法離開衣櫃。

他壓低聲息，祈求自己不會被發現。那一定是很可怕的經驗。

「我怕被老師罵，所以想等老師離開。」

「結果就等到這麼晚？」

「是這樣沒錯，但又不是……」

「阿透，你不說清楚一點我怎麼聽得懂啊？」

我思索著在喜多的房間裡發生了什麼事。

可是阿透說出了我意想不到的答案。

「後來美鈴進來了。」
「啊？」
我試著用混亂的腦袋整理狀況。美鈴不可能是去尋找躲在房間裡的低年級生，而且美鈴根本沒有參加捉迷藏。
「她去找老師談話嗎？」
「不是。我不太清楚。可是有脫衣服。」
「誰？」
「就是……美鈴。」
「不會吧……你是騙人的吧？」
「老師用相機拍了光溜溜的美鈴。然後……」
「夠了！」我覺得不能再讓阿透說下去。
「我都知道。因為我媽媽跟很多男人做過那種事。」
「阿透……」
結果我還是從頭到尾聽完了喜多房裡發生的事。
「我好怕，我不敢出去救美鈴。」
「不是，這不是你的錯。」
「美鈴還哭了。」
阿透說的每句話都像利刃一樣刺穿我的心。
「你先回去睡吧。」

「可是……不用告訴大家嗎？」

「這件事就當成我們兩人的祕密。我會想辦法的。可以吧？」

阿透輕輕點頭，然後走出房間。

美鈴遭到了性侵。我沒有機會發現這件事，我跟院長喜多沒什麼機會交談，我只覺得他看起來很難相處。

我最重要的人被玷汙了。這件事讓我的心化為惡鬼。

隔天我開始觀察美鈴的行動，結果發現她都是挑單獨行動的時間去喜多的房間。看到她出來時僵硬的表情，我就知道阿透說的話都是真的。

我知道以美鈴的個性絕對不會老實承認，所以我不打算直接向她求證。我不斷思考，要怎麼做才能幫助美鈴。

某天熄燈後，阿透沒有敲門就直接走進我的房間。

「你聽過正當防衛嗎？」

這不是一般小學生會提到的詞彙，所以我想了一下才反應過來。

「正當防衛？嗯，聽是聽過啦。」

「意思是如果有人做了壞事，你就可以教訓他。」

我覺得阿透說得不太正確，但我沒有糾正他。

「喔。然後呢？」

「那傢伙對美鈴做了壞事，所以我們去教訓他吧。」

我的腦中浮現出正義的英雄痛扁怪物的畫面。

「他又不是對我們做壞事。正當防衛指的是只有受害者可以反擊啦。」

「不是啦，電視有說過。」

阿透不肯讓步。我用機構裡的電腦一查，才知道刑事上的正當防衛也包含防衛他人法益的狀況。原來是我搞錯了。

我在讀那篇文章時，想出了一個計畫。

不久之後，我蒐集到情報和工具，做好了準備工作。

我用來保護美鈴的武器是二手商店賣的中古折刀，刀刃都生鏽了，但我沒錢買新刀。我一直弄不到用來攝影存證的相機，最後決定用喜多房間裡的那一臺。

很快地，實行計畫的日子來了。

幫手只有一個小學生，讓我有些擔憂，但我也沒有其他對象能求助了。美鈴沒有發現我們的計畫，而且我知道她下午四點半會去喜多的房間。

我的計畫很簡單。

我們在一如往常的時間、依照一如往常的角色分配玩起捉迷藏。

阿透跑進喜多的房間，拿著相機躲進衣櫃，而我假裝在找尋低年級生，悄悄躲到窗簾後面，接著就是等美鈴和喜多進來。我握緊口袋裡的折刀，說服自己這種行為是可以容許的。

以為房間裡沒人的喜多先開門走進來。他坐在我藏身的窗簾前方的椅子時，我的心臟怦怦地狂跳。

接著美鈴進來了。我聽到上鎖的聲音，然後是腳步聲。

「妳在幹什麼？」喜多的沙啞聲音猥瑣地說道。
「沒有……沒什麼。」美鈴毫無一絲汙穢的清澈聲音說道。
「沒時間了。快點脫。」
美鈴沒有抵抗，開始解襯衫扣子。
「至少拍照的時候笑一下。」
看到喜多拿起桌上的相機，我大感意外。那東西不是應該在阿透的手上嗎？
沒時間多想了。我從窗簾後面跳出來。
「離美鈴遠一點！」
看到我突然出現，喜多的表情僵住了。
美鈴抓緊扣子鬆開的襯衫，轉臉不看我。
「你在這裡幹麼……」
「我知道你做了什麼事。」
我從口袋裡掏出折刀，把刀刃朝向喜多。
「冷靜點，這只是在教育。」
「教育什麼……」
我慢慢靠近他們兩人。
「你拿來這麼危險的東西，會被趕出機構喔。」
「這種地方也沒什麼好留戀的！」
我沒打算刺殺喜多，而是想拿刀威脅他說出事實，讓阿透拍攝下來，然後用影片威脅他承諾再也不會做出傷害美鈴的事。

我覺得只有這個方法能幫助美鈴。

「收取酬勞又有什麼不對？」

「……你說什麼？」

「是誰收留了無家可歸的你們？是誰養育沒有錢的你們？你們一定不知道那些錢是從哪裡來的吧？你們只是麻煩的累贅。好了……遊戲結束了，放下刀子，滾出我的房間。」

喜多的語氣和魄力震懾了我。

「開什麼玩笑！」

「你就算嘴硬，手卻在發抖喔。」

喜多一步步朝我走來。雖然我手上有刀，但我卻一步步後退，很快就貼在牆上了。

「……別過來。」

「我不是叫你放下刀嗎？」

他用力抓住我持刀的右手手腕，我痛得臉孔扭曲。

「放開啦！」

「你講話太沒禮貌了。」

我為了掙脫喜多的手而彎下腰，他用膝蓋撞上我的心窩，我痛得發出呻吟，胃酸上湧。

「快住手！」美鈴發出悲痛的喊叫。

我死命抬起手腕，結果用力過猛，一刀劃過喜多的左臉。

「你這個……」

喜多像失去理智的野獸一般雙眼充血，想要朝我撲來。

我反射性地把刀縮回胸前，下一秒鐘喜多的身體就壓了上來。

「嗚……」

沉重的呻吟。我的手清楚感覺到壓力。

我抽出刀，喜多倒在地毯上。

「不是的，我沒有打算要……」

腦袋一片空白。我不知所措、求助似地望向美鈴。

此時我想起了躲在衣櫃裡的阿透。

「快去叫人來！」

可是阿透沒有出來。我站起來，走向衣櫃，伸出顫抖的手抓住門把。

空蕩蕩的。衣櫃裡面沒有人。

「為什麼……」

我不明白。阿透去哪裡了？穿好衣服的美鈴走了過來，她眼中含淚，蹲在倒地的喜多身旁。

「可能還有救。」

喜多一臉痛苦的模樣，但還沒昏過去。或許是因為刀子生鏽了，所以傷口並不深。

「……要我給他個痛快嗎？」

聽到自己的口中說出這句話，連我自己都嚇到了。

「已經夠了。冷靜一點。」

「不是的，美鈴……我本來不打算殺他。」

「我知道，我都知道。」美鈴用袖子擦擦眼淚，一邊說道。

「阿透本來也在……」

「別說那些了，現在得先救他。」

「可是……」

我沒辦法繼續說下去。

因為美鈴的嘴堵在我的嘴上。

「這次換我來保護你。」

美鈴退開，對我露出微笑。

2

模擬法庭發生那場悲劇的四個月後。

七海警察局拘留處。我在這棟建築物裡和一位嫌犯見面。

坐在壓克力板對面的是一個盜墓人。

「你知道自己是因為什麼罪名而被抓的吧？」

「是啊，是啊，我知道。」

盜墓人的名字是權田聰志，六十六歲，沒有工作，居無定所。

以一個罪犯而言，他的經歷真是無懈可擊，如果去反社會組織應徵一定會當場錄取。

像這樣沒有家累、無牽無掛的人，是絕佳的消耗品。

權田擠出討好的笑容，露出泛黃的牙齒。我總覺得有股嗆鼻的口臭從對話用的通聲孔裡飄出來。

「你在七海的墓地偷竊過很多次吧？」

「這事真是丟臉啊。」

「你偷了什麼？」

我已經看過資料了，但是再聽他親口說一遍還是有意義的。

「這個嘛……什麼東西都偷啦。」

「像是哪些東西？」我刻意加重了語氣。

權田的年紀比我大很多，但我必須保持強勢的態度，因為辯護律師和嫌犯的上下關係很容易就會被打破。

嫌犯的財力如果低於一定的額度，可以向法院申請國選辯護人。國選辯護制度是由國家負擔費用來保護嫌犯的權利。

「真是個嚴厲的律師啊。我會偷花瓶和香爐，那些東西還挺值錢的喔。」

權田嘿嘿地笑著。他至今的人生一定經歷過了多次的逮捕拘留，才會表現出這種莫名悠哉的態度吧。如果他是第一次被拘留，心情不可能這麼輕鬆。

我剛收到指派通知書就過來了，我得先探聽出一些資訊。

「你偷東西是為了拿去賣？可是你為什麼要去墓地偷？」

「這個嘛，其實我平時就住在墓地。」

「住在墓地……你是住持嗎？」
我的手上有居留狀的影本，上面會寫出嫌犯是因為什麼理由而遭到拘留。紙上明確地寫著這個人沒有工作，而且居無定所。
「沒有那麼了不起啦，我只是睡在墓地罷了。」
「也就是說，你是個流浪漢？」
「是啊，這也是一件丟臉的事。」
「睡在墓地……你有得到管理者的許可嗎？」
我還沒完全搞懂他那句話的意義。
「我不知道還要先得到許可。真是上了一課呢。」
他的語氣很做作，必定是明知故犯。
「那裡有你親戚的墳墓嗎？」
「天曉得。我不知道。」
「你為什麼要睡在墓地？睡在那種地方一定很不舒服吧？」
丑時三刻，黑暗之中只能聽到蟲鳴，一個老人躺在墓碑旁邊。
我想像著這個恐怖的畫面，聽到的回答卻非常現實。
「確實沒辦法遮風擋雨，但至少不用擔心三餐。」
「你的意思是……」
「供品啦。」
我頓時啞口無言。

「你是說，你偷吃了人家掃墓時留下的供品？」
「是啊。有些墳墓經常供著好吃的東西。」
聽到這麼誇張的行徑，就連沒有信仰的我都想大罵「你會遭天譴的」。
「你在問口供的時候沒說到這件事嗎？你被拘留的理由只寫了偷竊花瓶和香爐呢。」
「警察有問到我怎麼過活，所以我就回答了。」
權田不以為意地說道。負責調查的員警把他偷吃墓地供品的事寫進了口供。就算要酌情處理，也已經留下最壞的證據了。
「你承認自己做過那些事嗎？」
「當然，我沒打算辯解。」
這麼一來，身為嫌犯的辯護人就不需要給任何建議了。
「既然做了，就該受到相應的懲罰。」
我一邊想著可能會惹他不高興，一邊繼續說道。
「如果有前科就得坐牢……你最好先做好進監獄的心理準備，如果到審判那天你的價值觀還沒改變，說不定會判得更重。」
「價值觀？」
「你似乎不覺得偷吃供品有什麼不對的。我得說，你對有沒有犯罪的看法不太正確。」
全身上下都穿著家居服的權田用指尖搔了搔臉頰。
「供品不是帶回去丟掉，就是放在那裡餵野貓或烏鴉。我把那些東西吃掉又有什麼不好……」

「就算你這麼說，別人放供品在那裡又不是給你吃的。」
「不，你說得不對。」
「哪裡不對？」我告誡著自己不要發脾氣，但語氣還是變得更粗魯了。
「我看到老婦人和小女孩來收拾供品，她們看到容器空了都很高興。」
「啊？」
「女孩說，東西一定是外公吃掉的。」
喔喔……是這麼回事啊。
那個女孩以為供品是被亡者吃掉的。如果相信有死後的世界存在，確實可能會這樣想。
「你應該也知道，她們不是因為東西被你吃掉而高興吧。」
「可是，如果她們下次看到供品沒被吃，不是會很難過嗎？我可以填飽肚子，老婦人和小女孩以為外公吃了供品而高興，大家都開心，這樣又有什麼不好的？」
這只是在狡辯。如果他沒有偷吃人家的供品，人家就不會產生這種期待和誤會。這種負面的連鎖反應是他造成的，他不能用這種理由正當化自己的行為。
我的心中浮現了很多批評的話語，但我還是藏起了真實的想法，點頭說：
「我懂了，那是你經過考慮而做出的結論吧。」
「喔喔，不愧是律師！你跟其他人不一樣呢。這是帶給別人幸福的犯罪行為。那些傢伙都看不起我，完全不理解我的想法。」
「不過大多數人都會那樣想，大部分的人聽到你偷吃供品都會覺得你沒有常識、對亡者不敬。你這次被拘留是因為偷竊花瓶和香爐，所以錄口供的時候不需要談到其他的事。」

「這樣啊……我知道了，我會照做的。」

權田似乎很信任我。他是越說話越容易出紕漏的類型，依我所見，他在接受調查時最好盡量少說話。

「你被拘留的事需要通知誰嗎？」

如果是被突然找上門的警察逮捕，嫌犯可能來不及通知身邊的人，只能一直待在拘留處。程序進行到後來或許會通知家屬，這樣嫌犯還是得被關一段時間。

「我不需要通知誰，我父母都過世了，也沒有老婆孩子。」

「有人願意當你的指導監督嗎？」

「怎麼可能？如果我的身邊有那種人，我就不用住在墓地了。」

這句話意外地有說服力。如果他有親戚能在他回歸社會之後一同居住、幫忙看顧，在量刑時會比較有利。

「那我們就得談談具體的問題了。」

我還在思索該從哪裡說起，權田說著「對不起」舉起了右手。

「怎麼了？」

「偷來的花瓶已經賣掉了，不在我的手上。」

「喔喔……那就沒辦法還給物主了。」

就算歸還贓物，大概沒人想要繼續使用曾經遭竊的花瓶吧。

「應該可以賠錢吧？」

「是沒錯啦，不過你有錢嗎？」

看到權田的身分描述後，我已經放棄用錢解決的方法了。

「我有一點儲蓄，應該付得起這次的賠償。」

「如果賠償了物主，在法庭上會比較有立場。」

「可是……那個……我存錢的地方有一點特別。」

權田一副欲言又止的樣子。我不禁困惑，不明白他為何表現出這種態度。

「不是銀行？」

「我過的是這種生活，怎麼可能申請銀行帳戶？」

「那你存在哪裡？」我有一種不好的預感。

「墳墓。」

「……啊？」

「放在骨灰罈的旁邊。律師先生，你知道墳墓上有一塊叫作『拜石』的大石板嗎？搬開那塊石板就會看到骨灰罈。」

這個答案完全超乎我的想像。當然是負面的意味。

「你是在開玩笑嗎？」

「我把一點一滴存下來的私房錢放在某人的墳墓裡了。這叫作有備無患。」

權田再次露出泛黃的牙齒。我的背脊冒起一股惡寒。

「律師先生……你可以幫我拿回私房錢嗎？」

我來見盜墓人，竟被要求去盜墓。

常言道「去找木乃伊的人自己也變成木乃伊」，指的就是這種情況嗎？

3

距離地方法院五分鐘路程的地方，有一棟名叫「國分大樓」的建築物，一樓到三樓都是法律事務所，四樓卻是牙醫診所，感覺有些莫名其妙。

我還在讀書時一直不懂，為什麼法院附近會有那麼多法律事務所，等我自己當上律師之後才知道原因——因為律師和事務員跑法院的頻率和跑便利商店差不多。閱覽及影印紀錄、領取文件、購買印花（註10）……總之有很多事情得去法院辦理。

一走進國分大樓，就會看到牆上掛著各間事務所的招牌，訪客看那些招牌就知道要去的事務所在哪層樓。一樓到三樓的招牌都是知名法律事務所的名稱，但我的事務所不在其中。

我走下通往地下室的樓梯。這裡的電燈很少，暗得像是進了洞窟。地下樓層本來是作為倉庫使用，但我硬是說服了屋主，以極低的租金在這裡經營事務所。

鋼製的門上掛著「Girasole 法律事務所」的牌子。這個詭異入口裡面的事務所就是我的小小城堡。

我走進室內，立即聞到溫暖的花香。

Girasole 是義大利語的「向日葵」。不知是不是因為這樣，事務所裡到處都裝飾著向日葵。一聽到開門聲，負責室內布置、個性自由奔放的事務員就露出向日葵般的燦爛笑容轉

10　印花類似郵票，用來貼在需要課稅的文件上。

過頭來。

「歡迎光臨！」

可是她一看見進門的是我，笑容就像脫掉面具一樣消失了。

「什麼嘛……是先先啊。」

「我回來了，小咲（Saku）。向日葵又變多了呢。」

唯一的事務員——佐倉咲（Sakura Saki）——吐了吐舌頭。

「因為太閒了嘛。反正是自己種的，不用花錢買。」

「向日葵不是八月才開花嗎？」

現在才四月，就算開得早一點也沒有這麼早的。

「這個品種就是這樣啦。既然事務所叫向日葵，當然全年都要有向日葵嘛。」

「冬天就沒辦法了吧。」

如果冬天也擺了滿屋子向日葵，客人一定會嚇一跳的。

「我會努力調查的。更重要的是，請不要在客人面前叫我Saku。我叫『Saki』，要我說多少次你才會記得啊？」

「妳還不是一樣？我都說了至少叫我先生，妳還是一樣叫我先先。」

「我就是咬字不清嘛。」

「少騙人了。」

身穿水藍色洋裝的小咲站起來，走向冰箱。

我和小咲是在接近爆滿的擁擠電車上認識的，當時她正準備誣賴別人是色狼，但我抓住了她的手，給了她一些建議。

她一臉困惑，聲音顫抖，但還是認真地聽我說話。

現在小咲已經二十歲了。她沒有回去讀完高中，也沒有去考高中同等學歷，而是來這間事務所上班。

要徵事務員時，我第一個想到的就是小咲。

我持續在早晨的電車上找尋小咲，好不容易才找到她。她沒有穿高中制服，不過當我抓住她的右手時，她做出了和初次見面時相同的反應。

「先先，見客戶的情況如何？」

小咲把我的冰咖啡放在桌上，如此問道。

「喔，那人挺有趣的。」

「你看到文件上寫著他是盜墓人時還笑了呢。」

「聽說他住在墓地，睡在墓碑前，還拿人家的供品來填肚子。他那麼爽快地承認，反而顯得光明正大。」

「那人會不得好死，他一定會被詛咒。」

「被逮捕就是遭天譴了吧。」

「這樣算得了什麼?亡者的詛咒應該更厲害才對。」

小咲伸出雙臂，十指下垂，大概是在扮演幽靈。

「他有很多類似的前科，鐵定要坐牢了。」

我不在的時候，小咲都在看事務所裡的法律書籍，學會了很多基本法律用語，和我對話時也比較少疑惑地歪著腦袋了。

「請你多去接案，多賺些酬勞。」

「對了……還有一件事。」

「怎麼了？」

「他拜託我去盜墓。」

「啊？」

我向小咲解釋，權田要我幫他拿回藏在墳墓裡的私房錢。現在回頭想想，我還是覺得他拜託我這種事真是太誇張了，他是不是把律師當成了萬事屋啊？

「我已經堅決地拒絕了，但他好像還沒死心。如果他威脅我，那我就得考慮推掉案子了。」

「推掉……這可是難得的工作……」

「我總不能真的去盜墓吧。」

小咲拿起我面前的咖啡，一口喝光。

「等一下，那是我的……」

「這間事務所沒有給懶鬼喝的咖啡！」

她把空杯子用力敲在桌上。

「妳有聽到我說的話嗎？擅自挖人家的墓會觸犯侮辱宗教建築物罪或挖掘墳墓罪，這樣才真的會被亡者詛咒。」

「既然你是律師，犯罪就不要被發現啊。」

胡說什麼啊？我還真沒想到會因為這種事而被訓話。

「如果他不再堅持要我幫這個忙，我還可以繼續……」

「你知道這間事務所的經營狀況嗎？」

小咲說到了我的痛處。會計也是小咲負責的，所以她很清楚這裡的收支概況。

「我還是會付給妳薪水啊。」

「跟一間經營慘澹的事務所領薪水也沒什麼好高興的。」

「狀況不好是因為我才剛開業，很快就會上軌道了。」

身為律師還得對年輕的事務員辯解，和我同期的修習生知道了一定會笑我吧，可是現在的我就是這樣，打腫臉充胖子也沒有意義。

我推辭了所有招聘，開了這間 Girasole 法律事務所。也就是所謂的即獨律師（註11）。有很多人勸我重新考慮，我看到別人做這種決定多半也會勸退。

話雖如此，我還是自己開業了。我必須表現出自己的決心。

「經營慘澹的原因很明顯，因為你推掉了很多案子。」

「什麼嘛，妳已經發現啦？」

我的事務所位於地下室，陽光照不進來。如果小咲沒有帶來這些向日葵，一定會鬱悶得像收容所吧。

「你也沒在遮掩吧。」

「我目前得先專心處理一個刑事案件。」

11　指的是一當上律師就獨立開業。

我推辭招聘、獨立開業也是出自這個理由。只接沒有高額報酬的刑事案件，事務所的經營狀況當然好不到哪裡去。

我接其他的刑事案件也是為了累積辯護人的經驗，這都是為了在最重要的案件做出完美辯護的準備工作。

小咲嘆了口氣，又起身去泡了一杯咖啡，放在我的面前。

「為了那個案件，你不惜做出這麼大的犧牲？」

「妳吃醋了嗎？」

「我這次要直接把咖啡淋在你頭上喔。」

她真的伸手來拿杯子，我趕緊把咖啡移到桌子角落。

「小咲，妳高中為什麼休學？」

「我不是跟你說過嗎？你竟然忘了，真無情。」

「我記得啦，妳休學是因為稔。」

「那你幹麼明知故問……」

我看看牆上時鐘，快到下午三點半了。還有一些時間。

「妳和稔是一對優秀的姐弟，但是得不到經濟支援，無論再怎麼努力都不可能兩人都讀大學。妳考慮到這一點，所以放棄了升學的希望，努力幫弟弟賺取學費。但是光靠打工的收入還不夠，妳高中休學、打算做違法行為時，在電車上遇到了我。沒錯吧？」

小咲低下了頭，不置可否。

「講得真籠統。」

不能揭露的死亡秘密
律師、被告、死者　三人間的最後審判
THE INNOCENT GAME
法庭遊戲
早場優惠券
・憑本券至【法庭遊戲】首輪上映戲院售窗票口獨享早場優惠價購票入場。
・本早場優惠券僅適用於首輪上映戲院之一般座位使用。
・票券請儘早使用，實際上映日期及場次時間請參考上映戲院網站、各大報或電影網站之上映時刻表。
・電影上映天數，係由各戲院安排，電影公司不予保障上映天數，請盡早（建議首週）至戲院觀賞。
03.08
偵相大白
原創娛樂
原創娛樂
©Ritsuto Igarashi/KODANSHA　©2023 THE INNOCENT GAME Film Partners

「律師的工作就是抓重點。」

「其他人聽到我的故事都會安慰幾句『真是苦了妳』之類的。」

「畢竟我的人生際遇跟妳大同小異嘛。妳不覺得同情和理解是相反的兩件事嗎？雖然我沒有同情妳，但我可以理解妳。」

「不要正經八百地說出這種話。」

小咲用手指抹去桌上的水滴，笑著說道。

「妳覺得自己是因為稔而犧牲嗎？」

「怎麼可能嘛。」

「如果妳只想追求自己的幸福，一定不會休學吧。」

「稔是我唯一的家人，當然要互相幫助。」

在小咲的心中，父母等於已經死了。

「我接這個案子的理由也一樣。雖然事務所經營狀況不佳，但我不覺得自己是為了誰而犧牲，因為這是我自己決定的。」

「她又不是你的家人。而且你說過她不是你的女友。」

「雖然她不是我的家人或女友，卻是我重要的人。」

「為什麼？」小咲露出無法理解的表情。

「理由喔……不知不覺就變得很重要。這樣不行嗎？」

我不打算多作解釋。就算說出一大堆理由也只是在硬掰。

「你是說沒有道理？」

「嗯，大概吧。」

「就算發生了那種事，你對她的想法還是沒變？」

「嗯，我相信她。」

我喝光冰咖啡，慢慢站起來。等一下我要以織本美鈴辯護人的身分去法院開會。

美鈴遭到起訴的文件上列出了日本刑法第一百九十九條：

『殺人者判處死刑或無期徒刑或五年以上有期徒刑。』

也就是說，她是因殺人罪而被起訴的。

面對這個嚴重控訴，美鈴主張自己無罪。

4

下午四點二十分。法院的職員把我帶到一間類似會議室的小房間。

最先回頭的是滿頭白髮、長相精明的古野檢事。第一次見到他時，我就覺得他目光犀利，讓人很不想被他調查。

如同在模仿古野，坐在隔壁的留木檢事也跟著回頭看我。他雖年輕，但表情充滿自信，身穿海軍藍格紋西裝，皮鞋擦得光可鑑人，渾身上下散發著高傲的氣質，是我最不擅長應付的那種人。

這兩位檢事是我在這個案子要對抗的敵手。和無辜遊戲的告訴人不一樣，他們都是貨真價實的專業人士，是為了懲罰美鈴而被雇來的專家。

現場只有檢事和書記官，法官還沒來。

不接受旁聽的非公開會議很快就要開始了。

「你好。你看起來似乎很累，沒事吧？」

我在檢事的對面坐下，留木隨即向我說道。他的手上還在轉著筆，真是礙眼。等法官進來後，他應該就會停下來了。

「多謝你的關心。」

「辯護人是不是負擔太沉重了？」

留木從來不稱呼我「律師先生」。我沒有很愛被人那樣稱呼，但他一直堅持叫我「辯護人」，像是隱含著什麼意義。

「你的意思是？」

「我是說，這案子不是一個新手能應付過來的。還是請事務所裡的資深律師來幫忙比較好吧？」

多位律師共同辦一件困難的案子是很常見的情況，但留木提出這個建議顯然不是因為好心。

「很不巧，我的事務所只有我一位律師。」

「這樣啊。事務所的名字取得那麼好聽，結果律師只有一個？」

「喂，別閒聊了。」

被上司古野制止後，留木聳聳肩膀，不再開口。

門再次開啟，兩位法官走了進來，那是右陪席萩原和左陪席佐京。

「久等了。」

佐京語氣溫和地打招呼。她有著深深的雙眼皮，齊肩的中長鮑伯頭，走在路上可能會被當成女大學生。聽說這位左陪席才剛當上判事補一年多，但大部份的程序都是由她負責。

萩原在這件案子扮演的角色像是來看顧佐京的，他五官立體，年齡大約三十五左右。他是能獨自審理案件的特例判事補，不像佐京只能參與由幾位法官一起負責的合議庭。

負責這個案子的法官還包括外表像長老一樣的赤井審判長，但今天只有左陪席和右陪席出席。

「被告織本不出席，沒關係吧？」

被告……每次聽到他們這樣稱呼美鈴，我就覺得很不對勁，很想反駁，但我身為辯護人，只能接受這種稱呼。

「是的，沒關係。」

接下來要進行的是公審前的整理程序。在審理案件的公審開始之前，法官、檢察官和律師會先把爭點和證據討論過一遍。

簡單的案子可以立刻進行公審，如果案件情節嚴重到某個程度，或是爭點可能演變得很複雜，就會先舉行公審前的整理程序。

被告也可以出席今天的程序，但是目前尚未進行到跟美鈴有關的階段，主要的原因是我們辯方的準備工作還有些問題。

「好的。那就開始吧。」佐京望向手上的資料。「檢察官在上次開會後提交了一份文件。

這是……」

「關於證明預定事實的補充文件，以及提調證人的申請書。」

留木停止轉筆，開始說明從上一次整理程序之後的準備狀況。大家都看過內容了，所以只要聽重點就行了。

「我要提調在命案現場調查過的警察作為證人。本來應該要找第一發現者來作證的，但第一發現者不知為何變成了辯護人……」

留木露出惹人厭的笑容，結束了說明。

由第一發現者擔任辯護人確實會有職業倫理的問題，因為第一發現者本應在法庭上作證說明案發現場的情況。

雖然口供不能完全取代證人，但我畢竟可以把發現馨屍體的經過錄成口供，所以沒理由不能擔任辯護人。話雖如此，其他當事人顯然還是很不滿。

「檢察官的準備工作看起來很順利。那辯護人呢？律師先生似乎還有幾件事項需要檢討……」

「佐京法官，請說得清楚一點。」古野冷冷地說。「辯護人顯然還沒準備好。」

佐京坐直身子，點了點頭。右陪席萩原沒有開口，在一旁靜靜地看著。

「我知道了。律師先生，預定主張書寫好了嗎？」

「很抱歉，我還需要一些時間。」

預定主張書的內容是辯護人在公審時要提出的預定事實以及法律上的主張。檢察官會先提出證明預定事實書，辯護人也得提出預定主張書，雙方都收到之後再次提出文件……

公審前整理程序就是藉著重複這些動作來整理爭點。
「上次整理程序你也是這麼說的。是什麼理由讓你來不及準備？」
聽到我那種回答，佐京當然不可能不繼續追問。
「我和被告還沒討論好……」
「開玩笑也得有個分寸吧。」古野的臉色變得更難看了。
「我知道自己給大家添了麻煩。」
我沒打算辯解，這件事確實是我的錯。留木神情愉悅，笑咪咪地盯著我的臉。
古野一副無法接受的表情，再次開口說：
「如果是因為得不到被告的信任，你大可直說。我們想知道的是公審能否依照原訂日期進行。」
「身為辯護人，我一定會趕上時間的。」
「辯護人應該知道這場審判有裁判員參與吧？」
原本靜靜旁觀的萩原問道。他的聲音能讓人鎮定下來。
「當然。」
「如果公審只由我們負責，到時就算有什麼突發狀況，我們也應付得來。譬如說，如果被告臨時主張自己是正當防衛，我們只要基於事實來判斷在法律上能否認同就好了。但裁判員是沒有專業法律素養的一般民眾，絕對不能把公審搞亂到令他們應付不過來。」
「是的……我理解必須儘快提出預定主張。」
「那就好。」

「法官能接受文件遲交嗎？」古野向萩原問道。
「就算硬逼辯護人，辯護人也沒辦法立刻交出文件吧。」
「太縱容了。」古野大大地搖頭。「我一定要先跟辯護人確認一件事。這點我絕對不會妥協。」
「什麼事？」
「辯方會主張無罪，主張被告沒有殺害被害人。沒錯吧？」
「大致來說，是這樣沒錯。」
「我希望你能以法律人的立場明確地定義『沒有殺害』這句話。」
我早就知道躲不過這個問題。
「你的意思是？」
古野惡狠狠地瞪了我一眼，但我還是當作他的眼神本來就這麼凶惡吧。
「譬如說，被告沒有實際把刀插入被害人的胸口，或是被告做了這個行為但被害人的死亡並非肇因於此，總之被告對被害人沒有殺意。簡單說，我要問的是辯護人在這件案子的主要爭點是什麼。我想辯護人應該不會答不出這個問題吧？」
古野顯然是想問我要把起跑線訂在哪裡。
「凶器上有被告的指紋，被告的衣服和身上都濺到了被害人的血。我對這些事實並無質疑。」
「又不是在問你承不承認這些事實。」留木插嘴說。
「也就是說，刀子插入被害人的胸口時，被告就站在被害人的正前方，手中握著刀子。

到此為止我都承認。」

「你會主張凶手另有其人，被告只是要拔出刀子嗎？」

「有這個可能。」

「我們就是在問你會或不會……」

「現在還不能確定。」

「法官，我希望現在的對話都能紀錄下來。不是檢方準備不足，我們也要求過辯方把主張說清楚，訴訟拖延都是辯護人造成的。」

古野瞪著兩位法官大聲說道。

「我知道了，這些事會紀錄下來的。」

萩原向古野承諾，然後看了書記官一眼，書記官點點頭，敲起鍵盤。法院書記官作為審判的公證人，必須負責把當事人在整理程序時的溝通情況紀錄下來。

我已經從頭到尾仔細讀過檢察官提出的證據了，尤其是關於司法解剖結果的調查報告書，以及在模擬法庭做的現場調查書。

死因是刀刺入心臟造成失血過多。被害人的身上沒有防禦傷，很可能是立即死亡。凶器上只檢驗出馨和美鈴的指紋。沾在美鈴衣服上的大量血液經過檢驗之後，確定是馨的血。

死亡推定時間是下午一點左右。我是在一點五分打開模擬法庭的門，所以馨是在我到場的不久之前被刀插入心臟。當時是午餐時間，所以自習室裡的學生提供了很多目擊證詞。依照他們的證詞，馨是在十二點二十分進入模擬法庭，美鈴是十二點三十分，而我是一點五分，至今為止還沒有證詞提到有其他人進入模擬法庭。

光看這些狀況證據，美鈴的處境非常不利。

「今天能做的事就只有這些了吧。」

好一陣子沒開口的佐京做出這個結論。

「我們檢方確實完成了公審的準備。」

留木的諷刺沒有讓我生氣，反正我也沒有資格生氣。

「律師先生，我再強調一次，下次整理程序之前請務必提出主張內容。麻煩你了。」

5

我踩著鬱悶的步伐走出法院，接著前往法都大學法科大學院。

那件事發生以來，我盡可能地不走進這棟建築物。雖然我知道非來不可，卻把忙碌當成藉口，一再拖延。

我好害怕。總覺得又會想起那天的景象……

聽說模擬法庭鎖上了。無辜遊戲也不會再舉行了，因為沒人能擔任審判者，而且校方也不會准許。

身穿法袍的大學教員慘遭殺害。

報導一出來，立刻就引起大眾的關切。從現場情況來看，不像是普通的凶殺案。當時有些媒體還做了特輯，但調查機關沒有提供更多消息，所以新聞越來越少提起這件事。

後來事件再度被炒熱。周刊雜誌聽說了無辜遊戲的事，就寫報導介紹遊戲的內容。提供消息的人一定是我們以前的同學。

在教導正確法律的地方流行著私審的遊戲，被害人在這個遊戲中還扮演了重要角色，是不是遊戲引發的爭端才導致這場悲劇呢……

這話題足以引起社會熱議，大批記者蜂擁而來，批評校方管理不當的報導和無辜遊戲的審判者懲罰敗訴者的報導陸續出現。

最高潮的新聞是被害人的同學美鈴遭到逮捕。連我這個第一發現者的身邊都出現了一大堆記者，而我當然什麼都沒說。

到達目的地了，我阻止自己繼續回憶往事。

木門沒有上鎖，大概是有人先來開門了。

「嗨，久我，好久不見。」

在模擬法庭裡等著我的人是奈倉副教授。他坐在馨經常坐的法官席，低頭看著我。

我走進柵欄裡，站在辯方那一邊的桌子前。

「提出這種要求真是抱歉。」

「辯護人當然得調查案發現場，我還覺得你來得太慢呢。」

老師說得沒錯，我只能露出苦笑。

「因為證據的數量太多……好不容易才處理完，總算有空來這裡。」

「你申請開示類型證據了嗎？」

「是的，範圍還挺大的。」

對極度缺乏調查證據的辯護人而言，開示證據的制度就像生命線一樣重要。

在一般案件裡，辯護人只能看到檢察官提調的證據和主動開示的證據，若是有公審前整理程序的案件，辯護人可以要求檢察官開示原本保留的證據，這就是申請開示類型證據。

「那些花是老師拿來的嗎？」

作證發言臺前供著白花。

「是啊。這裡平時都會鎖起來，所以沒辦法供上鮮花。我覺得你們的使用方式很合理，這地方本來就是用來審判人的。」

「會這樣想的也只有老師一個人吧。」

看到獻給亡者的花，我就想起馨對我說過的話。

『如果我有什麼三長兩短，我有一件事要拜託你。』

『請你去我父親和爺爺的墳墓，幫我供奉龍膽花。』

我當時不知道馨說那句話是什麼意思，所以只是隨便聽聽。可是他的話已經成真了，連凶器都跟他說的一樣是折刀……

「久我，你沒事吧？」

奈倉老師的聲音從法官席傳來，把我從回憶中喚醒。大概是我一直不說話，讓老師有點擔心。

「我在想事情。」

這些事以後再想吧，說不定其中藏了什麼重要意義。此外，我也覺得應該去馨的墳墓祭奠。
「讓我進來這裡真的沒關係嗎？」
「不用擔心。反正學生和課堂都變少了，就當作是打發時間吧。」
聽說法都大學法科大學院今年的新生很少，我不用問也知道原因。這間法科大學院鬧出了人命，學生當然不想來這裡報考。
「對了，織本過得還好吧？」
「嗯，還是老樣子。」
自從美鈴成了被告以後，我還是第一次聽到有人關心她。
「你要好好地支撐她，這也是辯護人的工作。」
「我知道了。那個……可以讓我調查一些事嗎？」
「當然可以，你儘管調查吧。」
「應該不會太久啦。」
馨倒地的位置是在作證發言臺前。地上沒有拖行的痕跡，所以他不是在其他地方被殺之後再移過來的。
馨在無辜遊戲裡的固定位置是法官席。
如果立場改變了，位置也會改變，就像已經當上律師的我今天直接走到辯方當事人的席位。
如此說來，馨那一天擔任的角色並不是審判者？
作證發言臺和法官席不一樣，有各式各樣的人會站在這個位置。告訴人、證人、被指為罪犯的人。

馨是以什麼身分站上作證發言臺的？

我對美鈴也懷著相同的疑問，甚至對我自己也是。

我們各自以什麼身分參與了那一天的遊戲呢？

有太多事情讓我搞不懂。美鈴比我先到達現場，或許她能回答其中的幾個問題，但她始終緘口不言。

我抬頭望向法官席，盤著雙臂的奈倉老師問道：

「事情發生的那一天，你為什麼會來到這裡？」

「我收到一封訊息，說要舉行無辜遊戲。」

我反覆看過那封訊息很多次，內容都能背起來了。裡面提到決定舉行遊戲是因為告訴人的身分令人意想不到。

「那封訊息真的是結城寄給你的嗎？」

「訊息確實來自馨的信箱，而且我在案發的幾天前就收到了，不可能是別人假冒馨寄來的。」

「不是所有同學都收到通知吧？」

老師會這樣猜測，應該是因為來模擬法庭的人只有我和美鈴。

「是的。我詢問過的同學都說沒有收到通知。」

「織本也是？」

「美鈴什麼都不回答我。」

「真是辛苦你了。不過你應該會從中學到很多經驗吧。」

奈倉老師微笑說道。跟老師聊過以後，我的心情輕鬆了許多，但我不能滿足於此，我來到這裡可不是為了整理心情。

「如果就這樣進入公審，美鈴一定會被判有罪的。」

「從你剛剛說的話聽起來，織本一直保持緘默？那就不太可能在詢問被告的時候翻盤了。」

「證據太齊全了啦。」

既然沒有監視錄影，也沒有人一直盯著模擬法庭的門，我或許可以主張殺害馨的凶手另有其人，而且凶手在我進去之前就逃走了。問題是刀上的指紋和美鈴身上的血跡，如果不能給出合理解釋，在辯論凶手身分的時候一定影響不了法官的心證。

「你好像很沮喪呢。」

「殺人罪的刑罰最少是五年以上有期徒刑，如果沒有酌量減刑，就不會附帶緩刑。一旦美鈴被判有罪，她的人生就毀了。」

「你以為織本不了解這種情況嗎？」

「啊？」

「織本考上了司法考試，是未來的法律專家，她當然了解自己的處境，卻還是選擇保持緘默，那她一定是有自己的理由。」

奈倉老師還是和我在這裡讀書時一樣，他的言論同時兼顧了嚴厲和溫柔。

「……謝謝老師。我心裡好受多了。」

「能幫上你的忙就太好了。既然你是辯護人，就要相信被告到最後。」

我深吸一口氣，切換成思考模式。

「案件發生前的那段時間，老師有沒有發現馨哪裡怪怪的？」

當時負責指導馨的人就是奈倉老師。

「結城一直都很奇怪，否則他就不會選擇留在大學，在我的指導下寫論文了。」

「老師也不知道馨為什麼選擇當個學者嗎？」

奈倉老師聽到我的詢問，含糊地歪了頭。

「我認為任何選擇都不是出自積極的理由。」

「不至於完全沒有吧？」

「或許有，但一定是沒辦法向別人解釋的理由。越是複雜糾葛的選擇，越沒辦法用言語解釋清楚。好比說……你為什麼答應當織本的辯護人呢？」

「這是因為……」

小咲也問過我這個問題，當時我也沒辦法給出明確的答案。

「沒關係，不用勉強回答。這樣你懂了嗎？能立刻回答的問題就不用想了。」

「我覺得馨應該不是出自消極的理由而選擇當學者。」

「我也是這麼想的。若是不合理的選擇，我剛才的理論就不適用了。對於自己將來的出路，結城的選擇真是愚蠢至極。」

我不知道老師對自己指導能力的評價為什麼這麼差。

「馨寫了怎樣的論文？」

「他寫了很多。他寫論文的速度快到嚇人，想到什麼就立刻開始寫。我告誡過他這樣論文品質會很差，但他寫的論文還勝過不怎麼樣的副教授，真是太尷尬了。」

奈倉老師瞇起眼睛說道，像是很懷念的樣子。

「他寫的應該都是刑事類的論文吧？」

「是啊，最多的就是關於刑事政策的主題。你還記得畢業之前我在課堂上跟你們談過冤罪和無罪嗎？」

「嗯，我記得。」

「那也是刑事政策的範疇。大致來說，犯罪論要探討的是刑法，而刑罰論要探討的是刑事政策，不過兩者之間沒有明確的界線。」

「原來如此。」我大概聽懂了，就點點頭。

「結城說他會來請我指導，是因為讀了我的刑事政策論文。」

「喔……」

「他本來擁有優秀學者的素質，發生這種事真是太遺憾了。」

老師這句話聽起來像是真心感到惋惜。如果他和馨只是表面上的指導關係，就不會特地為馨供上鮮花了。

「老師恨美鈴嗎？」我忍不住問道。

「這個嘛……若是織本最後被判有罪，我應該會恨她吧。」

老師秉持著無罪推定原則如此說道。

任何人被判決有罪之前都應該被假定為無罪。

身為辯護人，我是否能堅守這個原則到最後呢？

6

幾天後，我又去了七海警察局拘留處。

這次我不是去見盜墓人，而是去見織本美鈴。

七海警察局的拘留處是男女分開的，美鈴是凶殺案的被告，被關在女性專用的拘留處。因為法院不准許保釋，所以她在審判結束前都沒辦法得到自由。

坐在壓克力板對面的美鈴挺直腰桿，注視著我。她穿著皺巴巴的衣服，臉上脂粉未施，但還是一樣漂亮。

「你別盯著我看。」

美鈴雖然這樣說，但她並沒有把臉轉開。我們離得很近，但中間隔著壓克力板，所以我沒辦法碰觸到她。

「妳在機構的時候也沒化妝啊。」

「那都是幾百年前的事了，我早就忘了。」

對美鈴來說，那已經是遙遠的過去嗎？

不是鮮明的回憶，而是褪色的記憶……

「第二次公審前整理程序結束了。還有，我去了模擬法庭。」

「你可以說清楚一點嗎？」

我知道旁邊沒有人，但還是忍不住回頭看看門口。辯護人有權利在不受監視的情況下和被告見面。

「那我就先從整理程序的情況說起……」

古野檢事在整理程序時質疑我和被告不能互相信任，兩位法官雖然嘴上不說，想必也很擔心這一點。

不過，事實並非如此。他們都猜錯了。沒有被告像美鈴這麼了解案件的內容和自己的處境。

她就是明白這一切，所以沒和任何人商量就決定對自己的罪狀不表示意見。

「美鈴，我在下次整理程序之前一定要提出預定主張。」

「沒想到檢察官的準備工作進行得這麼快……」

美鈴心不在焉地說道。

「妳看過申請開示類型證據的清單了嗎？」

「你全都列出來了嗎？」

「範圍已經很大了，要再增加恐怕不容易。」

因為美鈴的要求，我就連原本覺得不需要開示的證據也都申請了。她先前把清單列出來給我了。

「好吧。那就這樣吧。」

「妳想找的是什麼證據？」

「沒什麼，只是擔心如果有奇怪的證據就不妙了。」

我不相信美鈴這番說辭，但我就算繼續追問，她大概也不會給我其他答案。

「我姑且問一句，我不需要去找情狀證人吧？」

「你想叫我認罪嗎？」美鈴的臉色變得很嚴肅。

「不是啦。我是覺得主張無罪也有不同的方式，先找好情狀證人或許會有幫助。」

情狀指的是法官在斟酌量刑時會考慮的面向，包括被告犯罪的原因、犯罪型態、避免再犯的方法。這些立證是由辯方負責的，即使被告最後被判有罪，也有可能減輕量刑。

「找情狀證人反而會模糊爭點。」

「可是……」

「你不相信我是無罪的吧？」

直接大吼「我又沒有這麼說」很簡單，但我認為辯護人不該表現得太情緒化。美鈴是在試探我嗎？

「如果妳要我相信妳，就不該對我有所隱瞞。」

「我沒有把所有的事告訴你，但我並不是要隱瞞什麼。」

「這又有什麼差別？」

「我覺得完全不一樣。」

「那麼……這張SD卡裡面有什麼東西？」

我從口袋裡掏出SD卡，貼在壓克力板上。

我本想出其不意，但美鈴的表情沒有絲毫改變。

「我現在不能說。」

「為什麼？」
「這是為了我們彼此著想。」
「這不就是隱瞞嗎？」
我在模擬法庭發現馨的屍體時，美鈴默默地遞給我一個塑膠套。裡面放著這張ＳＤ卡。
「你有打開過？」
「是啊，但是檔案有加密，沒辦法開啟。」
檔案連副檔名都沒顯示出來，所以我根本猜不到裡面是什麼內容。
「放心吧，裡面沒有病毒。」
「妳是不想讓這東西落到警方手上才交給我吧？」
「是啊，因為我覺得你應該不會被搜身。」
美鈴說得一點都不心虛。當時美鈴知道自己會被當成重要參考人帶去警局，所以覺得把東西交給身為第一發現者的我比較保險。
「美鈴……妳應該知道，如果ＳＤ卡裡面存放了重要證據，連我都有可能觸犯湮滅證據罪。我應該有權利知道裡面是什麼東西吧？」
「你說重要證據，像是什麼？」
「就是不知道才要問妳啊。」
「如果你覺得那是我的犯罪證據，直接毀掉不就好了？」
我覺得美鈴沒有回答我的問題，搖搖頭說：
「如果這東西能證明妳無罪，那就不能銷毀了。」

「我都說了我不打算隱瞞，只是要等時機到了才能開啟。」

「那要等到什麼時候？」

「這就要看你了。或許很快就能打開，或許還要等很久。」

這番沒有結果的討論讓我很不耐煩，我刻意地重重嘆一口氣。她藏著資訊是因為不相信我，還是因為其他理由？

「妳為什麼要我當妳的辯護人？」

「因為我覺得除了你之外沒人能做到。」

「我光是要相信妳就費盡全力了。」

如果就這麼開始公審，我絕對沒辦法順利勝訴。

「你想辭去辯護人嗎？」

「如果我們之間無法建立互信關係，那也只能這樣了。」

我絕對不會捨棄美鈴，但我還是要讓她知道有這個可能性。我一心想要和她合力度過難關，為什麼會變成這樣呢？

「拜託你，再包容一下我的任性吧。」

「只要我還是辯護人，我會努力包容妳的。」

這已經是我最大的讓步了。

「謝謝。」美鈴垂下眼簾喃喃說道。

「接下來該怎麼做呢？」

我會去法都大學法科大學院調查命案現場也是美鈴要求的。

「你還記得佐沼這個人嗎?」
「……萬事屋?」
美鈴提起了完全超乎我意料的人物。
「我希望你把他找出來。」
那人曾經藏在美鈴公寓樓上的房間竊聽,還對她做過很多騷擾行為。
他的名字和頭銜都是他自己說的,我們對他根本一無所知。
找出佐沼……我滿腦子疑問,但並不是針對搜尋的方法,而是針對她的動機。
「都過這麼久了,為什麼還要找他?」
「那件事一直沒有解決。」
「是這樣沒錯啦……」
現在要處理的問題堆積如山,都已經火燒屁股了,我哪裡還有時間去處理佐沼的問題?
「我非得找到他不可。」
「為什麼?」
「因為他或許可以證明我是無辜的。」
佐沼能證明美鈴無辜?我驚愕得說不出話了。
「妳是認真的嗎?」
「現在情況這麼危急,我幹麼跟你開玩笑?」
「可是……」

「我知道你現在很忙。」
「他知道些什麼？」
「對不起，我還不能告訴你。」
自從進入會客室以來，我不知道已經嘆氣多少次了。
「我知道了。我會去找他的。」
「找得到嗎？」
「無論要用什麼手段，我都會把他找出來。」

7

見過美鈴之後，我在七海警察局的大廳沉思。
我該怎麼找出佐沼呢……
在303號房見到他的時候，我沒辦法讓他認罪。他東拉西扯地為自己辯解，直到我離開房間都沒聽到他的道歉。
那是我第一次、也是最後一次和佐沼說話，我當然也不知道他的住址或聯絡方式，但我至少知道要怎麼和他取得聯繫。
所以我現在還待在警察局的大廳。
如果你有事想找我幫忙，可以去打聽萬事屋佐沼這個名字。我沒有張貼廣告，不過你只要問這一帶的流浪漢就能找到我了……

佐沼當時是這麼跟我說的，這是我目前唯一的線索。我起身走向櫃檯。還是去拜託那個人看看吧。

基本上，辯護人可以不限次數地和嫌犯或被告會面，不過對方有可能被帶去問案或調查而不在警察局，所以通常會事先確認。這次我是臨時來訪，幸好還是順利地見到人了。

盜墓人權田看到我突然跑來，露出訝異的表情。

「你好，權田先生。」

「怎麼突然來了？」

「我有事想要問你。」

「問我？」

「你認識一個叫佐沼的流浪漢嗎？」

權田固定住在墓地，但也算是流浪漢，說不定他跟佐沼互相認識。

「是的。」很好！我在心中默默說道。「我正在找他。」

「是那個萬事屋嗎？」

「律師先生有事要請他幫忙？」

「這個，也不能這麼說……」

我不知道該告訴權田多少。如果不告訴他理由，就沒辦法談下去了。

「那傢伙專門做些危險的事，但他很了解什麼時候該脫身，他可不像我這麼容易抓到。」

「我只是要找他問問我另一件案子的事，可是他居無定所，我不知道要怎麼找到他。」

「律師先生覺得我也是流浪漢，所以可能知道他在哪裡？」

「是啊。」
權田見我點頭，就咧嘴一笑。
「我的確知道佐沼在哪裡。」
「我會來問你只是碰碰運氣，看來我沒白跑一趟。」
我假裝沒注意到權田別有深意的表情和眼神。
「不過……我可不會白白告訴你喔。」
「什麼意思？」
「我能得到什麼好處？」
權田把嘴巴貼近壓克力板的通聲孔，輕聲說道。
「你想跟辯護人談條件？」
「難道律師先生覺得身為辯護人就能免費問出情報？」
「我沒有把自己想得那麼了不起。好吧，你要怎樣才肯告訴我佐沼的所在？」
我早就猜到權田會跟我談條件。為了讓他以為這是他自己的意思，我才故意裝出要他白白告訴我的態度。
「請律師先生幫我去拿回私房錢。」
「就是你上次說過的那件事？」
「沒錯。」
太好了，不是超出我預期的要求。
「嗯，可以。」

拿手。

「喔？」

「用那些錢來賠償被害人就好了吧？我答應你。」

權田露出驚訝的表情。他一定沒想到我會這麼輕易地答應。我對這種心理遊戲還不太

「律師先生只是打算假裝去拿，其實是要用自己的存款來付錢吧？」

「我沒打算幫你出錢，更何況我也不知道你有多少錢。」

「我藏私房錢的地方是在拜石下面喔，你真的敢去拿嗎？」

他明明想要拜託我，幹麼還這樣陰陽怪氣地嚇我？我不禁苦笑。

「你也知道這是犯法的行為啊？」

「我以前拜託過的人都用這種理由拒絕我。」

「你除了我以外還拜託過其他人？」

「這個嘛……」權田沒有繼續說下去。

他大概有什麼難言之隱吧。

小咲對我說過「既然你是律師，犯罪就不要被發現啊」。的確，身為法律專家，如果怕違法就不敢做，未免太嫩了。

「我可以向亡者家屬說明理由，徵求對方的同意，這樣就不會觸犯侮辱宗教建築物罪或挖掘墳墓罪了。」

「原來還有這一招……真的會那麼順利嗎？」

「我沒要求過別人讓我開墳墓，不知道會有什麼結果。不過亡者家屬想必不會想讓別人

的東西擺在家人的骨灰罈旁邊，多半還是會答應吧。可能要被罵一頓就是了。」

我朝不安地注視著我的權田刻意露出微笑。

「你這麼想知道佐沼的下落？」

「是的。我不能告訴你詳情，但我的目的不只是為了找他。」

「還有其他理由嗎？」

「除了你之外還有很多居無定所的人，我只要去公園或地下道走一圈就能找到，我不知道他們會不會爽快地告訴我，我想一定有人只要給點錢或香菸就願意說，去找他們幫忙還比較省事。」

我不怕得罪權田，所以直截了當地說出我的想法。

「那你為什麼來找我？」

「硬要說的話，只是想要一石二鳥吧。你這個案子能做的只有請求酌情減刑，如果我去墳墓幫你拿回私房錢，那我既能見到佐沼，你也能賠償被害人。」

這就是一石二鳥啦。權田興致盎然地盯著我。

「你真是個奇怪的律師……」

「有一半是為了自己啦。」

「這樣我還更相信你，因為遭到背叛的可能性比較低。」

「那你可以告訴我那個墓碑上寫的俗名嗎？」

我即將聽到的是要被我騷擾的亡者生前的名字。

我懷著奇妙的心情等著權田開口。

「權田聰志。」

「呃……這不是你的名字嗎……」

「我知道。因為我相信你，所以我要告訴你實話。」

接著權田說出了隱瞞多年的祕密。

8

星期五下午三點。我在權田要求的時間帶著小咲來到了七海墓地。

大大小小、形形色色的墓碑整齊羅列。

行人較多的主要通道旁的墓碑都有豪華的裝飾，看起來很昂貴，擠在陽光照不到的陰暗角落的墓碑則是頹然佇立。

如果死者知道這裡竟然有活人的墓碑一定會嚇到吧。

結果權田根本不是要找人在半夜去挖墳，而是用這種要求測試對方是不是可以信任的人，然後才把真正的要求說出來。

雖然不是我自己期望的，總之我通過了他的測試。

我先繞了墓地一圈，真的找到了權田聰志的墳墓。看到自己擔任辯護人的嫌犯名字刻在墓碑上，感覺真是詭異。

「你的客戶該不會是鬼吧？」

一身黑白灰色系的小咲問道。

「怎麼可能嘛。權田聰志還活著啦。」
「我還沒親眼見過活生生的權田聰志。如果你是太累了而看到幻覺，我也不意外。」
「錯誤的是那個墳墓，裡面沒有死人啦。」
我們站在看得到權田墳墓的地方。因為我覺得兩人同行比較不可疑，所以帶了小咲一起來。繼續在這裡等，應該就能等到我要找的人。
「為什麼會出現這種錯誤呢？」
「因為有人把一點小誤會裹上更大的謊言。」
小咲不解地歪著腦袋。我沒有詳細解釋，她會有這種反應很正常。
「你可以用我能理解的方式說明嗎？」
「我自己都還沒完全搞懂。」
「因為你很粗心嘛，如果跟優秀的事務員商量，或許就能解決了。」
反正要找的人到來之前都沒事做，我就聽從小咲的建議吧。
「這件事不能說出去喔。」
「我知道啦。」
「權田在二十五歲的時候成立了建設公司，起初只是承包一些小工程，後來因為員工細心又能幹，深得客戶信任，公司漸漸地擴大，不到十年就增長到可以承包公共設施的規模了。」
「那他怎麼會淪落成盜墓人呢？」
「公司越大，老闆注意不到的地方也越多。負責會計的員工做了假帳……喔喔，這只是權田的一面之詞，搞不好根本是他自己指使的。」
盯著正前方墓碑的小咲點點頭。
「請繼續說。不過我大概也猜得到接下來的事。」
「謊言引發更多謊言，事情變得越來越嚴重，後來權田甚至騙人投資。他失去了信用，又欠了一屁股債，被人告上法院，還判了刑……到了這種地步，他沒辦法東山再起，只能讓公司倒閉，宣告破產。」
「人一下子就能掉到谷底呢。」
小咲的眼中籠罩著陰影。我聽說她家道中落也是因為父親事業失敗，權田的經歷或許讓她想起了自己的經歷吧。
「在第一次坐牢之後，他又進了監獄好幾次。妻子和他離婚了，女兒也不理他了，他只能四處流浪，一再為了溫飽而犯罪被捕。這就是權田落魄的前半生。」
我第一次去見權田時，他說自己沒有妻兒，但那不完全是真的。他知道我要聯絡他的家屬，所以沒告訴我他離過婚。
「你都說完了嗎？那為什麼會有這個墳墓呢？」
這是最主要的問題。我也問過權田一樣的問題，但他告訴我的答案我實在無法相信。
「在旁人看來，被逮捕和失蹤或許差不多吧？」
「你是說，有人以為他失蹤了，所以幫他蓋了墳墓？」
「不是。搞錯的是他的女兒，說謊的是他的太太。」
「什麼意思？」

小咲不再看著權田的墳墓，而是直視我的雙眼。

「權田在離婚之前也因偷竊被逮捕過幾次，所以他太太立刻猜到他又被抓了。這已經不是第一次了，而且辯護人一定會聯絡他的家屬。但女兒年紀還小，不知道爸爸為什麼不見了。」

「喔喔……原來如此，他太太也沒有向女兒解釋吧。」

「沒錯，所以女兒以為爸爸失蹤了。無論她怎麼找，怎麼等，爸爸都沒有回來，媽媽看見女兒這個樣子，就騙她說爸爸已經死了。」

「為什麼……」

權田家都是因為這個謊言而毀掉的。

「我不知道權田的太太是不想讓女兒知道爸爸是罪犯，還是根本放棄丈夫了，總之她一直堅守著這個謊言，她叫權田簽下離婚證書，拿去市公所辦理離婚，還跟所有人說自己的丈夫已經死了。」

「連那個墳墓也是？」

「很厲害吧？或許她只是無法改口，只好硬著頭皮繼續說謊，但她幾十年來不斷去參拜一個空的墳墓，直到自己變成老奶奶，連孫女都有了，還在持續做這件事。」

權田聰志的墳墓裡也沒有祖先的骨骸，是貨真價實的無人墓。

「權田先生知道自己被當成了死人嗎？」

「他太太去探監時跟他說過。不知道他聽到的時候作何感想。」

「真可憐……」

「刑滿出獄以後，權田也無家可歸了。他沒有被登記死亡，在戶籍上還是活著的，但在社會上跟死了沒兩樣。」

太太跟他離婚之後，女兒和孫女就沒機會看到他的戶籍了。沒人會專程去調查以為已死之人的戶籍。

「他可以去找女兒，讓她知道爸爸還活著啊。」

「權田覺得不該做這種事。他接受了自己的死亡，開始住在墳墓。」

後來權田還是持續犯罪，但他都不告訴警察和辯護人自己有家人，一直假裝成孑然一身的流浪漢，默默地坐牢。

「我不懂他太太為什麼要說那種謊，也不懂他為什麼選擇接受。」

小咲一臉快要哭出來的樣子。

「就是說啊。可是我看到他們的生活，就覺得權田的太太並沒有丟下他不管，而權田也不恨自己的家人。」

「為什麼？這怎麼可能？」

「我之前不是說過權田會偷吃墳墓的供品嗎？」

「難道……他說的是自己墳墓的供品？」

「答對了。我本來也覺得他的行為真是人神共憤，不過，他吃的如果是自己的供品，事情就有另一種解釋了。也就是說，有人知道權田會吃這些東西，所以供上了他喜歡的食物。妳不這麼想嗎？」

「權田的太太知道他住在墳墓……」

小咲應該知道我要說什麼了。

「她跟女兒說要祭拜父親，跟孫女說要祭拜外公，持續地送去供品。年幼的孫女看到食物不見了，如果跟她說是亡者吃掉的，她或許真的會相信。」

「既然太太還會關心他，繼續當一家人不是很好嗎？」

「或許他們之間隔著一段很久才能跨越的距離，需要那個墓碑作為緩衝吧。」

關於偷吃供品的事，權田並沒有說謊。

我問權田那個墓地是不是有他親戚的墳墓，他回答天曉得，因為那裡只有他自己的墳墓。

他說有人看到容器空了會很高興，因為他的太太知道他還活著會很高興，孫女相信那是過世的外公吃掉的，也會很高興。

他說如果供品沒被吃掉會有人難過，因為他的太太會認為他又被逮捕或是死亡了而感到難過，孫女也會以為被外公拋下了而難過。

此外，他還說這是帶給別人幸福的犯罪行為……

或許真的是這樣吧。沒有任何人會受到傷害。

「先先，你看……」

聽到小咲的聲音，我模糊的視野又恢復了鮮明。

有兩個人影正走向我一直注視的墓碑。

「來了呢。」

「我們也過去吧。」

老婦人和少女手牽著手站在權田聰志的墓碑前。我有點猶豫，但還是為了避免驚嚇到她們而輕聲叫道：

「不好意思，打擾一下……」

先轉過頭來的是少女。

「外婆，有客人。」

我覺得她的說法怪怪的，此時老婦人也發現我們了。

「打擾妳們真是抱歉。」

「有什麼事嗎？」

老婦人臉上的皺紋隨著她說話的動作而上下移動。那深深的皺紋彷彿表現出她走過的人生充滿了接連不斷的苦難。

「我是律師，名叫久我清義。能不能請問一下妳和權田聰志是什麼關係？」

我一說出權田的名字，老婦人的表情有些扭曲。

「香奈……妳可以去提一桶水來嗎？」

少女開朗地回答「好，我知道了！」。

「姊姊也一起去。妳可以帶姊姊去放桶子的地方嗎？」

小咲配合少女的高度蹲低身子說道。

「好啊，就在那邊。」

「如果滑倒就糟糕了，我們牽著手走吧。」

兩人從墓碑前離開了。我真感謝小咲機智的反應。

「她不知道權田先生還活著吧？」

我望向老婦人，她直勾勾地瞪著我。

「權田已經死了。在我們的心中，他很久以前就死了……」

「我只是來幫權田先生傳話的。」

如果我說「他沒有死，是妳當他死了」，老婦人一定會很生氣吧。

「他又被抓了吧？」

「是的，就在供品沒人吃的那陣子。」

墓碑前的容器裡放著沒人動過的麵包和水果。

「你知道多少？」

「權田先生把大致的情況都告訴我了。他這次很可能被判刑，應該有幾年都不會來吃供品了。」

「我放供品又不是要給他吃的。那只是在遵守禮儀。」

「這樣啊，真抱歉。」

禮儀啊……權田接受了自己的死亡或許也是為了遵守禮儀吧，既然家人覺得他只會帶來麻煩，他只能接受家人抹消自己的存在。

「他叫你來傳什麼話？」

「權田先生因為竊盜嫌疑而被拘留了，他想要賠償被害人，但手邊沒有現金，他告訴我他在某個地方藏了私房錢。」

「某個地方？」

「就在這裡面。」

我指著正前方的權田聰志的墓碑。

「這是在開玩笑嗎？」

「不是，權田先生真的把私房錢藏在墳墓裡。說得更清楚點，是放在骨灰罈的旁邊，但是要開啟拜石必須先得到家屬的同意。」

「你是指我？」

「是的，我想徵求妳的同意，我打開墳墓的時候也請妳在一旁看著，可以嗎？」

沉默延續了十秒左右。老婦人一副猶豫的樣子。

「我不知道裡面放了多少現金，權田先生只說足夠賠償被害人。他還說，剩下的錢要交給妳。」

「要我收下權田的存款？」

「簡單說就是這樣。」

這才是權田真正要拜託我做的事。

他藏在墳墓裡的私房錢都是為了給太太而存下來的。如果他有個三長兩短，他太太要拿出空骨灰罈的時候就會看到放在旁邊的東西。

這筆私房錢也等於是他的遺產。

「多少錢？」

「我剛才說過了，我不清楚具體的數目……」

「我說的不是私房錢，而是他偷的東西的價格。我會負責賠償的，我才不想拿他的髒錢給被害人。」
「沒必要跟被害人解釋得那麼詳細。」
「不是這個問題。」
老婦人說得斬釘截鐵，像是在表示自己的心意有多堅定。
「那剩下的錢呢？」
「我不會收的，因為那是權田的錢。」
她的語氣非常強硬，讓我覺得再說服她也沒有用。
「說不定墳墓裡還放了信件什麼的。」
「我的答案不會變。要我打開這個墳墓，只有等權田死掉之後。」
我沒有再說什麼。看這情況也只能放棄了。
「我知道了，我會轉告權田先生的。」
「可以麻煩你幫我帶句話嗎？」
「好啊，沒問題。」
權田若是知道自己被拒絕，一定會很傷心，如果我幫老婦人帶回去的訊息能平息他的悲傷就好了……
「請你幫我轉告權田：等你死了以後，我會把你的私房錢和你一起燒掉，所以你安心地去吧。」
我不禁愣住。安心地去吧……是叫他去過自己的生活，還是要他去死？
老婦人知道了權田的心意，卻不肯接受。我覺得這不是出自憎恨或憤怒那些單純的負面情感，而是混成一團的複雜情緒。

此時我看見小咲和少女提著桶子遠遠地走來。

「權田先生將要面臨刑事訴訟，他的罪嫌無庸置疑，所以我打算爭取酌情減刑，到時妳願意出庭作證嗎？」

我覺得老婦人多半會拒絕這個要求，但還是懷著微薄的希望，心想或許還是有機會。

「我拒絕。殺死權田的我沒資格幫他出庭作證。」

老婦人轉過身去，走向朝她揮手的少女。

她最後說自己殺死了權田。不是死掉，而是被她殺死……

空的骨灰罈，期待被人吃掉的供品，不打算花用的私房錢。

我眼前的墓碑隱含著種種矛盾。

要消除所有的矛盾，只有等到權田死掉的那一天。

9

權田聽到他太太託我帶回來的話，在會客室裡哈哈大笑。

那沙啞的笑聲在狹窄的房間裡空虛地迴盪，然後他一臉滿不在乎地告訴了我萬事屋佐沼的所在之處。

我已經達成目的了，但是看到權田故作平靜的態度還是讓我不禁心痛，如果他生氣地大罵，我可能會比較舒坦吧。

距離廣瀨站西側出口五分鐘路程，有一個叫「姬川公園」的公共設施。車站西側不像東側那麼繁華，這邊是安靜的住宅區，大型建築只有補習班和超市，公園裡都是家族的身影。

我一邊眺望坐在長椅上吃便當的老夫婦和天真地追著足球奔跑的少年，一邊走向公園中央。

『在銀杏樹旁邊，格紋的野餐墊。』

權田跟我說的地點確實鋪著一張花俏的野餐墊。

野餐墊上有一張小桌子，上面擺著毛筆硯臺等書法道具，一旁放著很多方形厚紙，紙上以特殊字體寫了短句，每張的內容都不一樣。那些大概是要賣的商品吧。

坐在桌前的男人是我本來以為永遠不會再見的佐沼。

紮起的長髮，邋遢的鬍鬚，灰色的傳統工作服。

他這副打扮簡直就像真正的書法家。

「你好。」

我沒有先在遠方觀察，而是直接走過去跟他說話。

「歡迎光臨……不好意思，我還沒開始營業。」

「你還記得我嗎？」

佐沼把手中的毛筆放在桌上，瞇起眼睛看著我。

「我的記性不太好。看是要自我介紹還是要離開，你自己選一個咩。」

聽到他那特殊的腔調，令我想起了在美鈴公寓的苦澀回憶。

「就算我報上名字，你大概也想不起來。」
「這樣啊。如果你不買東西，那就請離開吧。」
他似乎把我當成了妨礙生意的無聊年輕人。硬要這樣說也沒錯啦。
「我是你竊聽的女大學生的朋友，這樣說你應該記得吧？」
佐沼沉默幾秒之後，發出「啊啊……」的聲音。
「你就是那個怪孩子啊。」
看來應該談得下去了。
「我有些事想問你。」
「要寫什麼？」
「啊？」
「這個。」佐沼指著厚紙說道。「現在的我也是書法家。」
「你不幹萬事屋啦？」
「不分喜歡或討厭，什麼都做，所以才叫萬事屋咩，這份工作沒有副業的概念。五個字以內只要一萬圓。」
我覺得他是在強辯，但又沒辦法反駁。我早就體驗過，跟他做口舌之爭是絕對占不到便宜的。
「就是要錢的意思吧？」我已經懶得對他客氣了。
「在我寫字的時候，我可以聽聽你要說的話。」
佐沼對我咧嘴一笑。

我瞄了一眼他那些作品，寫得不算差，但也沒有好到讓人想花錢購買。不過，一萬圓就能讓他聽我說話，這價格還算公道。

「你想寫什麼就寫什麼，要從那堆作品裡面挑一張給我也行。」

「這樣就不能談了咩。內容得由你來想。」

他的規矩還真麻煩。我正要把臨時想到的五個字說出來……

「啊啊，不要一次全部告訴我。為了避免先入為主，我喜歡依照每一個字的形象來運筆。第一個字是什麼？」

「到底誰才是客人啊……那就『有無』的『無』吧。」

佐沼點點頭，在硯臺上滴了幾滴水，熟練地開始磨墨。

「我想問你當時接的那件工作。」

「要不要回答，等我聽了你的問題之後再決定。」

好啦，我該從哪裡說起呢……

「你還記得當時竊聽的對象叫什麼名字嗎？」

「這個嘛……客戶好像沒有跟我說過。」

佐沼回答時雙眼仍注視著硯臺。墨條以固定的頻率在硯臺上前後移動。

「那你聽過織本美鈴這個名字嗎？」

「好像有，又好像沒有。」

「她就是我剛才說的被你竊聽的人，現在她成了一件案子的被告，是世人口中的殺人犯，而我目前擔任這件案子的辯護人。」

流暢移動的墨條戛然而止。

「殺人……她殺了誰？」

他對美鈴的名字沒有反應，卻對殺人一詞有了反應。

「結城馨，他是法都大學法科大學院的教員。」

「我也沒聽過這個名字。」

「她遭到拘留只是因為有殺人的嫌疑。」

「有嫌疑就完蛋了啦，被染黑的東西才不會變回白色。」

佐沼用指尖沾墨汁，按在厚紙上，白紙出現了一塊汙漬。

「無論要用什麼手段，我都得讓她恢復清白。」

「喔……我還是覺得沒辦法啦，反正你好好加油吧。」

他的笑容帶著嘲笑的味道。要輕視我就隨便你吧。

「我想請你幫我證明美鈴的清白。」

「你可能覺得我沒資格說這種話……你的腦袋沒問題吧？」

「我正常得很。你不繼續磨墨嗎？」

硯臺裡的墨汁快用完了。佐沼又低頭磨墨，但速度不像剛才那麼規律。

「我還沒搞懂你想說的話。要我幫忙證明她的清白是什麼意思？」

「我想請你當證人，在法庭上作證。」

向權田打聽出佐沼的下落之後，我就去見美鈴了，結果美鈴告訴我一件讓我難以置信的事。

我們接下來的對話應該能讓我分辨出美鈴說的那件事是不是真的。

「為什麼要找我？我跟那件案子又沒有關係。」

「不，有關係。你剛才說沒聽過結城馨這個名字，是吧？」

「一點印象都沒有。」

「那你記得這張臉嗎？」

我從口袋裡掏出一張照片，拿給佐沼看。

「這個人就是你說的結城？」

「嗯，是啊。」

佐沼把照片放在桌上，拿起毛筆，筆毛不知何時已經吸飽墨汁。他從厚紙的右上方以亂七八糟的筆劃順序寫出「無」字。

那個字寫得像是削掉稜角的圓形籠子長了四隻小腳。

這就是「無」字在佐沼心中的形象嗎？

「下一個字是？」

用說的很難表達，所以我用手機把字打出來給佐沼看。我只想談正事，但若因為這點小事惹他不高興就太愚蠢了。

「我沒看過這個字。是什麼意思？」

「罪、咎。」

「喔……所以才這麼難搞嗎？」

佐沼貌似愉快地嘿嘿笑著。有什麼好笑的？

「你是在回答我剛才的問題嗎？」

「什麼問題？」

「你看過照片上的人？」

「好像有，又好像沒有。」

他只是在耍我吧。我做了個深呼吸，努力讓自己平靜下來。

然後，我問道……

「雇用你去騷擾美鈴的就是這個人吧？」

佐沼提著筆靜止不動。墨汁從筆尖滴到硯臺上。

「你為什麼這麼想？」

「辯護人可以要求檢察官開示手上的證據。在這件案子裡，被害人的電腦也被調查過，裡面還留著結城馨寄給你的郵件，所以除了我以外還有很多人都知道這件事，你想裝傻也沒用。」

我只是在虛張聲勢。申請開示證據——包括申請開示類型證據在內——並不會像魔法一樣變出想要的資料，通常只是白忙一場，這次的申請也沒有拿到任何對美鈴有利的證據。

即使如此，我還是有辦法唬弄一個外行人。

「如果真的有那封郵件，那我的客戶就是他了。但我不是說過咩，我接下這份工作的時候不知道客戶是誰。」

「別再說那種蹩腳的謊話了。你明明知道客戶是誰。」

「喂，你少在那邊自說自話。」
「下一個字是『之』。用平假名寫。」
佐沼不高興地咂舌，粗魯地在紙上運筆。
「你把你從美鈴房間竊聽到的聲音寄給委託人了吧？」
「電腦裡還存了這種東西？」
「是啊，全都存在裡面。」
依照佐沼的知識應該無法判斷我說的是真是假。
「我們是用雲端硬碟來傳遞檔案，所以我根本沒機會看到委託人，我們的交流都是匿名的。」
「除非你傳的只有檔案，但我知道你還在檔案裡放了病毒。」
「……你怎麼知道？」
我只是說出美鈴告訴我的事，我本來以為佐沼會一笑置之。看他現在的反應，美鈴應該不是隨便說說的。
「做了壞事會被神看到。你在學校沒有學過嗎？」
「很不巧，我是無神論者。」
「一旦委託人打開有病毒的檔案，你就能入侵網路攝影機竊取影像。而你用這種方法看到了什麼……你還是自己說吧。」
「我不喜歡委託人那種躲躲藏藏只想自保的態度，所以就用些小花招看到對方的臉。這樣你高興了嗎？」

佐沼看到了委託人的長相。如果能問出對方的名字……

「出現在影像裡的就是這個人吧？」

我指著桌上的照片說道。我的心臟狂跳，幾乎無法喘氣。

「是啊，就是這傢伙。雖然我的記性不好，但我還是記得很清楚。」

事情都串起來了……

越是難以接受的結論，真實成分就越大。我早就做了心理準備，但是真的聽到答案時，我還是期待著其中有什麼誤會。但是，我只能接受事實。雇用佐沼去騷擾美鈴的人正是馨。是馨在折磨美鈴。

「喂，第四個字是什麼？」

「制度的制。」

我只剩寫兩個字的時間能打聽情報了。

「都是些無聊的字。」

我不理會佐沼的抱怨，繼續回到正題。

「偷拍到的影像你有存檔嗎？」

「有的話又怎樣？」

「我想請你提供影像，還有……我希望你能在法庭上再說一次。」

佐沼盯著紙張，再次發出不爽的笑聲。

「你是叫我在法庭上承認自己竊聽了女大學生的房間，持續地騷擾她，還用病毒攻擊客戶的電腦？」

「不用全部說出來，我需要的證詞只有一小部分。」
寫完「制」字的左半邊以後，佐沼瞪了我一眼。
「說什麼蠢話……我怎麼可能答應啊。」
「你以前不是洋洋得意地說過自己做的事沒有違法嗎？」
佐沼握筆的右手細微地搖晃。大概是我的發言讓他很不高興。
「不是那個問題，我是說我去作證又沒有好處。」
「你的委託人死了，被你騷擾的人也被逮捕了。」
「啊？」
「如果你沒有接下那份工作，馨就不會死了。」
如果我設想的情節沒錯，美鈴遭到騷擾和馨的死亡應該有關。不……不只如此，就連從前那些無辜遊戲可能都跟這個案子有關。
「怎麼會？我……」
「你可別說你不知道。你以前說過你接到的委託多半都有隱情，你一定知道委託的工作可能和犯罪有關。既然如此，後續的事情你也該負起責任處理吧？你的證詞或許能救人一命喔。」
目前我能做的事只有這樣。能說服佐沼出庭作證是最好的，但我沒辦法勉強他。
「你總共要寫五個字吧？最後一個字是？」
「裁判的裁。」
「真的有這個詞嗎？」

我叫佐沼寫的詞彙只會出現在法都大學法科大學院。
「你的答覆呢?」
「應該是拒絕吧,不過我要再想一下。」
我是不是該慶幸他至少沒有叫我別再來找他?我拿出名片,遞給抬頭看著我的佐沼。
「對了……有個東西要給你。」
「給我?」佐沼訝異地歪著頭。
「是啊,告訴我要去哪裡找你的人叫我幫忙轉交一封信。」
權田沒有向我詳細解釋,不過他跟佐沼似乎認識很久了。
「是誰?」
「你看了就知道。突然跑來找你真是不好意思。」
佐沼接過信封,舉起來透光觀察。我心想直接打開來看不就好了,但我沒有說出口,畢竟我也不確定信裡寫了什麼。
「時間拿捏得真精準,不愧是律師。」
佐沼一邊說,一邊把方形厚紙遞給我。
沒有稜角的渾圓字體,稜角特別突出的字體,扭曲歪斜的字體,強調收筆和撇捺的字體,類似印相體那樣富設計感的字體。
的確,每一個字展現出來的形象都截然不同。
『無辜之制裁』。
這五個字雜亂地排列在紙上。

「這是什麼意思？」
聽到佐沼的問題，我像是在說服自己似地說道：
「或許這就是案件的真相。」

10

刑事辯護就像孤軍奮戰。
在夏天的辯護實習中，指導律師在劣勢的證人詰問結束後說了這句話。我當時沒放在心上，如今才明白那句話的意義。在刑事辯護之中，律師無論面對檢方或觀眾，都是單獨地作戰。
負責這件案子的檢察官是古野和留木，他們兩人只是在公審當天負責追訴的參與者，但他們的背後還有檢察廳這個強大的組織。
依照這案子的規模，應該會有其他檢事負責從調查階段到起訴之間的準備工作，而且另有指揮全體的負責人。如果有必要，還能加派人手補充調查，或是為判斷責任能力而安排起訴前鑑定。
檢方會等到確定具備了無懈可擊的證據才起訴，而他們的判斷將會大大影響嫌犯的命運。
辯護人想要提出無罪主張，就像只拿一支螺絲起子去拆快要爆炸的炸彈。如此艱鉅的任務只能自己找人幫忙，要是動作太慢就會被炸得粉碎，能毫髮無傷拆除炸彈的機率趨近於零。
就是因為這樣，有罪率才會高達百分之九十九點九。
除此之外，觀眾冰冷的視線也是降低拆彈精確度的原因之一。
在判決有罪之前都不能肯定一個人有罪。這種理想的說法在現實世界根本不適用，一旦因為犯罪嫌疑遭到逮捕，就會被世人視為罪犯，而且批評的矛頭也會指向想幫被告取回清白的辯護人。
硬要分類的話，我算是不在乎褒貶的人，更正確的說法應該是我不渴求得到認同，所以我不覺得幫被告爭取好處有什麼不對。可是，就算我是這種個性，有時還是會因為辯護人的身分而感到心痛。
就像是現在。我按下眼前的門鈴。
我搭乘電車，來到了馨的老家。這是我去找佐沼的三天後。
「哪位？」對講機傳出了年邁女性的聲音。
我想了一下，回答「我是馨以前的朋友，叫作久我清義」。
「馨以前的……我立刻開門。」
因為受到罪惡感苛責，我沒有說自己是美鈴的辯護人，而是說自己是馨生前的朋友。
「久等了。」
馨的母親長相溫和，身材矮小。對我露出微笑的嘴角給人一種脆弱的印象。
「我和馨是法科大學院的同學。」
「這樣啊。那孩子很少談論自己的事。」

「請問……我可以去給他上個香嗎？」
「嗯嗯，歡迎。」
我在門口行了個禮，走進屋內。日式房間的壁龕裡擺設了牌位。
我在燭火上點燃了香，用手搧熄。把香插進香爐時，我和遺照裡的馨四目相對。馨一臉不高興地注視著鏡頭。
面對著遺照，我在心中默默地說著：我真想再和你聊聊，現在的我或許更能了解你的心情。但我知道一切都太遲了……
我看著裊裊上升的白煙，站了起來。
「我可以跟你聊幾句嗎？」
回到客廳後，馨的母親對我說道。
「當然沒問題。」
我根本是求之不得，因為我也有事想要問她。
「沒能好好招待你真是抱歉。」
「不會，是我沒有先知會一聲就突然跑來……」
她把倒入咖啡的杯子放在桌上，邀請我坐下。
「那孩子不擅長交際，在學校裡一定都是獨來獨往吧？」
事到如今，我更說不出自己是美鈴的辯護人了。我跟馨確實是朋友。我只能這樣說服自己，
「以前的馨是個很優秀的朋友，或許有人覺得他不好親近，不過他給過我很多幫助。」

「優秀啊……」

「教授也說過他本來擁有優秀學者的素質。」

我用的全是過去式。我知道這是無可奈何的，但還是忍不住思考有沒有方法能談論現在的馨。

「那孩子也不擅長讀書。」

「我不是在說客套話……」

「是，我知道，但他優秀的地方只有法律方面的知識。在進入大學鑽研法律之前，他從來沒被誇過很會讀書。」

「真的嗎？」我簡直不敢相信。

只有極少數的菁英能在就學期間通過預試和司法考試，所以我一直以為馨從小就接受特別的教育。

「這或許是父母的錯。」

「啊？」

「不，沒什麼。」

如果她說是拜教育所賜我還可以理解，但我不懂她為什麼說這是父母的錯。她是不是覺得如果馨沒有讀法律，就不會發生這種事了？

她似乎不想繼續談這個話題，所以我提起另一件事。

「如果不會給你們添麻煩，我也想去墳墓祭奠一下……」

「你來給他上香已經足夠了。」

這是符合常理的回答。我若繼續要求或許會顯得很冒昧。

「其實我和馨有過約定。」

「約定？」

或許她不會相信，又或許她會覺得我太唐突。

即使如此，我還是只能坦誠相告。

「如果馨有個三長兩短，希望我帶龍膽花去掃墓。」

「這……你是和誰約定的？」

「生前的馨。大概在案發一年前。」

我覺得最好不要提到在那之前突然冒出一把折刀的事，她應該不想聽到別人提起殺害她兒子的凶器。

「馨為什麼要求你做這種事？」

「我不知道，我當時也沒有放在心上。」

「怎麼會……」

「您相信我說的話嗎？」

「結城家掃墓時都是供奉龍膽花。」

「原來如此……」還好我有說出花的種類。「雖然拖了這麼久，我還是想要完成答應過馨的事。可以請妳告訴我墳墓的地點嗎？」

「他連這些事都告訴你了，那他一定很信任你。」

馨的母親畫了地圖告訴我墓碑的位置。如果只是要去墓地，她口頭告訴我地址就行了，但要找到特定墓碑就需要標示了。
「我會帶龍膽花過去。」
我還有事情想問她，但她先開口說道：
「我也可以問你一些問題嗎？」
「當然……」
「我聽說馨參加過一些奇怪的遊戲，這是真的嗎？」
就某個角度來說，這是我最不想談的話題。
「您是說無辜遊戲吧。馨的確在遊戲之中擔任審判者，但是那種遊戲不像雜誌描述得那麼可惡。」
「不管怎麼說，那都是在審判別人。」
「這個……」我無法否認。找上門的記者或許對她說過無辜遊戲的壞話。
「馨很痛恨罪，我想他可能是因為這樣才會玩那種遊戲……」
「痛恨……罪？」
「我剛才說過，馨會開始鑽研法律或許是父母的緣故。」
「是的。那是什麼意思呢？」
馨的母親沒有立刻回答，她帶著猶豫的表情喝了一口咖啡。
「你對那孩子的父親有什麼了解嗎？」
「聽說他已經過世了。」
我聽馨提過「父親和爺爺的墳墓」。

「他連這件事都說了……那我也沒必要隱瞞了。」
「不好意思，我聽不太明白……」
「他有過前科。」馨的母親低聲說道。
「呃……您是說馨的父親？」
「在馨讀高中的時候，他因為卑劣的罪而進監獄服刑，精神出了問題，變得跟廢人沒兩樣，最後自己結束了生命。他是在馨死前一個月左右自殺的。」
這驚人的事實讓我愕然失語。馨的父親有前科？
「因為他犯的罪很嚴重，消息一下子就傳開了……跟你說這些私事，你一定覺得很困擾吧？總之馨就是從那陣子開始學習法律的，他簡直像中邪一樣，每天都在看法律書籍。」
「您覺得馨是因為痛恨犯了罪的父親，才開始學習法律？」
我試著整理出馨的母親想要表達的意思。
「是的。我沒有問馨是怎麼想的。我實在不敢問……」
「如果他痛恨罪犯，應該會立志當上檢察官，可是馨在遊戲之中擔任的審判者比較接近法官的角色。」
馨在模擬法庭和我說過，他發明無辜遊戲是為了累積判罪和決定罰則的經驗。是因為父親有前科才促使馨走上審判者的道路嗎？
「原來是這樣。或許是我想太多了。」
「您也問過其他人同樣的問題嗎？」
「沒有。我沒辦法隨便跟別人說這麼丟臉的事。」

我來馨的老家有兩個目的。
第一個是為了完成我和生前的馨做過的約定，所以要問出墳墓的地點。
另一個則是……
「無辜遊戲是在對各種罪行判處懲罰。馨的父親犯的是什麼罪？如果知道這一點，或許就能想出理由了。」
我不能就此打住。
「這件事連雜誌都沒有寫出來。」
「我絕對不會告訴別人。」
「……好吧。請你等一下。」
馨的母親站起來，走向日式房間。
我一直不明白，為什麼馨要雇用佐沼去騷擾美鈴？
機構的照片、女高中生犯罪的報導、公寓遭人竊聽……
我有預感，只要加上一條解釋，就能得出答案。
預感？不對，這與其說是預感……
聽到馨的父親有前科時，我的心中莫名地感到惶惶不安。
馨的母親說，父親是在馨讀高中的時候犯罪的。
她還說，那是會受到議論的嚴重罪行。
犯罪的時間和內容。該不會是……
馨的母親從日式房間回來了。

「這是當時的報導。」

我用顫抖的手指接過那張剪報。

看完之後，我腦中的一切都串起來了。

馨的目的就是報仇。

11

高一那年的夏天，我因為傷害罪嫌而遭到逮捕。

我把刀子插進了院長的胸口，這件事是不可能開脫的。當時的我已經嚇得六神無主，唯一能做的就是讓美鈴逃出房間。

「我一定會救你的。」

關上門之前，美鈴對我說了這句話。

喜多的傷勢比我想像得輕微，但我持刀傷害他的事實並沒有改變。因為我的犯行嚴重，必須先受到觀護，再進行少年審判。

在觀護期間，我住進了少年觀護所。有很多大人來看我，為了調查犯罪原因，或是制訂更生計畫。面談、性格測驗、適性測驗、智力測驗，我每天都要做資質鑑定。

其中就屬蜂岸調查官問的問題特別深入。

「你為什麼要做那種事呢？」

「因為喜多老師叫機構裡的女生脫衣服讓他拍照。」

她驚訝張嘴的動作像是演出來的。
「那女生叫什麼名字？」
「我不能說。」
「你不相信我嗎？」
「我每次相信別人都沒有好下場。」
幾天後，蜂岸調查官又來了，她大大地搖頭說：
「你跟我說的那件事，設施裡沒人聽說過。」
「妳以為我在騙人？」
「我想要相信你，但我也不能把你說的話照單全收。」
在蜂岸調查官詢問過的院生和職員之中，沒有一個人說喜多的壞話。院生我還不敢保證，但職員之中一定會有人發現喜多的惡行。
他們想必是衡量了利弊得失，最後決定要捨棄我。
「機構裡是不是有個叫阿透的孩子？」
「有啊，是個小學男生。」
「他過得好嗎？」
「他一直低著頭，好像很鬱悶的樣子。那孩子怎麼了？」
「沒什麼。知道這些就夠了。」
行動的那天，阿透突然感到害怕，所以沒有躲進衣櫃，而是跑到公園。
跟喜多作對或許會被趕出機構。阿透大概是不想失去棲身之所，所以逃避了現實。阿透臨陣脫逃讓我很難過，但我自己也很清楚要在外面的世界生存下去有多困難。

「清義，我希望你可以把心裡的想法坦率地說出來。」

「我刺傷喜多老師是事實。我沒有其他要說的。」

只要我不提，美鈴受凌辱的事就不會被公開。跟蜂岸調查官面談結束時，我就決定要藏起真相了。

這是可能被判為殺人未遂的重大案件，動機和實行方式卻都沒有查明，所以年邁的釘宮律師被派來當我的觀護人。

「嗨，你就是什麼話都不說的少年啊？」

觀護人釘宮露出一副興致盎然的表情看著我。

「沒有說出別人想聽的話，就等於『什麼都不說』嗎？」

「你真是個有趣的孩子。如果你覺得老是被問話很煩，這次可以換成你問我問題。」

「我又沒有……想知道的事。」

「那我就說自己想說的事囉。」

「隨便你。」

我不曾告訴過觀護人釘宮，其實跟他見面是少數讓我覺得有意義的時光。

他和其他大人不一樣，不會硬逼我接受他的價值觀，還會用我能聽懂的簡單方式為我講解少年法的原則和案件分析之類的法律知識。一開始我只是默默地聽他說，後來有時也會發問。

「聽說你本來主張刺傷被害人是出自正當防衛，不過你的主張是不成立的。正當防衛有所謂的武器對等原則，對方赤手空拳攻擊你，你只能赤手空拳地反擊，若非力氣和體格差距過大，持刀反擊的行為就不算是正當防衛。你和被害人的體格應該差不多吧？」

「為什麼會有這種原則呢？」

「這是為了維護秩序。正當防衛的意義不是在鼓勵報仇。想要成為正義的一方，就必須學習正確的知識。」

如果我了解法律的運作規則，或許就不會選擇持刀威脅這種粗糙的手法。聽著觀護人釘宮說的話，讓我感到「無知就是罪惡」。

「你可以多教我一些法律的事嗎？」

「只要有益於你回歸社會就行。」

我必須在這個不平等的世界生存下去，而法律就是我的武器。認識了觀護人釘宮，讓我覺得終於找到了該走的路。

在我忙著充實法律知識時，觀護很快就結束了，這也代表著審判之日即將到來。我早就有心理準備會被送進少年監獄，因為調查官和觀護人提過這個詞彙很多次。進了少年監獄還是可以繼續讀書，唯一的遺憾只有見不到美鈴。

結果我最後沒進少年監獄。

這案子之所以發生，是因為喜多向我施暴……

被害人喜多對調查官做出了這樣的供述。

當然，我不記得他對我施暴過，但我也改了供述，說我是害怕遭到報復才不敢說實話，因為我很快就意識到他為什麼會這樣說。

結果我的處分交由兒少福利機關決定，最後我被送到櫸樹之家以外的安置教養機構。進入新機構的幾天以後，美鈴跑來我的房間找我。

「謝謝妳，美鈴。」

「我都說了我會救你嘛。」

「妳是用什麼方法？」

「和你一樣。」

喜多在調查官面前包庇我，不是出自他自己的意思，而是受到美鈴威脅。美鈴用來威脅他的東西是盜錄的影片。安裝在喜多房裡的攝影機拍下了她被喜多侵犯的影片。

早在阿透第一次闖入之前，美鈴就已經拍了影片。她還在找機會實施計畫，我卻半途殺進來。

「我做的事根本沒有任何意義嘛。」

「雖然我早就拍下影片，卻遲遲沒有行動，因為我太害怕了……如果不是你幫忙製造機會，或許我會一直乖乖地被他汙辱。」

即使逃離喜多的控制，美鈴心中的傷痕依然沒有痊癒。

「阿透呢？」

「他很後悔背叛了你。你別恨他。」

「不會的。本來就不該讓小學生承擔這種事。」

那一年的年尾來了一對有錢的夫婦，他們很喜歡阿透，想要收養他。我和美鈴都不知道阿透現在在哪裡，過得怎麼樣。

「喔喔，對了。你看這個。」
美鈴從書包裡拿出存摺給我看，裡面的數字讓我懷疑自己看錯了。
「這是怎麼回事……」
「刪除影片的代價。我本來想開價更高，但是喜多太會花錢了，手邊只剩這些。」
「妳拿他的錢不會有問題嗎？」
「喜多已經離開機構了。我可沒有毀約喔。他好像惹過不少麻煩。」
「這樣啊……」
美鈴坐在房間角落的椅子，抬頭看著我。
「清義，你離開機構之後要做什麼？」
她問得沒頭沒腦的，但我知道她是在問我將來的打算。
「我想去讀法律。社會架構的基礎就是法律，我認為只要懂法律，就算是立場不利的人也能擁有足以對抗別人的武器。」
我轉述了在所裡認識的觀護人釘宮說的話，美鈴輕輕點頭。
「法律啊……好，我知道了，我們就去讀法律系吧。」
「進大學？可是我們哪裡有錢……」
她存摺裡的數字確實可稱為鉅款，但我們若想讀大學，恐怕光是她一個人的學費都付不起。
「是啊，這點錢完全不夠，我們得賺更多錢才行。」
「就算是打工，也只賺得到生活費吧。」

「這個國家裡多的是像喜多那樣的有錢大人。」

「妳想做什麼……」

美鈴凝視著我，眼中充滿了決心。

「我不想放棄自己的將來。就算要弄髒自己的手，我也在所不惜。」

此時的我們都犯過罪。

我犯的是傷害罪，美鈴犯的是恐嚇罪。

我們的手已經弄髒了。

「我也是。我不想說些清高的話。」

我們身邊沒有理智的大人來阻止我們。

當然，這都是藉口。

是我們自己決定要做那種事的，沒理由把責任推給別人。

話雖如此，我偶爾還是會回想起當時和美鈴的對話。

那一刻說不定是我們回歸正軌的最後機會。

習慣會使感覺麻木，憤怒會使判斷能力減弱。

高中三年級的夏天，我們做了錯誤的選擇，犯下了不可饒恕的罪。

12

走進 Girasole 法律事務所，小咲正在幫花瓶換水。

「喂，水弄得到處都是了啦。」

她把花瓶放在桌上，趕緊跑過來。

「我回來的時候突然下雨。」

「哎呀……你又不是貓，我才不會誇獎你回到家了。為什麼不買支雨傘啊？哎唷，你看，地板都……」

我連吸飽雨水的沉重外套都沒脫下，愣愣地站在門口。我腦袋呆滯，什麼都不能想，思考完全停止了。

「先先？你怎麼了？」

「我有點累了。」

「總之你快去換衣服啦，不然真的會感冒喔。」

我還是呆立不動，小咲嘆著氣走到我背後，硬是脫下我的外套。看著她到處找衣架時，我的心情才慢慢平復。

「衣架在桌子旁邊。」

「既然你知道，自己怎麼不去拿！」

小咲回過頭來高聲說道。

「謝謝妳。我要去換衣服了。」

「我早就叫你去換了啊！」

我進了廁所，換上乾淨的襯衫和外套。雖然沒有內衣可以更換，但衣服黏在身上的不舒服感覺還是減輕了幾分。

我看看鏡子，發現自己的臉色非常難看，也難怪小咲會擔心。我連自己是怎麼回到事務所的都不太記得了。

在月臺上淋到的雨，從路人的雨傘反彈出來的雨滴，汽車濺起的水花……

我請小咲幫我泡了杯咖啡。燙到幾乎嘗不出味道的液體流入咽喉，我的腦袋才變得清醒一點。

「你今天去了被害人的老家吧？」

小咲坐在我的對面，雙手捧著一杯奶茶。

我想一個人安靜一下，但又想找人說說話。這兩種含糊的念頭同時纏繞在我的心中。

「嗯，是啊。」

「對方跟你說了難聽的話嗎？」

「沒有，對方反而很歡迎我。馨的母親是很好的人。」

「可是你回來的時候臉色很難看呢。」

「是因為淋了雨，看起來才會那麼悽慘吧？」

能替換的衣服只有休閒服，我可不能穿這種衣服和客戶談話。雖然我覺得不會有人來，還是關掉了門口的燈。

走回來坐下之後，小咲一直盯著我看。

「怎麼了？」

「我這麼不值得依靠嗎？」

「啊？」

「別裝傻了，我看得出來你遇到了一些事。為什麼要藏在心底呢？」

沒想到小咲會這麼關心我。我用食指搔了搔臉頰。

「我不想讓妳對我失望。」

「放心吧，我從來不覺得你有什麼了不起的。」

小咲說完還吐了吐舌頭。

「妳這句話才傷人呢。」

「我是故意的。律師的工作是拯救人脫離不幸，所以笨拙一點反而可以讓受到幫助的人減輕壓力。」

正是因為我生活在一個只談法理的圈子，有時更容易受到無關法理的溫情所打動。這種事是沒有道理的。

我決定要依賴這份溫情，喝了一口咖啡，說道：

「妳可以陪我聊聊嗎？」

「雨停之前都可以。」

其實雨早就停了，是在我快回到事務所的時候停的。Girasole 法律事務所位於地下室，想要確認天氣狀況就得走出去。我還是先別說出事實吧。

「這事得從古早時代說起。」

「你又沒有那麼老。」

說古早確實有些浮誇。那些事再怎麼久也不會超過十年，頂多是九年前……

「妳還記得我們在電車上認識的事嗎？」

「那件事我早就聽膩了。」
「當時我給了妳不適當的建議。」
小咲想了一下，問道：「你是說你沒有阻止我搞詐騙？」
「不是……是在那之前。我問妳『如果妳選到的目標堅稱自己是被冤枉的要怎麼辦？』。」
「喔喔。你當時回答絕對不可以為了逃走而把他交給警察。」
「妳還記得嘛。雖然我說得一副正氣凜然的樣子，其實連我自己都沒有做到，所以我才希望妳能做到。」
聽到我這麼說，小咲拿著杯子歪起腦袋。
「唔……別說得這麼迂迴難懂。」
我倒是不覺得難懂……
可是，對方若是沒聽懂，那就不叫溝通了。
「我在高中的時候也用過這種方式去騙別人的錢。」
若要說得直接一點，就該從這裡說起。
「嗯，這樣比較好懂了。你不是獨自一人作案吧？我從沒聽過有男生誣賴別人是色狼。」
「我有一個夥伴，就是美鈴。」
「就是你接的那件凶殺案的被告吧？」
「沒錯。我和美鈴待過同一間兒少安置教養機構。我們都沒有可依靠的家人，也沒有錢，但我們不打算放棄未來，我們不能接受自己的命運掌握在別人的手中。」

「我和稔也是呢。」

小咲回答得很快。因為她有類似的經歷，所以她一定可以理解、可以感同身受。

「我們計算過讀大學需要的費用，結果被金額嚇到了。我們住在安置教養機構，沒有連帶保證人可以做保，所以不能申請就學貸款。有些慈善團體會提供獎學金，但金額都不高。」

結果還是錢的問題……我好痛恨殘酷的現實。

我至今仍清楚記得，當時的自己是多麼絕望。

「所以你就開始搞色狼詐騙？」

「我們做過很多事，包括灰色地帶的事和明確違法的事。可是我和美鈴都有自己的原則，我堅決反對美鈴去賣身，而美鈴堅決反對誣陷別人。」

我們也知道自己很矛盾，但我們一直在逆境中求生存，所以我們相信只有利用大人才能改變命運。

「色狼詐騙是我們最常做的事，理由有兩點，第一是成功率很高，第二是可以事先選擇目標。先找到看似有錢的人，美鈴接近對方之後大聲嚷嚷，然後我再出面談判，這就是我們的分工。」

「事情會那麼順利嗎？」

小咲搖了搖右手拿著的空杯子。

「當時還沒多少人聽過色狼詐騙，如果有個長相清秀的女高中生說自己被偷摸，其他乘客和站務員都會相信那個男人是色狼。如果目標堅稱自己沒有偷摸，那我們就會立刻收手。」

「可是你剛才……」

「嗯，我沒有遵守和美鈴做的約定。」

「發生什麼事了？」

我先起身去準備兩人份的飲料。

我接下來要說的話不能半途停下來。我有想過該怎麼說比較好，但這種事不會有正確答案。我換了杯子，但小咲沒有伸手，而是默默地看著我，示意我快點說下去。

「那人的外表和先前的人沒啥兩樣，他穿著精緻的西裝，看起來生活很富裕。」

「你是說你們盯上的目標？」

我點點頭。我才剛喝了一口咖啡，卻感到嘴裡發乾。

「美鈴抓住那人的手放聲大喊，然後在月臺上和他說話，我在一段距離之外等著美鈴給我打暗號，以免對方發現我們是一夥的。就在這時，我看見那人從口袋裡掏出手冊。」

「手冊？」

「警察手冊。」

我們真是挑錯目標了。

「那個人……是警察？」

「嗯。雖然不是色狼糾察員。」

小咲沒有笑。這是當然的，現在的氣氛不對。

「那……後來怎樣了？」

我的決心動搖了。我有點想吐，想必不是因為攝取太多咖啡因。

為什麼我會這麼脆弱呢？為什麼我會這麼膽小呢？

「他們兩人從樓梯上摔下去了。」

「啊？」

「他們站在二樓的月臺說話，就在樓梯旁邊。美鈴打算離開，但警察抓住美鈴的手不放，美鈴想甩開他的手，但力氣比不過對方，結果就摔下樓梯了。」

我夢見過那一幕很多次。兩人的身體在我眼前隨著重力落下。

我伸出了右手，但什麼都沒抓到。

「怎麼會……」

小咲只說得出這句話。她露出驚愕的表情。

「人群一下子就圍了過來。看熱鬧的人來了，站務員跑來了，叫了救護車，最後連警察也來了。美鈴和那個警察都沒有生命危險，但事情鬧得這麼大，已經沒辦法收尾了。」

我們身邊沒有可以依靠的大人，一切都只能自己解決，就算我知道這樣會導致不可饒恕的結果。

「有很多人在電車上聽到女高中生尖叫，還有很多人看見他們在月臺上說話。在美鈴錄口供之前，『色狼想逃跑時和受害者一起摔下樓梯』的劇情已經成形了。」

我對當時的事只留下一些模糊的印象。美鈴和我都亂了分寸，等我們鎮定下來時，調查已經結束了。

「那個警察被起訴了嗎？」

「如果光是偷摸，只會違反防止騷擾條例，可是美鈴在摔下樓梯時右手骨折了，這件事不能當作沒發生，他被懷疑在逃跑時把受害者推下樓梯，因傷害罪嫌而遭到起訴。」

「他一定抗辯了吧？」

如果他不認罪，美鈴就必須以被害人的立場出庭接受詢問。到了法官面前，美鈴的謊話說不定會被拆穿。

「他在公審的時候認罪了。」

「為什麼？」

「可能有很多理由。或許是來問案的警察和檢方，或許是去探視的家人和辯護人，那些人都有可能因為自己的立場而勸他認罪。」

小咲的眼中泛著淚光。我沒有勇氣直視她。

「既然他沒有做，那就沒必要認罪啊。」

「可是有證據。」

「怎麼會？」

「他外套的胸前口袋插著一支錄影筆，裡面存了在電車內偷拍的影像。」

小咲沉默不語。她大概需要想一下才能理解這句話的意思。

「那是……你做的？」

「那是我為了不時之需而準備的。我知道美鈴不會同意，所以沒有告訴她。警察倒在地上時，我把那支筆插在他胸前的口袋，然後就離開了。」

錄影筆可以用來證明他是偷拍慣犯，而偷拍和色狼之間有著密切的關聯。我準備了假的證據，即使他想要辯解也不會有人相信。

「沒有人相信他嗎？」

「他是因為齷齪的罪名被逮捕的。家人發生了這種事，常見的反應只有兩種，要嘛是掩蓋，要嘛是嚴厲指責。他家人的反應是後者，多半是因為找到了關鍵證據。」

我之所以先離開現場，是因為我有過傷害前科，如果我以目擊者身分作證，不但無法取信於人，反而還會讓美鈴遭到懷疑。

「後來他被判罪了嗎？」

「是啊。他雖然沒有前科，卻被判了有期徒刑，而他也沒有繼續上訴。他被警局免職，太太也跟他離婚了，他在監獄裡罹患精神疾病，最後自殺身亡。」

我在新聞報導看過判決的結果，還從他以前的太太那裡聽到了他的下場。

「你為什麼把這些事告訴我……」

小咲盯著手上的杯子喃喃說道。

「那個警察就是馨的父親。」

所以馨才會雇用佐沼去騷擾美鈴。所以馨才會死。

「先先……」

我發現淚水流下臉頰。

但是現在的我止不住淚水，也無力擦拭。

13

辯護人的枷鎖和因果報應的枷鎖緊緊地束縛著我。

我本來不覺得這是枷鎖，但我在行動的過程中逐漸感到身體被什麼東西綑住，等到我發現的時候已經太晚了。

美鈴一定是為了給我加上枷鎖才選我當辯護人吧，因為只有辯護人能自由會見被拘留的嫌犯，她藉著不表態的方式巧妙地隱藏了枷鎖，而且持續給我指令，讓我被綑得越來越緊。

她做這種事只有一個目的，就是為了逼我這個危險因子傾向主張無罪。

我和美鈴犯下很多罪行，所以我跟她是命運共同體，既然是我們犯的罪造成了馨的死亡，那我就無法背叛美鈴。

我不能跟她撇清關係，也不能背叛她。既然如此，我能做的事只有一件。

那就是幫美鈴贏下無罪判決。結論簡單得令人錯愕。

在上次整理程序之後，法院打電話給我好幾次，是法官叫書記官來詢問辯護人的準備工作進行得如何。

我每次都這樣回答：下次整理程序就會提出預定主張。

去公園見過佐沼之後，我一次都沒去過七海警察局。我不用見美鈴就知道她在想什麼，事到如今，再去聽她的指示又有什麼意義？

預定主張書裡寫的內容正如美鈴的計畫。該公開的事實、該隱瞞的事實，都沒有半點偏差，所以我在相關者到齊之前就知道這次整理程序會興起怎樣的風波了。

無辜遊戲的存在，審判者犯的罪，馨的死亡……

預定主張書裡寫下了這三件事匯集而成的故事。

「你真的……想在法庭上說出這種主張嗎？」

首先讀完文件的留木檢事低聲問道。他不像是在問我問題，而是脫口說出感想，但我還是回答說：

「文件上寫的是辯方公審主張的概要。」

繼留木之後，古野檢事的視線也從文件移到我身上。他在閱讀細小字體時戴起了眼鏡，讓我得以不用直接承受他的銳利目光。

「你要在法庭上提到什麼無辜遊戲的事嗎？」

「因為和動機有關，我不得不提。」

「媒體一定會鬧翻天的。」

「就算如此，這也是必要的立證。」

「你打算怎麼立證？」右陪席萩原法官問道。

「什麼怎麼立證？」

「我是在問你要如何論述遊戲的性質。」

法官一定也知道無辜遊戲在社會上會引發怎樣的議論，但法官要秉持公平中立的態度，必須排除先入為主的成見，所以不能讓心證受到法庭以外的影響。也就是說，雜誌報導的論點不能算數，我必須在法庭上用某些方式論述無辜遊戲的內容。

「我準備找被害人以前的同學八代公平出庭作證。這位證人在旁聽席上全程旁觀了和這件案子有關的那次無辜遊戲。提調證據的申請書之後會和其他證人的申請一起提交。」

「我知道了，這件事也要紀錄下來。」

萩原法官點頭，示意左陪席佐京法官繼續進行。她今天穿的是卡其色襯衫，法官只有公審的時候才會穿上法袍。

「呃……從文件看來，被告織本也是遊戲的受害者。」

「是的。遊戲中的加害者是結城馨先生。」

兩位檢事交頭接耳，我聽不到他們在說什麼。他們了解馨犯下的罪嗎？在開示證據的清單上沒有列出能證明馨和佐沼有關聯的證據，但我不敢保證那不是被故意排除的。

「這一點也有立證嗎？」

「我打算請結城馨先生的共犯來作證。」

「那人的真實身分是？只說共犯是沒辦法傳喚的。」

佐京果然是個優秀的法官，立刻就抓出了我沒有把握的事項。

「他叫作佐沼，是個流浪漢。因為他居無定所，不方便傳喚，我會自己想辦法把他帶來的。」

我有想過再找其他的立證方法，最後做出的結論是，在陸續揭示新的事實時，佐沼的證詞是絕對不可或缺的。我一直在思索要怎麼把佐沼帶到法庭上，但始終想不到好方法。依照他的個性，如果我直接拜託，一定會被拒絕的。

「辯護人還要申請其他證人嗎？」

「目前沒有。」

佐京簡短地和萩原交換幾句意見，然後對兩位檢事說：

「正式的求意見書會等到有請求時再提出，但我現在想先詢問檢察官對這兩位證人有什麼看法？」

「我的問題是在更根本之處。」古野立刻回答。「我們實在不明白，事到如今再去提被害人過去犯的罪，又有什麼意義？」

留木在旁邊頻頻點頭。

「也就是說……檢察官認為沒有必要？」我向古野問道。

「文件上寫著被害人和共犯曾經騷擾過被告。」

「我認為他們的目的並不是騷擾。」

「不管怎麼說，被害人都危害過被告。」

「是的，正是如此。」

古野很快就進入正題了。我也不喜歡那些煩人的心理戰。

「從這些敘述可以推論出被告對被害人心懷恨意。如果辯護人是為了主張被告殺害被害人的動機是報仇，我還可以理解。」

古野這句發言的前提是假設美鈴是殺害馨的凶手。那是檢察官該有的立場，但身為辯護人的我不能認同。

「古野檢事這句話的出發點就是錯的。被害人並不是被告殺死的。」

古野粗魯地摘下眼鏡。

「我就是要說這兩件事連不起來。就算你證明了被害人危害過被告，也不代表被告不是凶手。」

「規則？」

「無辜遊戲的規則在理論上可以連接起這兩件事。」

「是的，我要找八代公平出庭作證就是為了證實這一點。」

「你是說，是因為遊戲而鬧出了人命？」

「從結果來看，確實是這樣。」

聽到我和古野的對話，留木按捺不住地開口說：

「不過只是個遊戲，哪有這麼誇張……」

「留木檢事誤會了，我沒有說被害人的死因是輸了遊戲。沒有遊戲能置人於死地。」

「那被害人為什麼會死？」

「是因為他違反了審判者的規定，才導致了他的死亡。」

「你在說什麼啊？」

「我不打算在這裡解釋得那麼清楚。」

話還沒說完，留木就用鋼筆的筆尖敲著桌面。他在法官面前一向很有禮貌，難得他會表現出這種態度。

「這樣根本不是在談法律。」

「留木檢事聽完那兩人的證詞就會明白了。」

留木口沫橫飛地大聲說道：

「你根本沒有解釋清楚你的主張是什麼嘛！被害人騷擾被告的動機是什麼？被告的指紋出現在凶器上，身上又噴到大量血液的原因又是什麼？」

「立證那些事不是檢察官的工作嗎？」

「你說什麼！」

眼看檢察官和辯護人快要吵起來，萩原趕緊制止。

「現在還在預定主張的階段，那些事先不討論。到底是誰說的有理，等開庭之後再來分辨吧。至於是否傳喚證人，也要等到正式提交申請之後，法官再來合議討論。」

接著萩原又說：

「可是……我有一件事要先跟辯護人確認，就是預定主張書最後那一段……」

我知道萩原想問什麼，兩位檢事也在等我回答，我沒辦法拖延。

為了不讓他們發現我的不安，我緩緩開口說：

「記載在文件上的案件真相能在法律上為被告的無罪提供背書。」

14

喂，來了來了……

一走進法都大學法科大學院旁邊的餐廳，我就聽到熟悉的聲音。轉頭一看，他們坐在窗邊的座位。

「好久不見了，正義。」

「抱歉，我遲到了。」

八代公平揮揮手說：

「你是日理萬機的律師先生，遲到一下也沒什麼大不了的。」

公平對面的位置是空的，所以我就在那裡坐下。

「你們兩人也很忙吧？啊啊……不過考試應該結束了吧？」

「正在如坐針氈地等待結果出爐。對吧，賢二？」

藤方賢二被他一問就輕輕點頭。

「為什麼放榜要等那麼久啊？」

「就是說嘛。沒看到結果，也沒心情繼續準備下次考試。」

我不記得在法科大學院裡看過公平和賢二聊天的景象。他們兩人都會使用自習室，或許他們是在這兩年才開始交談的。

「我今年一定要考上。公平下次也要加油喔。」

「幹麼講得好像我會落榜一樣。」

「因為你說了要準備下次的考試啊。有這種想法的人都會在最後關頭妥協。」

「總是好過自信十足卻又落榜吧。」公平笑著說。

他們今年是第三次參加司法考試。我第一次考就考上了，但我現在還清楚記得將近一週的考試有多辛苦。不管再怎麼辛苦，只要能得到回報就好了，但我說這種話一定會惹他們不高興。

「今年出了什麼題目？」

「問得好。就是憲法……」

後來有二十分鐘左右我們都在一邊吃咖哩，一邊討論考題。我突然發現自己在工作中用到的法律知識都集中在某些範疇，其他範疇的知識都快生鏽了。

檢討考題告一段落之後，他們也問了我律師的工作內容，但我只是個虧本經營的即獨律師，沒辦法給他們理想的答案。

三個人都吃完以後，公平問我說：

「你回學校是為了什麼事？」

「我想看看馨的論文。」

放在一旁椅子上的公事包裡裝了我在資料室影印的論文。正如奈倉老師所說，馨寫論文的速度真的很快。

「論文……？為什麼突然想看他的論文？」

「只是有點興趣，雖然不知道和案子有沒有關係。」

公平沒有繼續追問，他喝了一口水，然後問了其他問題。

「你應該是來找我當證人的吧？」

「嗯。我在上次整理程序時提過要找你作證。」

「要我去裁判員審判的法庭上作證啊……」

「應該會有很多人去旁聽喔。」

我刻意露出微笑。公平不只擁有法律知識，還有參與過多次無辜遊戲的經驗，他當然了解詢問證人的重要性。
「但是檢察官也會問話啊。」
「當然，否則就不叫詢問證人了。」
「我也知道啦……」
公平一副心不甘情不願的樣子，賢二調侃地說「你怕了啊？」。
「我只是要慎重衡量。」
「衡量出鋒頭的機會和丟臉的危險？」
「不是啦，是被法官瞪著看的恐怖和被織本注視的光榮。」
「兩種不是都一樣嗎？被凶殺案的被告盯著看有什麼好開心的。」
賢二笑著說道，公平低頭看著桌子。我不確定是不是該裝作沒聽見賢二說的話，不過這不是該爭執的場合。
「你看待無辜遊戲的態度很中立，你是最適合的人選，拜託了。」
在我的印象中，公平在無辜遊戲之中沒有擔任過旁聽者之外的角色。我知道自己給他添麻煩了，但我又沒有其他人可以找。
「我不會幫你作偽證喔。」
「你照實說就好了。」
「好啦……我知道了，我答應就是了。」
公平把手中的湯匙指向天花板，擺出投降的姿勢。
這樣我就請到第一位證人了。

「那麼，關於我要請你作證的內容……」

「我想先問你一個問題。」

說話的不是公平，而是賢二。

「你真的相信織本是清白的嗎？」

這個問題讓我出現了既視感。不對，不是既視感，而是既聽感。

那是什麼時候的事？我很快就想起來了。

「賢二真是一點都沒變呢。」

「啊？」

「你不是也問過馨同樣的問題嗎？你問他是不是真的認為尊是無辜的。」

賢二當聚餐總召時，裝了費用的信封在自習室裡不見了，他聲稱在尊的抽屜裡找到信封，發起了無辜遊戲，但被擔任審判者的馨宣告敗訴的人並不是尊，而是賢二。

「虧你還記得那件事。」

「我也記得馨的回答。他承認偷走信封的人有可能是尊，還說審判者只能靠著近乎確信的心證去審判人。」

「記性真好。」

擔任審判者的馨必須以中立的立場回答賢二的問題，那麼身為辯護人的我應該怎麼回答呢？

「我的回答更簡單。只要美鈴主張自己無罪，那我也會主張她無罪。」

「你說這句話是出自辯護人的立場，或是……」

「就是出自辯護人的立場。你別亂猜。」
「是嗎?」
既然賢二提起這事，那我也順便聊一聊吧。
「我才想問你，是不是到現在還相信尊偷走了信封?」
「這是在報剛才的一箭之仇嗎?」賢二笑了。「過去的事就別再提了。」
「不……這件事很重要。」
「你真的想知道?」
我默默地點頭，賢二就不甘願地回答:
「我確實在尊的抽屜找到信封。抽屜稍微拉開了一些。」
「這也太不小心了吧，簡直像在引誘別人發現。」
「我就知道會被你挑毛病，所以才不想講。他大概是急著藏起信封，所以沒關好抽屜吧，不然還有什麼可能?」
若是當年的我，一定回答不出賢二這個問題。
「有人嫁禍給尊，為了製造發起無辜遊戲的藉口。」
「……藉口?你怎能說得這麼肯定?」
「因為這個假設最合理。你記得遊戲結束之後發生了什麼事嗎?」
回答問題的不是賢二，而是公平。
「敗訴的賢二朝馨衝過去，凶猛得像野豬一樣。」
「這種事你倒是記得很清楚。」賢二瞪著公平說。

「後來呢？」

「馨從法官席的抽屜裡拿出刀子。」

「暫停。你們應該知道，殺死馨的凶器就是那把折刀。」

公平和賢二互看對方一眼，賢二先轉開視線，向我問道：

「你是說這兩件事有關係？」

「只是有可能。」我或許說得太多了。「我想向你確認，你有沒有親眼看見尊拿走信封？」

「沒有……我沒有親眼看到。」賢二的回答很簡短。

「知道這點就夠了。」

我正想換話題，公平卻還咬著不放。

「等一下。馨那時確實把刀子插在法官席上，可是……那又怎麼樣？你覺得這件事和他的死亡有關嗎？」

「我還沒和美鈴討論過，目前不能向你們解釋得太詳細。這件事在詢問證人時可能會問到，所以我覺得先提一下比較好。」

「你到底打算主張什麼？」

為了仔細觀察他們兩人的反應，我稍微拉了一下椅子。

「如果我說『無辜之制裁』，你們應該懂吧？」

「……真的假的？」

公平張著嘴巴，整個人呆住，賢二也表現出類似的反應。

「你們怎麼想？」

「呃……這未免太亂來了吧。」

「你果然這麼想。可是，這是唯一能通往無罪主張的道路，就算再怎麼狹窄，我都一定要走過去。」

不只是狹窄，這條路上還埋了大量的地雷。

這地雷的意思是，如果不小心踩到了，我和美鈴以前犯的罪就會曝光。

「正義，你有勝算嗎？」

「不好說……可是美鈴沒有放棄。能為美鈴辯護的，只有了解馨又了解她的我。」

在這所法科大學院裡，馨決定要當一位學者。

馨的母親對我說過，馨會鑽研法律或許是因為憎恨犯下卑劣罪行的父親。的確，他父親就算被視為可憎的對象也不奇怪。

可是……如果馨確信父親是無辜的呢？若是如此，他憎恨的對象就不同了。一個是不只沒有幫助無辜之人、反而給他判刑的司法機關，另一個則是……讓馨敬愛的父親陷入不幸的真正加害者。

對前者的恨意成了馨學習刑法和刑事政策的動機，或許他覺得，要向擁有強大權力的司法機關復仇的唯一方法就只有改變制度，所以他為了更深入理解罪與罰而選擇當個學者。

那麼，他對後者的恨意呢？對犯罪者施加制裁是獨立的執行機關該做的事，但是這個機關沒有正常運作，才導致無辜的父親受到懲罰。

既然周圍沒有可以依靠的正義，那他只能弄髒自己的手，親自懲罰加害者。
這就是馨最後做出的結論嗎？
用這種角度回頭檢視，就能看出這一連串的無辜遊戲有什麼用意。
剩下的謎題是馨為什麼會死。
就只剩這一點。

15

盜墓案終於來到了第一次公審。
302號法庭是旁聽席只有二十個座位的狹小單獨法庭，規模和法都大學法科大學院的模擬法庭差不多，所以我才能氣定神閒地出席公審。
年近四十的男性法官和頭髮稀疏的年邁副檢事很熟練地各自坐上法官席和檢察官席，他們的視線盯著作證發言臺，坐在那裡的是本案的被告，權田聰志。
確認身分之後，權田做出認罪的陳述。
承認罪狀、開頭陳述、提調證據……法定的訴訟程序平淡地進行下去。檢方立證結束後，法官詢問辯護人要怎麼做，因為我沒有找到能幫他爭取酌情的證人，只能申請提調被告和被害人簽署的和解書。
我簡單敘述和解書內容，然後呈交給法官，再來只剩詢問被告。
我做了個深呼吸。現在在法庭裡只有我一個人站著，發言者必須起立是公審時的不成文規定。

依照慣例，我要先確認被告是否承認犯罪事實。

「你對起訴書上記載的事實沒有異議吧？」

「是的，我沒有問題。」

權田規規矩矩地直視著法官回答。如果是很少打官司的人，回答問題時可能會面向提問者，權田真不愧是法院常客。

「你為什麼要偷花瓶和香爐？」

「因為我需要錢。」

這種動機當然不能用來幫自己的犯罪行為開脫。我偷偷打量法官，他神情肅穆地盯著權田，看起來彷彿已經決定判他有期徒刑，正在思索要判多少年。

「你知道付給被害人和解金的是誰嗎？」

「我聽律師先生說，是我以前的妻子出錢的。」

副檢事露出意外的表情，開始翻閱手邊的文件，大概是在查權田的背景經歷吧。為了讓他知道沒這個必要，我又問了另一個問題。

「你在這次的案子接受調查時，還有過去出庭時，都沒有提到你和這位女性之間的關係，這是為什麼？」

權田的戶籍謄本紀錄了他離過婚的事，但那是很久以前的東西，如果他本人說沒有關係，也不會有人想到要去查。

「我不想再給她增加麻煩，因為我已經把她的人生搞得一團糟了……在她的心中，我已經是個死人了。」

副檢事和法官都沒有表示任何反應，他們大概都以為這只是一種比喻吧。

「那位女性為你籌出了和解金，你知道她這麼做的理由嗎？」

「不，我不知道。」

在事前商議的時候，我跟權田說過會在詢問被告時提到他太太的事，權田起先不同意這種做法，但最後還是屈服了，他喃喃地回答「我會負起責任的」。

我頓了一下，提出下一個問題。

「你一開始說過你住在墓地。是哪裡的墓地？」

「七海墓地。」

「你為什麼挑了那裡？」

「因為……那裡有我的墳墓。」

法官的表情第一次產生了變化。他拿著筆，稍微歪了頭。

「請你說得清楚一點。」

副檢事似乎很擔心接下來的發展，立刻說道：

「這個問題和本案有關嗎？」

「是的，這是要說明被告做出犯行的理由。」

「他已經說過是為了錢，又何必……」

「好了，檢察官。」法官出言制止他。「看起來並非無關，就讓他說吧，不過請盡量說得簡潔一點。」

權田敘述了建造墳墓的經過，還有他和家人透過供品而交流的情況。因為我在事前已經跟他談妥，所以他的敘述恰到好處，不會太多也不會太少。

聽到這番話，連法官都一臉訝異地眨著眼。

「你恨那位當作你已經死了、甚至幫你建了墳墓的女性嗎？」

「怎麼可能，我沒有資格怪她。」

「我再問你一次，你一再地偷竊是為了賺取生活費嗎？」

副檢事站起來，按著桌子探出上身。

「我反對，這個問題重複了，而且有誘導之嫌。」

我還來不及反駁，法官就先說道：

「被告住在墓地，又有供品可以果腹，這和被告先前聲稱偷竊是為了生活費的陳述有矛盾。我認為辯護人的提問有其必要。」

「……我知道了。我收回反對。」

「請被告回答辯護人的問題。」

法官如此深明事理真是幫了我一個大忙。權田沉默了片刻，才說出他的回答。

「我讓妻子造成了很多困擾，所以我想在死後給她留點錢。」

讓他答出這句話就夠了。

「如果你靠工作賺錢是無所謂，但你偷東西拿去賣，這無庸置疑是犯罪行為。你知道這樣是不對的嗎？」

就算我是辯護人，也不能不加批判地徹底支持被告，我得先解決檢察官在詢問時一定會攻擊的地方。

「是的……我已經深深地反省過了。」

「你是不是拜託過我拿你存起來的錢賠償被害人，並將剩下的錢交給那位女性？」

副檢事大概是看出了法官的意向，所以沒有抗議我在誘導。

「沒錯。」

「那位女性表明不會收下這筆錢，還說願意幫你賠償被害人。這樣你還想留錢給她嗎？你回歸社會之後還會繼續犯罪嗎？」

「我已經知道做這種事沒有意義了，我不會再犯了。」

權田深深低下頭去。我很想相信他不是在演戲，但他的想法只有他自己知道。

「你總有一天會回歸社會，到時你會回到自己的墳墓繼續吃那些供品嗎？」

「我……不希望自己的存在被人忘記，所以一直躲在荒煙蔓草中，可是聽到她要律師先生轉告的話以後，我就清醒了，我想去沒人認識我的遠方，好好度過我的餘生。」

權田用自己的角度解讀了她要我轉告的那句「安心地去吧」。

我不知道正確答案是什麼，所以我不想否定，也不想肯定。

「辯護人的詢問到此為止。」

副檢事猛然起身，一副迫不及待的樣子。

「你以前受審時不是也發誓過再也不會犯罪嗎？如果想要錢，為什麼不認真踏實地去工作賺錢？你沒有房子也沒有錢，到底打算怎麼生活？你的態度看起來不像真的好好反省過……

批評之詞接連不斷地拋出來。

這些話說得一點都沒錯，所以我也幫不了閉口不語的權田。

法官的補充詰問都是一些形式上的確認事項，看不出反應如何。我甚至開始擔心，該不會是權田住在墳墓的那些事讓法官的心證變差了吧？

檢察官的論告和辯護人的辯論結束後，權田再次站上作證發言臺。

「本案的審理到此結束，最後你還有什麼話想說嗎？」

「我給大家添了麻煩，我希望能好好彌補自己犯下的罪。」

指定宣判日期之後，今天的公審就結束了，接下來只要等待判決結果，已經沒有我能做的事了。我看著行事曆，一抬頭就發現被押送負責人戴上手銬的權田正望著我。

「怎麼了？」

他是不是想跟我談談？我們已經沒有事情要討論了，或許他是希望我幫他預測判決結果吧。

「他是律師先生叫來的嗎？」

「你說誰？」

權田戴著手銬，所以只能轉動全身。他面對的方向是旁聽席，有個男人站在那邊。他多半是在剛開始詢問被告的時候進來的，我可能是太專心了，所以沒聽到開門的聲音。

「……佐沼。」

佐沼向權田鞠躬致意。他穿著深綠色的傳統工作服，非常顯眼。

「他一定是從哪聽到消息了。可能有事要找律師先生吧。」

「喂，快走。」

押送負責人拉扯著權田的腰繩。權田走到作證發言臺旁邊時，未經准許就開口說道：

「你一定要幫幫律師先生。」

他的話很簡短，但佐沼應該聽見了，他目送著權田從法庭走出去。法官和副檢事都訝異地看著佐沼。

我沒有去找佐沼說話，而是隨即離開法庭。法庭只有一個門，我坐在走廊的長椅上，佐沼沒過多久也出來了。

「我專程跑來，你可別假裝沒看見我。」

「你是來看熱鬧的嗎？」

「不是啦，我欠了他一些人情。」

「你說權田先生？」

「難道還有其他人嗎？你記得上次轉交給我一封信嗎？」

那是權田要我拿給佐沼的。裡面寫了什麼呢？

「嗯。但我不知道內容。」

「他寫了一大堆，叫我一定要幫你的忙。竟然要我當你這種麻煩人物的夥伴……」

「權田先生這麼說？」

我沒有跟權田說過詳細情況，為什麼他會這麼熱心地幫我……

「那你願意出庭作證嗎？」

我刻意不讓聲音變高，免得被佐沼發現我的深切盼望。

「我雖欠他人情，但畢竟是很久以前的事，而且他應該會去坐牢吧？我只要在他出來之前跑掉就沒事了，反正他看起來不像是會長命百歲。」

「你這傢伙真是爛到骨子裡了。」

佐沼聽了只是微微一笑。

「……那是我來此之前的想法。我今天來這一趟本來是要正式拒絕你的，可是看了剛才的公審，我就改變主意了。」

「什麼意思？」

「我本來覺得審判既死板又無聊，明明早就有答案了，卻還要搞出這一大堆名堂。」

「你這樣說其實也沒錯。」

「可是看到你們的對話之後，我開始有興趣了。他們聽到權田住在墳墓的理由時，你有看到他們的反應嗎？全都一臉錯愕呢。你要我去作證的公審也看得到那種表情嗎？」

佐沼竟然會對這種事感興趣，他的個性真是太扭曲了。

「應該會出現更精彩的表情吧，因為我在那個案子主張無罪，而你的證詞就是重點。」

「喔……你很懂得怎麼慫恿人呢。好，我答應出庭作證，不過……既然要做，就要做到徹底。」

這次佐沼的笑聲聽起來不那麼惹人厭了。只要他願意作證，就算動機再怎麼扭曲都無所謂。

就這樣，第二個證人也請到了。再來就只剩確認美鈴的意思了。

16

可能被判刑的被告在公審不久前會被移送到拘留所或拘留支所，這是為了讓將來預定的收監程序進行得更順利。

美鈴是因殺人罪而被起訴，自然也要移送到拘留所。

我辦完手續後，很快就被帶到狹小的會客室。鑽孔的壓克力板，便宜的鐵管椅。這裡的裝潢和警察局的會客室差不多，只有用來防止加害行為的基本設備。

「好久不見。我還以為你不會再來了。」

美鈴的第一句話像是在指責我。

「我最近比較忙。」

我最後一次來見美鈴，是從權田口中問出佐沼的下落之後。在那之後發生了很多事：在姬川公園見到佐沼、去馨的老家弔唁、在整理程序時提出了預定主張，我還成功邀請到公平和佐沼出庭作證。

明明有那麼多事情可以報告，我卻遲遲不開口。

先打破這尷尬沉默的人是美鈴。

「你寫那份預定主張書是想做什麼？」

我有點驚訝，沒想到她會問我這個問題。美鈴也收到了我提交給法院的同一份文件。

我回憶著預定主張書的內容，準備應付她的任何提問。

「我寫的是我們在公審時要主張的內容。」
「都不用跟我這個被告商量嗎？」
「有寫錯什麼嗎？我覺得已經檢查得很仔細了。」
「不是，內容沒有錯。那些資訊是從叫佐沼的人那裡問出來的吧？」
「那妳是對哪裡不滿？」
「雖然沒有錯，但是不完整。結城以前騷擾過我，是那些騷擾行為和其他的無辜遊戲加在一起才導致了他的死亡。我拿到的文件只寫了這些事。」
我漸漸理解美鈴要說什麼了。
「我只是挑了適合寫進去的事。可是……」
「不要隱瞞。這不是你自己說過的話嗎？」
我的話還沒說完，就被美鈴打斷。
「隱瞞……妳是指馨的父親嗎？」
「是啊，既然你都查到這麼多了，一定也查到那件事了吧？」
「妳應該知道說出他父親的前科會有什麼後果吧？」
我的語氣越來越激動。這也是無可厚非的。
「不管怎麼說，那都是事實。扭曲事實是不對的。」
「法庭又不是只說真話的地方。」
「真像律師會說的話。」
美鈴右邊嘴角浮現一抹冷笑。

「我是妳的辯護人，我沒打算說謊，只是不想提對妳不利的事，這樣又有什麼不對的？」

「說得很對。但前提是那件事真的對我不利。」

我越來越不耐煩。話都說到這個份上了，我只能點出她的處境。

「如果在法庭上說出他父親的前科，鐵定是檢察官會贏。」

「為什麼？」

「因為所有動機都會被串起來。馨騷擾妳的動機，妳在模擬法庭殺害馨的動機……如果他們覺得這些事有關聯，那我們就沒有勝算了。」

「我希望你能把心中的劇本詳細地告訴我。」

我深深嘆了一口氣，坐在壓克力板對面的美鈴應該也感覺得到。

「我真的可以說嗎？」

「我們在這裡說話不會被第三者聽到，放心吧。」

就算我親口說出來又有什麼意義呢？

「馨發現自己父親因不實的罪名受到懲罰，他也知道是我和妳陷害了他的父親。我不清楚馨是怎麼查出真相的，但我等一下要說的故事會有這幾點前提。」

美鈴沒有開口，只是筆直注視著我的眼睛。

「馨的父親被判有罪，結城家因此而毀壞。不用說，被毀掉的不只是父親，也包括全家人的人生。馨知道造成這一切的元凶是誰，便決定要報仇。」

「報仇啊……」美鈴似乎想說什麼，但她沒有繼續說下去。

「不過馨非常謹慎，因為他深知冤罪的可怕，所以他想先確認我和妳是不是真的有罪。那些無辜遊戲就是用來確認的手段。」

如同美鈴所說，沒人會來打擾我們，這個空間只有我和美鈴。我簡單說明了三場無辜遊戲的功用。

「第一件是有人在自習室散布破壞我名譽的傳單，上面還印著在機構門前拍的照片。那件行為等於是打招呼，只是要讓我們知道，有個了解我們過往的人正在圖謀不軌。」

「你認為提供照片給藤方的人就是結城吧？」

美鈴一臉無趣地說道。她的語氣漫不經心，好像只是在確認。

「我沒有證據，但我想不出其他的可能性了。」

「這樣啊……你繼續說吧。」

第二場無辜遊戲沒有在模擬法庭開庭審判，但這一場遊戲在馨的計畫之中占據了非常重要的地位。

「再來是馨雇用佐沼騷擾妳而設下的遊戲。把冰鑿插進門上的貓眼、在鑰匙孔灌入強力膠、把網路報導丟進信箱……這些騷擾行為缺乏一致性，而且我們也不知道佐沼為什麼只過兩週左右就收手了。」

「如果他的目的是要向我報仇，這點程度的騷擾未免太兒戲了。」

分析得很冷靜。美鈴一定也想到了一樣的推論。

由此看來，應該有個分歧點造成我們做出了不同的結論。

「馨不是要用這些騷擾行為來報仇，那只不過是準備工作。達成目的之後，佐沼就離開了。照這樣來看，關鍵在於他離開之前發生的那些事。前一天我和妳在公園監視，卻還是在信箱裡發現報導，然後在妳的房間裡討論……」

「你想說的是，從我房間竊聽到的聲音就是他想要的成果？」

我們明明一直監視公寓大門，信箱還是被投遞了報導，這讓我們非常驚愕，所以在美鈴的房間裡談到了過去的事。

「我們因為看見機構照片和網路報導，所以談到了過去犯下的罪。我不知道這種前因後果是不是馨設計的，或許他覺得只要竊聽妳的房間，再刺激妳一下，妳遲早會露出馬腳。」

「佐沼把錄到的聲音交給了結城。到這裡我還能理解，不過結城到底打算做什麼？他會花這麼多工夫做準備，一定是早就確定陷害他父親的是我們吧？」

「由人來審判人，只能靠著近乎確信的心證。」

「啊？」

此時美鈴首度露出驚訝的神色。她烏黑的大眼睛閃爍不定。

「馨也很痛恨制裁了無辜父親的司法機關，所以他如果只是懷疑我們就制裁我們，就等於犯了同樣的錯。」

「所以他要以審判者的立場來判我們的罪？」

「為了要形成心證，所以馨找人竊聽妳的房間蒐集證據，在可信的狀況下得到妳的自白。拿到證據之後，他才能確定我們有罪。」

「原來如此……我沒想到這一點。」

我和美鈴的認知就是由此漸漸走上分歧的。雖然我很想問美鈴的想法，但我覺得應該先把自己的想法說完。

「形成心證之後就不需要繼續竊聽或騷擾，所以馨才叫佐沼收手，他甚至還陪我討論真兇的身分。他做的一切都是有理由的。」

「結城設下的無辜遊戲只有這兩場？」

美鈴的眼神像是在說「不是還有一場嗎？」，我點頭表示沒錯。

「裝著聚餐費用的信封在自習室裡遭竊，那也是馨做的。」

「目的是什麼？」

「我覺得那只是召開無辜遊戲的藉口。用什麼罪名當名目都無所謂，要嫁禍給誰也無所謂，反正馨早就計畫好，無論證據多麼齊全，他也會宣告無罪。」

美鈴不發一語，像是默默等著我說下去。

「賢二被宣告敗訴之後衝向法官席，然後馨拿出折刀，插在桌面上。馨的目的就是要讓法庭裡的所有旁聽者看到那把刀，即使賢二沒有發飆，他大概也會自己拿出刀子吧。」

「你應該知道我想問什麼吧？」

「妳想問那把刀有什麼意義……沒錯吧？」

我用不著確認美鈴是否點頭，直接解釋說：

「馨早就決定在形成心證之前不能判處懲罰，但他還是得事先為執行懲罰做好準備。」

「什麼意思？」

「馨的父親在坐牢時罹患精神疾病，最後自殺身亡，所以馨認為應該依照同等報復的原則讓害死他父親的人償命。至於用來結束加害者性命的凶器，他選擇的就是那把折刀。」

「他為什麼要事先讓大家看到凶器？」

美鈴立即問道。我沒辦法用含糊的答案敷衍過去。

「馨可能是考慮到達成目的以後會被逮捕吧。衝動殺人的刑罰通常比謀殺來得輕，或許他是覺得先讓大家知道法庭裡放了一把刀，到時聲稱自己只是衝動殺人會比較有說服力。」

「這就是你對這一連串的無辜遊戲的解釋？」

「有些地方解釋得不夠詳細，但我覺得大致就是這樣。」

此時美鈴不知為何露出了微笑。她的表情自然到令我吃驚。

那柔和的表情代表著什麼呢？

「老實說，我沒想到會跟你討論到這些事，不過你在根本之處已經錯了。」

「妳不說清楚點，我怎麼聽得懂啊？」

不祥的預感如漣漪般擴散。我的背脊突然湧上一股寒意。

「結城沒有打算殺了我。」

「那為什麼會出現那把刀？」

「他準備那把刀不是為了殺我，而是為了其他原因。」

「……告訴我。」

我抑止不了越來越劇烈的心跳。

「慢著，先讓我問個問題，我有很多事想問……對了，結城到底為什麼會死呢？」

「這……」

「辯護人怎麼可以答不出這個問題呢？」

美鈴說得沒錯，我沒辦法肯定地回答這個問題。

「第一次舉行無辜遊戲時，馨立下誓言，如果審判者被證明有不公正的行為，就要受到懲罰。我們稱之為『無辜之制裁』。」

只適用於審判者的那條特殊規則就是我們主張的重點。

「無辜之制裁……好懷念的詞彙啊。」

「馨身為審判者，卻利用無辜遊戲暗中犯罪，對別人施加懲罰。那一天，妳在模擬法庭裡指出審判者的不公正，所以馨不是坐在法官席上，而是站在作證發言臺，因為他那天不是去審判人，而是去受審判的。然後，做了不公正行為的審判者就因為無辜之制裁而受了懲罰。」

美鈴的表情沒有絲毫變化。

看著她的嘴，讓我莫名地感到恐懼。

「制裁結城的是誰？」

「他自己。馨是自己結束性命的。」

我提交給法院的預定主張書的最後就是這麼寫的。

「結城是為了彈劾陷害父親的人而自殺……你覺得法官和審判員會相信這種說法嗎？」

美鈴不是在損我，也不是在挑剔我。

但我實在搞不懂她的態度。

「我不需要在法庭上提到馨父親的前科，只要有公平和佐沼的證詞就能證明馨在無辜遊戲中的不公正行為，所以一定行得通。妳可別說我沒指望勝訴。」

「很遺憾，你必敗無疑。」
「那妳要我怎麼做啊！」
我的聲音迴盪在狹小的會客室裡。
「其實你覺得結城是被我殺死的吧？」
「才沒有。我……」
我一定要否認，我必須告訴美鈴我相信她。
「因為結城來找我復仇，所以我就對他下手，我怕他揭發我過去犯的罪，乾脆將他滅口。檢察官應該會這麼說吧？不，多半不會，他們身為追訴權者，一定不肯承認過去的有罪判決是冤罪。既然如此……」
「我求求妳，別再說了。」
「讓你這麼難受真是抱歉。」
美鈴又微笑了。在這種情況下，她為什麼還能微笑？
「別自暴自棄，我不會讓妳去坐牢的。」
「不是的，我沒有自暴自棄，因為我沒有殺害結城。」
「啊？」
我不明白她這句話的意思，但我應該沒有聽錯。
美鈴說自己沒有殺害馨。她確實這麼說了。
「我不能把真相告訴你，這是我和結城的約定。」
「妳和馨的……約定？」

「結城並不打算要我償命。」
「我還是聽不懂妳在說什麼。」
「他真的像神一樣呢。」
話題突然轉到這裡，我的腦袋完全跟不上。
「我可以相信妳嗎？」
美鈴用力點頭。
「我們的清白會在法庭上得到證明的。」

17

據此，殺人罪不成立，被告是無罪的……
我按下「enter」鍵，房間角落的印表機列印出文件。我拿起隨著輕快聲響送出的紙張檢查內容。這樣就準備齊全了。
提出這種主張真的好嗎?我向自己問道，卻得不到答案。我知道這種事情沒辦法跟別人商量。
既然美鈴已經下定決心，那我也得下定決心。
從我去拘留支所見過美鈴後，一直保持緘默的美鈴開始出席公審前的整理程序，赤井審判長也在同一時期開始出席。
在相關人士第一次全部到齊的會議上，我公開了預定主張的全部內容。

所謂的「愕然失語」就是在形容這種反應吧。不只是兩位檢事，連三位法官都僵在原地，遲遲沒有開口說話。我心想，要是佐沼看見這副景象一定會很開心。

不過，留木檢事隨即低頭露出微笑，像是在嘲笑我這種主張不可能立證，確信被告一定會被判有罪。我看不出古野檢事和三位法官的心思，但審判長望向美鈴，詢問被告是否同意辯護人的主張。

聽到審判長的問題，美鈴默默地點頭。

雙方的主張和證據都已整理完畢，接下來我們進行了最後一次公審前整理程序。檢察官提調的證人和公平及佐沼出庭作證的必要性都得到了認可，悉數通過，其他申請提調的物證也都獲得了准許。

我們的主張非常簡單。

一句話就能說完：被告沒有殺被害人。

我能做的事全都做了，接下來只能等待公審。

我把要用的文件收進公事包，然後拿出夾著長尾夾的幾張紙。我一有時間就會閱讀馨的論文，如今只剩最後幾張了。

我一邊嚼著提神用的口香糖，一邊看論文。最後一篇論文的題目也和刑事政策有關，沒有創新的見解，內容主要是執行刑罰的職責和保障適正性的方法，著重於和別國的刑事政策相互對照，寫得很清晰易懂。

文中沒有明確批判日本的刑事政策，但若了解作者的往事，一定看得出他隱含在字裡行間的想法。

馨想要找出能拯救無辜父親的方法。

事務所的門應聲開啟，走進來的是小咲。

「早安。」

小咲的左手拿著一把小小的花束。

「你該不會熬夜了吧？」

「別把我說得像是考前衝刺的學生，我只是早一點起床。」

我沒有說出自己是幾點睡覺、幾點起床的，因為小咲一定會說「這跟熬夜有什麼不一樣？」」。

「總算來了呢。」小咲喃喃說道。

「什麼東西來了？」

「你明明知道我在說什麼……就是美鈴小姐的公審啦。你會緊張嗎？」

正確地說，美鈴作為被告的案件的第一次公審即將開庭。

「我不興奮也不緊張，硬要說的話，比較像是『重頭戲終於來了』的感覺吧，因為從起訴到現在已經過很久了。」

「先先真是可靠。要喝咖啡嗎？」

小咲放下手上的花束，向我問道。

「不用了，我該出門了。妳幫我買了花啊？」

「原來龍膽花還挺便宜的，真意外。」

帶點紫色的藍花，深綠色的細長葉片。這就是龍膽花……

馨拜託過我帶這種花去墓地。
「公審十點開始，我想先去掃墓。」
「這算是宣戰儀式嗎？」
「我有件事想要確認一下。」
無論確認結果如何，我要在公審提出的主張都不會變。
即使如此，我還是想要知道答案，免得自己到了關鍵之時仍有猶豫。
「今天開庭會持續到傍晚嗎？」
「嗯。妳可以把事務所關起來，反正就算有生意來了我也沒辦法處理。」
只要關掉門口的燈，客人來了也會死心離開。
「既然如此，那我也可以去看嗎？」
「啊？」
「我想去旁聽今天的公審。」
「……為什麼？」
「我想去看你奮戰。」
我不知道該怎麼回答。我沒有權利叫她不要來。
「我的主張拙劣得很，妳看了只會失望。」
「反正我本來就不覺得你有什麼了不起的，不過我很感謝你。」
「一個虧本經營的律師有什麼好感謝的。」
我露出自嘲的笑容，小咲卻搖頭說：

「我身邊的人不是對我施暴就是對我漠不關心，再不然就是滿嘴大道理，只有你會這麼誠懇地對待我。」

「妳是說……電車上那件事嗎？」

如果那天我準時起床，就會搭更早的電車，那我們就不會相遇了，小咲可能會因詐騙而被逮捕，我的事務所可能會聘請其他員工。

命運就是這麼一回事吧。

「是啊。你當時給我的建議以社會大眾的觀點來看或許是錯的，但我真的很感動。這種事還是要看聽者如何解釋，我確實得到了幫助，光看這點就夠了。所以你邀請我去你的事務所工作時，我真的很高興，因為這樣我就有機會幫你的忙了。」

「妳的確很努力。」

「我知道。」

小咲笑了。椅子後面擺著插了向日葵的花瓶。

「我只是想在一旁看著你奮戰的模樣，就算拙劣也不要緊，反正我又不會到現在才對你感到幻滅。如果你還是不答應，那我就要偷事務所的公款。」

我忍不住噗哧一笑。這種時候虧她還能說笑。

「我知道了啦，我投降。妳就在旁聽席看著吧。」

「好的！」

我莫名地有些害羞，拿起桌上的龍膽花，走出事務所。小咲看著我這笨拙律師的背影，一定會笑出來吧。

我在國分大樓前招了輛計程車，指定目的地。

七海墓地。附近或許還有其他墓地，但馨沉眠於權田的空墳所在的墓地，大概連納骨都做完了。

「去掃墓啊？」

司機從後照鏡看到我拿著花束，如此問道。

「嗯，去掃朋友的墓。」

「您的朋友啊……應該還很年輕吧。」

司機大概察覺到什麼了，沒有繼續追問下去。這個人還挺體貼的。

我突然想到一些事，所以主動問他：

「請問你了解墓地嗎？」

「我都到這種年紀了，該知道的都知道啦。」

「那你知道墓誌嗎？」

「喔喔，就是刻著祖先名字的那塊石頭吧。」

我們被冗長的紅燈攔住了。其實我大可自己上網搜尋，但我還是直接借用司機的知識。

「墓誌都擺在什麼地方呢？」

「呃……我想想喔……」

司機用食指戳著自己的太陽穴。

「不知道也沒關係。不好意思，問你這些莫名其妙的事。」

「我想起來了，一般都是擺在石塔的旁邊。」

計程車司機果然什麼都知道。

「謝謝你，真是幫了我一個大忙。」

我和司機的對話就此結束。他或許以為我在緬懷死去的朋友，所以不想打擾我吧，不過我想的是別的事。

沉默延續了十分鐘左右，就到達了七海墓地。考慮到前往法院還得花上一些時間，不能在這裡耽擱太久，所以我告訴司機我很快就會回來，請他在這裡等我，司機答應在附近的停車場等我。

馨的母親畫給我的地圖很簡陋，但我很快就找到了要找的墓碑。我來過這個墓地，大致知道這裡的格局。

墓碑上刻著「結城家」三個字。結城是馨母親娘家的姓氏，想必是她離婚後向家庭法院申請改回舊姓，馨的姓才會變成結城。

不鏽鋼製的花瓶裡什麼都沒有。

我把帶來的龍膽花插入花瓶，加了點水，再放回原本的位置。

這個行動當然沒有觸動任何機關，只是在環繞著灰色石頭和灰色不鏽鋼的墓碑周遭增添了龍膽花的鮮豔色彩。

我起身注視眼前的墓碑。這樣就算完成約定了嗎？很遺憾，答案是沒有，我來到這裡之前就知道了。

我的視線從石塔移到左側的石板。

正如計程車司機所說，墓誌就在那邊。上面刻著埋葬在墓中的人們生前的名字。我從右邊開始閱讀那些小字。

我唯一認識的名字只有刻在最左邊的「結城馨」。

果然……和我想的一樣。

上面沒有馨父親的名字。

這是當然的。他已經不是結城家的親屬，自然不會葬在結城家的墓地。

可是馨跟我說的是「父親和爺爺的墳墓」，而不是「結城家的墳墓」。我本來以為他只是說錯了，又或許他以為自己會被葬在父親家族的墳墓。

但我發現有一件說不通的事。

馨是在模擬法庭發生命案的一年前和我約定了這件事，而馨的母親說過馨的父親是在他死前一個月自殺的。

這就奇怪了。如果馨的母親說得沒錯，那馨跟我做這個約定的時候，他的父親還活著。

除非是像權田那樣生前就取了戒名的特殊案例，否則墓誌不可能刻上活人的名字。

當時馨的父親明明活著，他卻說要在父親的墳墓再會？

他根本無法確定到時會不會有父親的墳墓吧？

要消除這個矛盾，我只想得出一個答案。

馨認為父親的精神狀況出了問題，遲早會死。

他可能把父親的死當作信號。

馨不只是隱約猜到自己的死亡。

他早就知道自己會跟在父親之後死去。

死亡的前後順序。我很清楚，這在法律上能製造出什麼效果。

18

第一次公審。

101號法庭是足以舉行裁判員審判的大型法庭。

旁聽席有上百個座位，職業法官和裁判員坐的法官席也不同於一般的構造，就連辯護人席的寬敞程度都遠遠超過一人座。

旁聽席的七成座位擠滿了旁聽者和記者。

我摸了摸別在西裝領片扣眼上的律師徽章。

現在不是退縮的時候。為了讓自己靜下心來，我隨意看了看四周。

在正前方的檢察官席上，古野和留木並肩而坐。他們發現我在看，立刻殺氣騰騰地瞪著我。刑事訴訟的有罪率高達百分之九十九點九，而且這次還是有裁判員參與的公審，他們一定覺得只許成功不許失敗。

檢察官席後方的門打開，三位押送負責人走進來，其中兩位男性刑務官並肩而行，後面是一位把帽子壓得很低的女性刑務官。

會被押送負責人帶進法庭的人只有被告。

美鈴纖細的手腕上戴著金屬手銬，腰繩的尾端握在刑務官的手上。她遵照指示，從狹窄的通道走到我的身邊。

美鈴和我四目交會，隨即低下頭去。我也為了集中精神而望向法官席。

書記官拿起話筒幾分鐘後，下達指示解開被告的手銬，接著又講了一下電話，然後法官席後方的木門軋軋開啟，赤井審判長、萩原、佐京，以及裁判員和遞補裁判員依序走入法庭。

在場所有人同時起立，望向站在法官席上的一排人，在沉默的指示下敬禮。

「現在開庭。被告請到作證發言臺。」

赤井審判長並沒有大喊，但他說話的聲音響徹了整個法庭，想必是透過麥克風從擴音器傳出去的。

站在作證發言臺的美鈴直視著法官席。

「妳的名字是？」

「織本美鈴。」

之後她又被詢問了出生年月日、職業、住所、本籍等身分資料。

「現在開始審理被告殺人案。檢察官請朗讀起訴書。」

古野站起來，拿著起訴書低聲誦念。我已經看過那篇文章幾十次，幾乎全都背下來了。

『被告在法都大學法科大學院的模擬法庭裡，懷著殺意將折刀刺進結城馨左前胸一次，其人因左前胸的刀傷失血過多而死亡。』

這是起訴書上寫的公訴事實概要。無論時間地點寫得多詳細，無論折刀的形狀和材質如何，都不會影響我們的主張。

「被告有權保持緘默……」

讀完起訴書後，赤井審判長開始說明被告的緘默權。在要求被告陳述案情之前，必須先宣讀被告的權利。

「檢察官朗讀的起訴書，被告是否覺得有錯誤，或是有想要辯解的地方？」

美鈴站在接近法庭中心點的地方，吸了一口氣，回答道：

「起訴書記載的時間、地點，以及我和被害人見面的事都沒錯，但我沒有殺害被害人。」

她答得很簡短，不過被告罪狀否認的部分只要說這些就夠了。

我們的主張和公審前整理程序時提出的主張一致，所以審判長的表情沒有改變，旁聽席倒是興起一陣騷動，大概是因為聽到了明確的無罪主張吧。

「辯護人的意見如何？」

「和被告相同。在本案中，被告沒有做出殺人的實際行為，不構成殺人罪。我主張被告無罪。」

坐在對面的留木面孔扭曲，像是聽見了令人厭惡的話語。

辯方在罪狀否認時主張無罪，等於是在向控方宣戰，在接下來的開頭陳述，雙方就會公開各自準備好的具體戰術。

「首先由檢察官進行開頭陳述，被告請坐下聆聽。那麼，檢察官，請開始吧。」

古野的開頭陳述大致上沒有偏離我的預期。

被害人結城馨相信犯罪入獄的父親是冤枉的，而且他認定陷害他父親的人是被告，所以他決心報仇，找人去騷擾被告。被告查出主謀之後，把被害人約出來加以指責，兩人起了口角，最後被告殺死了被害人……

內容大概就像這樣，聽起來是個很合理的故事。

結城馨的父親犯過罪，他的受害人是織本美鈴——這件事在美鈴第一次出席公審前整理程序的時候已經說開了，不過我一聽檢察官的開頭陳述就知道，檢方的主張並沒有承認馨父親的罪是冤罪。

就算那件案子不是古野和留木負責起訴的，和檢察機關還是脫不了關係，他們身為檢察機關的一分子，唯一的結論就是「不能承認起訴錯誤」，不可能有其他選項。

他們頂多只能把這件事當成被害人的主觀想法——被害人「相信」父親是冤枉的，被害人「認定」被告陷害了他的父親。

追訴權者的包袱令他們遠離了真相，也給了我們可乘之機。

「接下來，請辯護人進行開頭陳述。」

我們辯方沒必要積極爭論被害人父親的案子，既然檢察官表示只要是在「馨的父親有罪」這個前提之下就沒有問題，那我大可隨他們的意。

不過……我在開頭陳述是這麼說的：

「我主張被害人父親被判刑的案子是冤罪。他沒有犯過任何罪，是因為被告向調查機關做出假的供述，才被誤判為有罪……」

旁聽席傳出了比罪狀否認時更熱烈的騷動，旁聽席的最前排還有人立刻起身走出法庭。會在這種時候離開，應該是報章雜誌的記者吧。

「請肅靜。」

我第一次親耳聽到法官說出這句話。

法庭會吵成這樣，是因為辯護人說出了不利於被告的主張。應該極力立證讓被告被判有罪的是檢察官，而非辯護人，但我們雙方的開頭陳述都顛覆了這個理所當然的原則。

雖然和本案沒有直接關聯，檢察官竟然否認被告以前犯下偽證罪，而辯護人反而宣稱有罪。

「以上就是辯方的主張。」

審判長大概看出法庭的激動氣氛一時之間無法平息，所以比預定時間更早宣布休庭。休庭時間只有短短十五分鐘，但也足以讓群情冷靜下來了。

再次開庭之前，美鈴被帶回地下室的單人房。

我在剛才的開頭陳述說，陷害馨父親的人是被告。不是我們，而是美鈴。我把罪過推給了美鈴一個人。

讓美鈴獨自背負罪名，而我裝作和這事無關。我們事前討論的時候已經說好了。美鈴真的覺得無所謂嗎？

不行，不可以退縮。在眾人紛紛離席的法庭裡，我握緊拳頭。

再次開庭之後，依照預定的程序，先由檢察官提調證據。

用來指出犯行地點和時間的案發現場報告、用來指出被害人死因和死亡時間的調查報告書、用來辨識凶器材質和形狀的折刀……

為確認犯罪事實所需的證據一件件地被呈上來。

其中也包括我這個第一發現者的口供。雖然我當時很慌亂，但供述內容沒有太大的錯誤，裡面詳細紀錄了我從走進模擬法庭到發現馨的屍體和身上沾滿血的美鈴的經過。
在裁判員審判之中，為了讓沒有專業法律素養的裁判員能順利形成心證，證據內容會描述得比平時更詳盡，為此檢察官提調證據得花上將近兩個小時。
接到報案趕到命案現場的警察是這天最後提調的證人。
不過，這位警察並沒有提供能影響雙方立證的證詞，因為他說的話和我的口供的一部分是相同的。不過從他口中再說一次，也可以為我這個第一發現者的口供背書。
第一次公審雖然在罪狀否認和開頭陳述時引發了些許騷動，但是對我們辯方來說，今天大致還算順利。
我把桌上的資料收進公事包，從辯護人席站起來。
重頭戲是從明天開始的證人詢問。裁判員審判通常會連日開庭，明天的第二次公審將會提調三位證人。
到時我要問什麼問題，要引出什麼答案……
我一邊檢查要詢問的內容，和小咲一起回去事務所。

19

第二次公審。
公平一臉緊張地坐在作證發言臺前。由申請提調的我先開始問。

「證人，你和被害人及被告是什麼關係？」

「我們……是同學。」

公平的聲音拔尖了。這是裁判員審判的案子，他會緊張也是無可厚非。如果他說得不夠詳盡，我再幫他補充就好了。

「你們在法都大學法科大學院裡是同一屆的學生，沒錯吧？」

「啊……是的。」

「那麼，證人聽過無辜遊戲這個詞彙嗎？」

我看公平的表情就知道他更緊繃了。

「是的，我聽過。」

「那是法科大學院的學生會玩的一種遊戲，我這樣解釋沒錯吧？」

「是的。比撲克牌或手機遊戲更冷硬，但我也想不出更好的形容了。」

他的回答比我想像得更靈活，這樣看來或許可以完全交給他解釋。

「請你簡單解釋一下這遊戲的內容。」

「在這遊戲裡，受到某種侵害的人可以扮演告訴人，依照制定的規則，指控違反刑罰法規的人是罪犯。參與者各自扮演審判者、告訴人、證人等不同角色來進行遊戲。具體來說……」

公平的說明簡單易懂，裁判員應該也聽得懂那是怎樣的遊戲。繼續往下深掘就是我這個辯護人的工作了。

「在你剛才列舉的各種角色之中，你擔任過哪一種嗎？」

「沒有，我都是坐在旁聽席參觀遊戲。」

公平一直是中立的旁觀者，所以我才決定找他來作證。

「那麼，被害人擔任了什麼角色？」

「馨在每一場遊戲都是擔任審判者。」

他似乎已經不緊張了，原本垂低的視線也抬高了，直視著法官席。

「我要問你關於第一次的無辜遊戲。當時也是由被害人擔任審判者嗎？」

「是的。」

「無辜遊戲是怎麼開始的？」

公平想了一下。我事先已經跟他說過要問這個問題了，他應該只是在腦袋裡整理順序吧。

「一位同學的錢包在自習室裡不見了，有目擊者說看到某人拿著那個錢包，被懷疑的人卻聲稱自己不知情，雙方爭執不休。過了一段時間，馨提出了解決的方法……就是無辜遊戲。」

「那是你們第一次用那種方法來解決問題嗎？」

「應該是，我記得大家都很驚訝。」

「也就是說，無辜遊戲是被害人想出來的？」

「我記得是這樣。」

坐在檢察官席的留木按著桌子起身說道：

「有必要確認這些細節嗎？」

「那我換個問題。」

留木的打岔與其說是反對，更像是在找碴。反正我已經問出所需資訊了。

「我想確認一下，你剛才提到，被害人擔任的審判者的任務是要指出犯罪的人，還要對敗訴者施加懲罰？」

「是的，就是這樣。」

「你認為審判者在遊戲裡擁有的權限算是小還是大？」

我心想控方差不多該指責我在誘導證人了，所以問得比較迂迴。

「我覺得審判者的權限很大，尤其是施加懲罰的權限。」

「你在開頭陳述時說過被害人是你的同學，為什麼被害人只是一個學生，卻能行使這麼大的權限？換句話說，我想請問證人，敗訴者接受懲罰的理由是什麼？」

「我得先說，馨對我來說不只是普通的學生。」

「什麼意思？」

「我覺得會去讀法科大學院的人都是為了得到司法考試的應考資格，但馨早就通過司法考試了，他優秀到令人驚訝，所有同學都覺得馨與眾不同。」

馨和你這種優秀的傢伙很容易讓別人感到自卑……

我不記得是什麼時候的事，總之公平對我說過這句話。當時我說「不要把我和馨相提並論」，他是怎麼回答的呢……

「大家都同意被害人行使這麼大的權限，是因為他非常優秀？」

這個問題是用來否定的。公平果不其然地搖了搖頭。

「我們確實相信馨能做出正確無誤的判斷，但是考慮到自己也有受罰的可能，光憑信任還不足以給審判者這麼大的權限。馨自己也知道這一點，所以在大家質疑他的權限之前，他就主動立下了誓言。」

有幾位裁判員稍微探出上身，由此可見他們聽懂了詢問的內容，而且很感興趣。

「是怎樣的誓言？」

「如果馨做出了違反審判者立場的不公正行為，就要受到懲罰，我們稱之為『無辜之制裁』。馨還實際舉了例子，譬如審判者指出罪犯時故意指錯人，或是審判者自己犯了罪。」

「這種風險能藉以遏止不公正的行為嗎？」

「是的。」

「無辜之制裁有被執行過嗎？」

「在我所知的範圍內，沒有執行過。」

馨扮演的審判者很稱職，所以敗訴者都乖乖接受了懲罰，新的遊戲也持續地發起。所有人都很信任馨。

「你認為如果執行無辜之制裁，審判者會受到怎樣的懲罰？」

「這個……」

「被害人對很多敗訴者施加過懲罰，如果審判過程不公正，應該會被視為嚴重的罪行吧？」

留木再次起立，比剛才更大聲地說：

「我反對，辯護人是在誘導證人。」

「我知道了，我收回這個問題。」

剛才那個問題確實是我的錯。我試著冷靜下來，叫自己別太心急。

「沒問題嗎？」審判長向我問道。

「是的。接下來，我想確認幾件和無辜遊戲有關的事……」

賢二被指為罪犯的妨害名譽案、被告被宣判無罪的偷竊案、馨把折刀插在法官席桌上的騷動……我用平淡的語氣確認了這幾個事件。

最後，我徵求審判長的許可，把檢察官提調為證物的折刀展示給公平看，問道：

「你看過這把刀嗎？」

「看過。馨曾經把這把刀插在法官席的桌上。」

「辯護人的詢問到此結束。」

我還沒坐下，留木就站了起來。檢察官的問題非常繁瑣，但他想問出來的事非常明顯。雖然說明得如此鉅細靡遺，但那不過就是學生之間的遊戲，怎麼可能因為遊戲而鬧出人命。無辜之制裁到底是什麼……

公平的回答不偏不倚，所以我沒有提出任何異議。

我一邊看著檢察官問話，一邊回顧先前的詢問。

公平回答我的問題時，說出了幾個重點。

馨是所有人都公認的優秀學生，但他為什麼要去讀那所被評為吊車尾的法科大學院？答案很簡單，因為他知道我和美鈴去考那間學校，為了接觸陷害他父親的人，所以裝作碰巧考上。

這麼一想，他想出無辜遊戲的原因就不言而喻了。馨的計畫從那時就開始進行了，換句話說，無辜遊戲只是他為了證明父親被冤枉而準備的工具。

在短暫的休庭之後，輪到佐沼出庭接受詰問。

為了確認身分，證人事先寫過出席卡，他用歪歪扭扭的字體在住址欄寫了「不固定」，在職業欄寫了「萬事屋」。

雖然我跟佐沼說過得先討論一下，但他一次都沒去過我的事務所。我本來很擔心他不會來，幸好他還是出庭作證了。

我看著身穿黑色傳統工作服的佐沼的側臉，開始問道：

「我要先詢問證人和被告的關係。你和被告在案發之前就認識了嗎？」

「你是說那個殺了人的女人吧?當然認識。」

佐沼看著我回答。他的黑色工作服很像法官穿的法袍。

「回答時請看著前方。還有，我的問題是你在案發之前就認識被告嗎？」

「你不認為她是殺人犯？」

我早就知道佐沼難搞，他就算站上作證發言臺還是很不安分。

「在詢問證人時，被詢問者只要負責回答，這不是讓你發問的場合。」

「喔……你挺鎮定的咩。好啦，好啦，我是開玩笑的啦，我會好好回答的。我在案發之前就認識那個女人了。」

「你們是什麼關係？」

「我監視過那個女人，是可悲的一廂情願的關係。」

既然他和平時一樣吊兒郎當，熟悉他作風的我應該比較有利。只要不理會他那些攻擊性的言論就好了。他沒說清楚的，我再幫他補充就好了。

「你說監視過被告，可以描述得詳細一點嗎？」

「我竊聽了她的房間。」

旁聽席又傳出一陣騷動，坐在最前排的記者開始做筆記。

「你竊聽了被告租的公寓房間，沒錯吧？」

「是啊，正是如此。」

「你是跟蹤狂嗎？」

我要先消除聽者可能產生的疑問。

「不是，我對那種小丫頭才沒興趣。」

「那你的目的是什麼？我剛才說過了，回答時請你看著前方。」

我發現他用下流的眼神盯著美鈴，所以叫他轉回來。

「是別人雇用我的。只是因為這樣。」

「你的職業是萬事屋，你也承接竊聽的工作嗎？」

「這不是第一次。這樣回答就夠了吧。」

「請你描述一下接到委託時的情況。」

佐沼的回答和我以前聽到的一樣。委託人寄來的郵件裡寫了收信專用的信箱、竊聽對象和手段，還有支付酬勞的方式，信中不只叫他去竊聽，還指示他把女高中生詐騙案的報導放入竊聽對象的信箱。

「竊聽到的聲音是怎麼處理的？」

「我上傳到委託人指定的雲端硬碟了。他的興趣或許是竊聽女大學生的房間吧。」

「你聽過那些聲音嗎？」

「沒有全部聽完。我才沒那麼多閒工夫。」

關於竊聽的事，我已經問得差不多了。

「我要問你那位委託人的事。你說委託人是寄郵件給你，那你和委託人見過面嗎？」

「沒有。那傢伙一直不肯露面。」

「這樣你能接受嗎？」

佐沼抬頭看著我的臉，臉頰一歪，露出笑容。

「你大可直接問我那位委託人是不是結城馨咩。」

法庭頓時鴉雀無聲。這片寂靜的始作俑者觀察著現場的氣氛，揚起嘴角。

「為什麼……你能如此斷定？」

可惡，順序都被他打亂了。

「哈，真有趣的表情。我在上傳的聲音檔裡放了病毒，只要那傢伙打開檔案，我就能入侵網路攝影機偷拍他的臉。」

如果我問得太直接，檢察官會抗議說我在誘導證人，如果問得太迂迴，佐沼又會不受控制地任意發言。我從來沒經歷過這麼困難的證人詢問。

我望向被告席上的美鈴，輕輕嘆了一口氣。詰問佐沼不如我想像得順利，反正已經到達預定的目標，我就不要太計較過程了。

「你只能看到他的臉，應該不知道他的名字吧？」
「是啊。我對他的名字又沒有興趣。」
「你已經把網路攝影機偷拍到的影像提供給我了吧？」
「因為你一直拜託，我煩都煩死了。」
我再次徵求審判長的同意，向佐沼展示一張照片。
「這是用那段影像截出來的圖片。」
「你老是問得這麼不乾脆。對啦……這就是我在網路攝影機裡看到的傢伙。」
我出示的照片上清楚映出馨的面容。
我從佐沼手上拿回照片，交給書記官，然後回到辯護人席。
「對了，你有把剛才的影像和照片給過我之外的人嗎？」
「我沒有給過任何人。只有你是例外。」
「辯護人的詢問到此為止。」
留木隨即站起來，他大概擔心會被佐沼嘲弄，所以詢問時的語氣比平時更強硬，而佐沼起初也都乖乖地回答。
但是，事實差不多確認完畢之後，氣氛就開始改變了。
「你講起自己做的事都很得意，你沒意識到自己犯了罪嗎？」
「犯罪？我犯了什麼罪？」
我看到佐沼把背貼在椅背上，心想他真是膽大包天，在裁判員審判接受詢問的證人從來沒有誰像他這麼桀驁不馴的。

「我說的就是你竊聽被告房間的行為。」
「那是犯罪嗎？」
佐沼粲然一笑，又說出了他在公寓裡對我說過的那番見解——利用集音器竊聽並沒有違反任何法規。如今想想，那多半是馨教給他的吧。馨立志成為學者，應該也很精通特別法規。
「用常識想想就知道這是不應該做的行為。」
「法律專家若是開始討論常識或道德就完了。」
「……」
我從大老遠都能看出留木的臉色變紅了。我一直靜靜旁觀他詢問證人，目前看來是佐沼更佔優勢。這男人的口才真是不容小覷。
進行到一半，換經驗豐富的古野上場詢問，他銳利的目光和魄力十足的語氣似乎讓佐沼有些吃驚，但詰問還是大致順利地結束了。
我把為了詢問公平和佐沼而準備的筆記折成小張。沒想到接連詢問會讓人這麼虛脫。
經過一段較長的休庭後，檢察官提調的證人——馨的母親——坐在作證發言臺前。
我去馨老家弔唁的時候說自己是馨生前的朋友，馨的母親不可能忘了這件事，但她並沒有用嚴厲的目光看著坐在辯護人席的我。
在詢問佐沼時丟了臉的留木起身進行主詰問。
「我現在要詢問被害人的父親，也就是證人配偶的事。佐久間悟曾經因為違反防止騷擾條例和傷害罪而入獄服刑，是吧？」

佐久間是馨的舊姓。這次詢問證人的重點應該就是控辯雙方開頭陳述的主要爭點，也就是馨父親的前科。

「是的。」

「證人認為佐久間先生被宣判有罪是冤枉的嗎？」

我沒想到留木會問得這麼直接，不免有些訝異。

是因為太心急嗎？還是某種策略……

「不……我認為他確實犯了罪。」

馨的母親用細若蚊鳴的聲音回答。都是因為我和美鈴補上了這項主張，她才會被迫面對這麼痛苦的詢問。罪惡感幾乎撕裂了我的心。

「妳為什麼這樣想？」

「因為他的口袋裡有一支錄影筆。」

「錄影筆裡錄了什麼？」

「聽說是在電車上偷拍的畫面。」

既然連物證都有，那就不可能是冤枉的。

留木環顧法庭，像是在表達這個主張。我從前捏造的證據成了我如今主張冤獄的絆腳石，當年的我連作夢都想不到會有這種後果。

「佐久間先生主張自己無罪嗎？」

「沒有，他在法庭上認罪了。」

留木滿意地點頭。

「那妳的兒子馨先生怎麼想？」

「馨啊……事到如今我也無從得知了，但是那孩子一直很崇拜父親，我想他一定受到了很大的打擊。」

客觀事實能為檢察官的主張提供背書，而留木詢問證人就是在指出這些事實。雖是平凡無奇的手段，但這種程度的立證就足以讓法官做出「判決沒有錯」的心證。

我察覺到情勢對自己不利，接著站起來進行反詰問。

「我是被告的辯護人，但我也是結城馨的朋友。」

馨的母親稍微睜大眼睛，注視著我。

「是的，我知道。」

我不認為自己隱瞞身分去弔唁馨的事能得到原諒，但我還是想說出這句話。

接下來我以辯護人的立場提出詢問。

「剛才檢察官詢問時，妳說妳不知道馨對父親的罪有什麼看法，是嗎？」

「是的，不過馨在父親遭到逮捕和受審時反應都很大。」

「反應很大？」

「像是上學早退，一再跑去案發現場……」

「他對那個案件發表過什麼看法嗎？」

馨的母親想了一下，回答：

「他一直對我說父親是無罪的，去探視佐久間時也這樣說。」

留木聽到「無罪」二字，表現出了驚訝的反應。

「妳明明聽到這句話，卻不認為馨相信父親是被冤枉的？」
「因為馨沒有證據，所以我覺得他只是這樣期望。」
「原來如此。那佐久間先生的反應如何？」
「他不承認也不否認，只是一個勁地道歉。」
光靠這些發言恐怕還不能動搖留木建構出的心證。
「佐久間先生被判有罪的那陣子，馨是不是表現出了不尋常的態度？」
「什麼意思？」
「譬如說，開始對某些事很投入。」
留木並沒有提出抗議，他大概看不出來我問這個問題的用意何在。
「喔喔……他突然開始鑽研法律。」
留木用鋼筆戳著手邊的文件，像是在說「那又怎樣？」。
「我換個問題吧。我聽說佐久間先生是在案發前一個月過世的，他的死因是什麼？」
我知道她一定不想回憶起那件事，但我還是不得不問。
「……自殺。」
「他的精神是從什麼時候開始變得不穩定？」
「大概是被判刑、進入監獄以後吧。」
「他有表現過尋短的徵兆嗎？」
「這個……」
留木站了起來，像是要幫助不知該怎麼回答的證人。

「辯護人的問題太抽象了，而且問這種問題根本沒有意義。」
「我只是在問他有沒有自殺的徵兆。」
這次我不打算退讓，所以交由審判長定奪。
「證人回答得出辯護人的問題嗎？」審判長溫和地問道。
「可以……我聽說他好幾次自殺未遂，所以知道遲早會發生這種事。」
「接下來我要問的是被害人在案發之前的樣子……」
我問她有沒有發現當時的馨哪裡不對勁，但她沒有給我明確的答案。一想到可能會影響判決的結果，她一定不敢隨便回答。
之後我又問了幾個問題，就結束了反詰問。
審判長宣布閉庭，旁聽人和相關者全部起立。我向刑務官包圍著的美鈴詢問是否需要會面，但她沒有回答。
今天的證人詢問得到了各式各樣的證詞。
但是在法庭上只顯出了一堆破碎零散的拼圖。
不但看不出「無罪宣判」的完成圖，甚至連全貌都看不出來。
法官和裁判員最直接的心證應該就是這樣吧。
現在讓他們懷著這種心證也無所謂。
因為拼圖已經齊全，接下來只剩下組合。
將一片片碎塊拼湊起來，逐漸顯出完成後的模樣……
在明天的公審中，我將會完成這幅拼圖。

20

第三次公審。

最後一位證人叫作長濱，是為罄做了司法解剖的男法醫。

司法解剖報告已提調為證物，但是在法庭上直接詢問專家的分析更能幫助裁判員理解，所以法醫還是被找來作證。

古野在詢問證人時使用了投影片。

被害人的死因是左前胸的刺傷造成失血過多，身上沒有防禦傷，很可能是立即死亡。凶器是插入胸口的折刀。依照凶器形狀和傷口角度可以推測凶手是從正前方把被害人推倒，同時把刀刺進他的左前胸。死亡時間是下午一點左右……

法醫的分析十分精確，沒有外行人置喙的餘地。

「被告衣服上沾到的血液是被害人的嗎？」古野問道。

「是的，錯不了。」

「能否請你說明一下血液附著的情況？血液是被害人被刀刺中的時候噴出沾上的嗎？還是有其他的可能性？」

古野很清楚哪種問法是可容許的。我不禁感到佩服。

「至少可以確定血跡不是事後沾上的。最大的可能性就是凶手把凶器刺入被害人身上的時候沾到的，我會這樣分析是因為……」

古野的補充簡報結束後，輪到我進行反詰問，但我幾乎沒有問題可以問。

「如果被害人是從正面被人刺傷，身上卻沒有扭打造成的防禦傷，那不是很不合理嗎？」

「如果事情發生得太突然，這也是很有可能的。」

「體格弱小的女性有辦法刺傷男性嗎？」

「我的答案還是一樣。」

「……辯護人的詢問到此為止。」

聽過法醫長濱的詢問之後，一定有很多人的心證都偏向判美鈴有罪吧。凶器上有被告的指紋，被告的衣服沾到了被害人的血。光看這兩點，就能引導出被告刺殺了被害人的結論。

證人詰問全部結束了，接下來只剩被告詰問。

公審到來，揭露過去罪行的開頭陳述，紛亂零散的證詞拼圖。

一切都準備齊全了。坐在作證發言臺前的美鈴應該也是這麼想的。

「首先我要詢問妳在公寓裡遭人騷擾的事。證人佐沼說他竊聽過妳的住處，那是事實嗎？」

「沒有錯。」

我準備的問題以是非題為主。在無辜遊戲培養出來的技術在真實的刑事訴訟之中也很有幫助。

「妳有發現自己的住處遭人竊聽嗎？」

「沒有，我沒發現。因為公寓裡不斷發生騷擾事件，我才開始懷疑自己的住處被人竊聽。不過我用竊聽偵測器搜尋過屋內，什麼都沒找到，我也就相信這個檢測結果了。」

美鈴回答得很流暢，看不出半點緊張。

「妳的信箱裡被人投遞了女高中生詐騙案的報導，那份報導和妳有關嗎？」

「沒有。我跟那些女高中生也沒有往來。」

「妳看到那份報導都沒有任何想法嗎？」

美鈴停頓片刻，才回答道：

「不……我想起了自己過去犯下的誣賴色狼詐騙。」

「那是怎樣的犯罪？」

「我在高中時待過兒少安置教養機構，經濟上得不到援助，手邊也沒有半點儲蓄，但我不想放棄升學。我開始做違法行為是為了賺錢讀大學，誣賴色狼詐騙就是其中一種。具體來說……」

美鈴開始解釋自己的詐騙手法，但旁聽席的騷動吵到讓人聽不清楚。等法庭靜下來之後，我才繼續問道：

「放進妳信箱裡的報導也提到了誣賴色狼詐騙嗎？」

「是的，所以我才會把兩件事連結起來。」

「妳光是看到報導就想起過去犯的罪？」

「還有另一個原因。第一件發生在我公寓裡的騷擾事件，是房間大門的貓眼被人插進一支冰鑿，冰鑿上附了一張紙，紙上印著在兒少安置教養機構門口拍的合照。」

美鈴已經說得很清楚了，但我還是重新整理一次。

「在機構拍的合照，以及詐騙案的報導——妳是因為看到這兩樣東西，才把公寓裡發生的騷擾事件和自己過去犯的罪連結起來嗎？」

「是的。」

「騷擾事件持續了多久？」

「不到兩週。」

「妳知道騷擾事件為什麼這麼快就停止了嗎？」

「我不確定自己想得對不對，總之我在公寓房間裡提起過去犯的罪之後，騷擾就停止了。」

我們的問答非常迅速，控方連提出異議的時間都沒有。

「妳能解釋得詳細一點嗎？」

「我剛才說過，我沒發現自己的房間被人竊聽。因為信箱一再收到同樣的報導，所以我把朋友找來家裡商量。我跟朋友說我做過和報導內容類似的行為，猜測騷擾我的人可能是來報仇的……大概是這樣的內容。」

她說的朋友就是我，但我不打算在法庭上說出這一點。

「妳認為自己這番話被證人佐沼在樓上房間裝設的器材錄了下來，交給雇用他去竊聽的客戶嗎？」

「是的。我認為對方是因為拿到了想要的錄音內容，所以結束了騷擾行為。」

至於馨想要那份聲音檔的理由，我等一下才要問，現在得先確認的是美鈴得知那位客戶身分的確切時間。

「證人佐沼說，雇用他去竊聽的人是結城馨，妳也發現了這件事嗎？」

「我當時還沒發現，但是騷擾行為消失的一年以後，我才知道那是結城做的。就在本案發生的兩週前。」

「妳是怎麼發現的？」

「我的信箱收到了匿名的告發信函。」

我是去拘留支所見美鈴時，才知道那封告發信函的存在。

「請妳敘述一下信函的內容。」

「裡面寫著弄到兒少安置教養機構合照、雇人竊聽我房間的都是結城。」

「只有這些內容嗎？」

「信裡還附上兩張照片。第一張是社群網站對話的截圖，內容是拜託對方提供機構的照片。我查過雙方的帳號，收到訊息的是我在機構裡的朋友，發出訊息的是結城。第二張是結城的照片，一旁還附註這是入侵網路攝影機拍到的。」

有很多法官不喜歡被告在作證發言臺說得滔滔不絕，但赤井審判長並沒有打斷美鈴的發言，或許不是因為找不到機會，而是他認為這些內容整理得有條有理。

「妳看過證人佐沼提供給我的照片嗎？」

「是的。告發信函裡附上的照片跟那張差不多。」

「但是證人佐沼說過，他不曾把網路攝影機偷拍到的影像或照片提供給我之外的人。妳知道那封告發信函是誰寄給妳的嗎？」

「我不知道。」

被告這樣回答就夠了，就算她說出自己的猜測也沒有意義。

我想過的其中一種可能性是佐沼說了謊，但他揭發客戶的身分又沒有好處，而且他在案發後的言行也看不出那種徵兆，至少我可以確定他不是會因為良心苛責而匿名告發真相的那種人。

這麼說來，剩下的可能性只有一個。

「收到告發信函後，妳採取了什麼行動？」

「我想要向結城求證。我傳訊息給他，說我想要問他以前的無辜遊戲的事。」

「他回信了嗎？」

「他約我在模擬法庭見面。」

「妳還記得他跟妳約定的日期時間嗎？」

「記得，就是起訴書上那個日期的中午十二點三十分。」

這樣就能解釋美鈴和馨為何一起出現在模擬法庭了。

「我以第一發現者的身分提交過證據，被害人在訊息裡跟我約的時間是下午一點。可是他傳給妳的訊息寫的卻是十二點三十分？」

「是的。沒有錯。」

空白的三十分鐘。再來只要問她模擬法庭裡發生的事就好了。

「請說出妳到達法科大學院的時間。」

「大約十二點二十五分。」

「當時被害人已經在模擬法庭裡了？」

「是的。他和平時一樣，坐在法官席上。」

有一些旁聽者情不自禁地望向坐在法官席正中央的赤井審判長，他們大概把被害人的身影投射到那邊了。

「進入模擬法庭後，妳做了什麼？」

「我站在作證發言臺前問結城，他是不是索取了機構裡的合照，還找人去我的公寓騷擾我。」

美鈴站在作證發言臺，馨坐在法官席。如同現在法庭上的位置關係。

「被害人怎麼回答？」

「『虧妳查得出來』。」

「他沒有叫妳拿出證據，也沒有辯解？」

「是的，他立刻就承認了。我問他為什麼要這樣做。」

「他的回答是？」

「結城說，他是為了救他的父親。」

我停了下來，環視著法庭。所有人都盯著美鈴的嘴巴，像是不想漏聽從那裡發出的任何話語。

「妳當時知道被害人的父親是佐久間悟嗎？」

「不知道。我那時還沒把這兩件事連起來。」

「我知道了。請繼續。」

「結城打開桌子的抽屜，拿出某樣東西，然後走下法官席的階梯，靠近作證發言臺。等他走到我身邊，我才發現他的右手拿著一把刀。」

「就是本案之中被認定為凶器的折刀嗎？」

「是的。」

我只指出證物折刀，並沒有確認是同一把，因為我察覺到庭內瀰漫著一股急著得知真相的氣氛。

「你們兩人在作證發言臺前面對著彼此，然後呢？」

「我慢慢地後退，問他是不是想殺了我。」

我還在拿捏叫美鈴繼續說下去的時機，但她自己先開口了。

「結城反問我，他有什麼理由要殺我。我遭到騷擾事件的時候，猜測主謀可能是因為我犯的罪而受害的人，但我對結城這個姓沒有印象，所以答不出來。」

「見妳沒有回答，被害人做出什麼行動？」

美鈴默默地指著書記官席，像是在說答案就在那裡。

「這是什麼意思？」

發問的不是我，而是赤井審判長。

「模擬法庭也有書記官席，結城站在作證發言臺前，指著那個地方。」

美鈴是在模仿馨當時的動作。

「那個地方……有什麼？」我再次發問。

「有我剛才指的東西。」
「旁聽人請勿起立。」
法官提出警告。大概是有人站起來眺望書記官席吧。
在明確說出美鈴指著的東西之前，我先提示了一條必要的知識。
「裁判員法第六十五條……」
留木站了起來。「我反對。辯護人的發言和本案無關。」
他一定是想到了條文的內容，意識到有危機吧。
「該法律條文和本案有關嗎？」審判長問道。
「是的。為了讓裁判員理解，我認為這是必要的說明。」
「我知道了。如果我覺得沒有必要，就會喊停，請繼續。」
法官做出了符合專業素養的中立訴訟指揮。
「裁判員法第六十五條提到，裁判員審判的案件在某些情況下可以用紀錄媒體記下相關者的供述。這條規定是為了讓連續開庭的裁判員審判得以回顧法庭上的對話，幫助裁判員適當地完成職務。該條文把影像和聲音都列為紀錄對象，本案在公審前最後一次整理程序時也決定採用這種方式，也就是說，我的發言都會被錄影和錄音。」
此時我和美鈴一樣指向書記官席。
「剛才被告指著的地方有一臺附腳架的攝影機，被告詰問的畫面和聲音都被紀錄下來了。此外，案發地點模擬法庭的同一個地方也有攝影機。」
「我反對！辯護人在誘導作答。」留木大聲喊道。

「這不是誘導，我只是用言語描述被告的動作。」
「辯護人請重新詢問被告。」
我依照赤井審判長的指示，向美鈴問道：
「被害人在模擬法庭指著什麼東西？」
「放在書記官席的攝影機。機器亮著紅燈，可以看出正在錄影。」
在賢二被告妨害名譽罪而敗訴的那場無辜遊戲之後，我騙他說我把模擬審判的影片散播出去了，所以我早就知道模擬法庭裡有攝影機。但是在聽美鈴說起之前，我絲毫沒想過這件案子從頭到尾都被錄下來了。
「被害人說了什麼？」
「結城叫我把錄下來的影像交給正義。」
「妳說的正義是指我吧？」
我不需要解釋這外號的由來，反正多半沒人感興趣。
「是的。」
「妳有把錄下來的影像交給我嗎？」
「影像存在ＳＤ卡裡，我把ＳＤ卡放在塑膠套裡交給你了。」
我望向檢察官席，留木正在撿拾掉到桌上的鋼筆。
「審判長，為了確認證物之同一性，我請求向被告展示ＳＤ卡。」
我先把ＳＤ卡展示給如同盯著罪犯一樣死盯著我的留木，接著展示給作證發言臺上的美鈴。

「妳看過這張ＳＤ卡嗎？」
「是的。這就是我剛才說的那張ＳＤ卡。」
「這樣啊，不過我打不開裡面的資料，妳知道為什麼嗎？」
「檔案有加密。密碼是結城設定的。」
「妳知道密碼是什麼嗎？」
「是的。結城告訴過我。」
我瞥見留木正在向古野說話，他顯然被這意想不到的發展弄得驚慌失措。
「妳有把密碼告訴身為辯護人的我嗎？」
「沒有。你要求過很多次，但我都拒絕了。」
如果把這張ＳＤ卡交給調查機關，情勢一定會大大不同。
美鈴有過很多次機會，像是被帶去警局問話的時候，被逮捕之後接受調查的時候，在拘留期間辯護人去探視的時候。可是美鈴始終閉緊嘴巴。
即使身心都承受著巨大的壓力，她還是不跟任何人商量，自己做出決定。
不……她不是獨自一人做出決定的。
「妳為什麼拒絕？」
「因為我答應過結城，在公審開始之前不可以打開檔案。」
美鈴和馨做了約定。
若是不想被判罪，就要拯救無辜的人。
「那妳現在可以說出密碼了嗎？」

「是的。」

美鈴背出一連串的字母和數字。

「審判長，我要申請提調儲存在ＳＤ卡裡面的影像，立證目的是為了確認被害人在死亡之前和被告之間的互動，以及被害人被刀刺進身體的過程等。」

赤井審判長沒有立刻回應。此時留木再次站起。

「這種申請……怎麼可能通過！審判長，這個提調證據的申請是違法的！」

「本案在公審前有整理程序，如果沒有不得已的原因就無法申請提調新的證據——我當然知道這條規定，可是被告至今一直不肯說出密碼，所以直到公審前整理程序結束都無法開啟檔案。換句話說，ＳＤ卡裡面儲存了案發當天模擬法庭的紀錄影像，是現在詢問被告時才得知的，先前不知道密碼，所以無法申請提調證據。這應該算是不得已的原因吧。」

等我說完以後，留木立刻問道：

「檔案真的打不開嗎？」

「什麼意思？」

「被告說答應過被害人在公審之前不能打開檔案。可是……被告遵守這種約定又沒有任何好處，這聽起來只像是用來製造不得已原因的藉口。」

我幾乎被留木的氣勢壓過，但我絕對不能在此退縮。

「不，應該說延遲申請提調證據的好處目前還看不出來。等到看過影像，就會知道被告為什麼一直不肯說出密碼了。」

「如果不能在申請的時間點提出合理說明，就不算是不得已的原因。」

「那麼，為了確認證物是否採用，請命令我提交證物。」

我不是向留木說話，而是向赤井審判長說話。

如果看到證物之前無法決定是否採用，法院可以基於訴訟指揮權臨時命令提交證物，雖然不能據此形成心證，但是能讓法官在了解證據內容之後再判斷是否納入。

「我知道了。我命令辯護人提交ＳＤ卡。」

「審判長……您是認真的嗎？」

「先休庭三十分鐘。請檢察官也一起來看。」

赤井審判長用不由分說的口吻宣布休庭。書記官慌張地忙東忙西，檢察官一臉不高興地走出法庭，美鈴則是被帶回地下室的單人房。

留在當事人席的我抬頭看著天花板。接下來的事只能交由法院定奪了。

我多次勸告美鈴要在公審之前申請提調證據，但美鈴始終不答應。和馨之間的約定束縛著她。

我還沒看過錄影機的影像，但我大概猜得到會有什麼內容。

馨應該在影像裡說出了真相。檢察官和法官一定會驚訝到說不出話，然後開始思考在法庭上播放這段影像會造成什麼後果。

三十分鐘很快就過去了。直到赤井審判長宣布再次開庭為止，我一直在閉目養神。我看看柵欄內側，所有當事人都到齊了。

審判長沒有先做開頭，直接問檢察官：

「檢察官對於辯護人申請提調證據的意見是？」

「不同意。」留木立即回答。

他迅速地表示這不算是不得已的原因，而且符合傳聞證據的定義，而我只是簡單反駁了幾句。

所有人的視線都集中在赤井審判長的身上。

「辯護人申請的ＳＤ卡允許採用，立即在法庭上播放影像。」

聽到法官的決斷，法庭裡發出一陣喧譁。

「我反對。」站著的留木還想說什麼。

但是古野打斷了他。

「夠了。坐下吧。」

「古野先生，為什麼……」

留木看著坐在身旁的上司，手都在發抖了。

「挖掘真相也是檢察官的使命。那段影像非提調不可，再怎麼反對都沒用，你應該也很清楚吧。」

留木頹然地坐下了。

接下來，１０１號法庭的螢幕上播放出模擬法庭的影像。

21

直到馨說出正在錄影的事實為止，一切都如同美鈴在作證發言臺敘述的內容。

馨穿著漆黑法袍，美鈴穿著白色上衣。兩人的衣服都還沒染上血跡，黑與白的無彩色對比融入了瀰漫在模擬法庭的寂靜。

在這畫面之中，只有馨右手上的刀散發著異常強烈的存在感。

美鈴望向攝影機，顫聲問道：

「你要我幫忙轉交影像？」

「是的。正義三十分鐘之後就會到。」

美鈴搖頭說：

「我不知道你為什麼要錄影。你怎麼不自己交給正義？」

「妳在私底下明明都叫他清義，虧妳不會搞混。」

馨和美鈴隔著作證發言臺看著彼此，兩人的距離遠到即使馨伸出手、刀子也碰不到美鈴。

「你果然聽過盜錄的聲音。你為什麼要做這種事？」

「妳一下子問這麼多問題，我都不知道該從何答起了。我先回答第一個問題吧。」

馨沒有持刀的左手豎起了食指。

「我沒辦法自己把影像交給正義的理由很簡單，等他到這裡時，我已經不在世上了。」

他法袍袖子的前端握著一把折刀。雖然只是小小的鋸齒刀刃，但是隔著鏡頭也能感受到如死神鐮刀般的不祥氣氛。

「……你冷靜一點。」

馨不理會美鈴的勸阻，用左手比出「V」的手勢。

「第二個問題是我竊聽妳房間的理由。這個答案比較複雜。如果用一句話解釋，這是為了蒐集妳的犯罪證據。」

「為什麼？」

「因為妳犯的罪毀了我們的人生。」

「我們……是指誰？」

美鈴問得很小聲，像是從喉嚨裡硬擠出聲音。

「妳還記得佐久間悟這個名字嗎？」

沉默維持了幾秒鐘。在美鈴做出反應之前，馨只是默默地等著。

「怎麼會……我……」

「喔喔，太好了，如果妳說不記得，我一定會深受打擊。佐久間悟是我的父親。怎樣？妳全都搞懂了吧？」

美鈴茫然呆立。

「我先把話說在前頭，妳不需要向我道歉，我對那種無意義的事不感興趣。妳知道我的目的是什麼嗎？」

「你是要報仇嗎？」

美鈴又後退了一步。

「我確實想過，我應該有權利向妳復仇。說我不恨妳是騙人的。如果妳當時說實話，我父親就不會被判刑，如果不是因為妳，我父親也不會死。」

「……死？」

「他在一個月前上吊自殺了。」

馨稍微抬起右手，刀尖指向美鈴的身體。

「結城，你聽我說……」

馨面無表情地用指尖調整刀子的方向。

「我知道父親是冤枉的，所以我跟母親去探視的時候一直求他主張無罪，但他只是一個勁地道歉。」

「我並不想把事情搞得這麼嚴重，我只是想要錢……」

馨像是沒聽見美鈴的辯解，繼續說著悲劇的發展。

「我渴望知道真相，父親被判有罪之後，我還是一直寫信給他，雖然他從來不回信，但我相信他一定讀了。父親出獄之後，我瞞著母親偷偷跑去見他，他卻拜託我『忘了吧』。」

「忘了……忘了什麼？」

「父親看得出我想要報仇，大概是因為警察的直覺吧。他嚴正地對我說，做這種事根本沒有意義。我父親對警察維護社會秩序的職責引以為傲，但私人的報復行為就像在否定警察的職責。他哭著求我，叫我絕對不能做這種事。」

兩人分毫不動地站在作證發言臺前。

「不管父親怎麼說，我都不會原諒陷害他的人，但我若不顧父親的反對堅持報仇，那就只是在滿足我自己的私欲。我最後想到的答案是，如果不能報仇，我至少也要讓陷害他的人受到正當的報應。」

「正當的報應？」

「我在無辜遊戲裡扮演了審判者。審判者必須具備用正確推理找出真凶的能力，以及對罪行施加合適懲罰的能力。妳知道我是怎麼決定罰則的嗎？」

「同等報復……」

馨聽到美鈴的回答就輕輕點頭。

「把罪行直接轉換成給敗訴者的罰則。妳不覺得這種同等報復的原則就是正當的報應嗎？如果侵犯別人的財產權，自己的財產也要受到同等程度的損害；如果損害別人的名譽，自己的名譽也要受到同等的打擊……從另一個角度來看，這樣也是在防止過度報復，犯罪的人只要受到正當的報應，就能得到原諒。為了摸清所有報應的方式，我以審判者的立場懲罰了很多敗訴者。所以怎樣的懲罰才適合妳呢？」

「求你不要殺我……」

馨把刀舉高至接近水平的角度。

「如果我認定父親是被妳害死的，那我會毫不猶豫地殺了妳。可是，無論我怎麼想，都沒辦法做出這種結論。」

「咦？」美鈴一臉愕然地發出疑惑的聲音。

「我父親會被起訴是因為妳作了偽證，不過，本國的司法機關也沒有看穿謊言，把冤枉的人判處有罪。他在坐牢的時候罹患了精神疾病，最後自殺身亡，造成這一切的始作俑者是妳，而扣下扳機的是司法，無論讓哪一方負起全責都不對，必須讓兩方都受到報應。」

馨的語氣沒有任何變化，他的瘋狂只展現在話語的邏輯之中。

「你到底在說什麼……」

「妳犯的罪是無端誣賴別人以及隱瞞真相，要懲罰妳的罪，就得讓妳在適當的場合和時機證明被誣賴者的清白。要懲罰司法機關的罪，就要讓他們在公開場合承認過去的判決有誤。等你們雙方都得到報應，就能洗清我父親的冤屈。」

在場所有人可能還要想一下才能理解馨說的話。

但我已經讀過馨的幾篇論文，我立刻就想到一個詞彙。

馨的論文主題大多都和刑事政策有關，刑事政策主要探討的對象是刑罰論，如何設計誤判發生時的救濟制度也是其中一項重要項目。

「難道……你想讓你父親的案子再審？」

「了不起。妳這麼快就懂了，讓我省了一番工夫。」

佐久間悟在上訴期間沒有提出上訴，有罪判決因此而確定。

為了維持法律的安定性，已經確定的判決不能讓人隨便改變，但若維持確定判決會導致不公義的結果，譬如發現了嚴重的事實誤認，還是有方法能導正錯誤。

再審可以導正已經確定的判決，所以也被稱為非常救濟程序。

「你是要我幫你這個忙？」

「只有妳才做得到。」

「你要我去跟警察說出所有真相嗎？」

「光靠這樣是沒辦法推動再審的。妳也知道再審被稱為『打不開的門』，如果沒有足以讓人明確看出無罪的新證據，再審的申請就不可能通過，而且是否再審是由司法機關自己決定的，光靠尋常手段不可能蒐集到能逼他們打開那扇門的新證據。」

「既然如此……」

美鈴還沒說完，就被馨打斷了。

「既然知道再怎麼敲門都不會打開，那就只能從外面撬開。」

「從外面……？」

「就是我一再提到的同等報復。在法庭上犯的錯，就得在法庭上糾正，我希望能在追訴權者和法官都在場的刑事訴訟之中證明我父親的清白。在公開法庭上說的話不可能被抹消，因為不只是柵欄內有人，旁聽席上的記者和旁聽者全都成了證人。」

舉起的刀刃分毫不動，依然維持著水平的角度。

這看起來像是威脅，彷彿在恐嚇美鈴只要拒絕就會被殺。

「可是，你父親……已經死了啊。」

「就算被判決有罪的人已死，還是可以申請再審。即使確定判決，即使接受了一切而自殺，只要那人沒有犯罪，那就是該用再審救濟的冤罪。」

奈倉老師在畢業前的特別課程問過我們，無罪和冤罪哪裡不一樣。

有罪或無罪是由法官來決定的，然而是不是冤罪只有神知道。

在無辜遊戲之中擔任審判者的馨是這樣回答的。

審判者只是凡人，不是全知全能的神。

話雖如此……馨卻一口咬定自己的父親是冤枉的。

簡直就像能看穿一切真相的神。

「你可以申請再審，但法院不可能為了證明你父親的無辜而舉行公審。」

「我們可以發起公審。我會做好準備。」

「你先把刀放下。」

馨雖說不打算殺死美鈴，卻遲遲不肯放下折刀。

「只要製造讓人無法忽視的案件，蒐集到足夠的證據，檢察官就會起訴。這事一點都不難，再來只要決定角色如何分配，誰來扮演被害人，誰來扮演加害者。」

「刑事訴訟又不是遊戲，誰要扮演這種角色啊？」

「被害人的角色當然是由我來扮演。我今天就要死在這裡。」

馨轉動刀子，刀刃一樣朝向地板，刀尖卻朝向自己。

「你有必要死嗎？」

「妳想想看，我的屍體被發現之後會怎麼樣？無論是案發現場的情況，或是過去的淵源，一切都在指出妳是凶手。只要妳願意幫忙，很容易就能被起訴了。」

「怎麼可以……你想誣賴我嗎？」

馨說的同等報復，就是把加害者犯的罪直接報應在他自己身上。

「我不是要讓妳被判有罪，那只是在重複同樣的錯誤。妳只要在公審的時候拿出這段影像作為證據，就能同時證明我父親和妳自己的清白。這是我要交給妳的任務。」

如同馨的計畫，錄影畫面已經在法庭上公開播放，為了證明織本美鈴和佐久間悟的清白。

「你應該也很清楚，我只要把這段影像交給警方就不會被逮捕，如果警方掩蓋證據，再審的門就打不開了。你該不會說你信任我吧？」

美鈴沒有任何動作，她或許是擔心輕舉妄動會給馨揮刀攻擊她的理由。

「很抱歉，我並不信任妳，所以我另外準備了保障，我把為證明父親清白而蒐集到的證據交給第三者保管了。如果妳不肯合作，那個證據就會被公開。」

「所以無論我怎麼選擇，我犯過的罪都會被公開吧。」

馨沒有否認，他只是用近乎殘酷的冷靜為美鈴指出該走的路。

「既然過去犯的罪無論如何都會被揭發，那妳應該會為了我父親和我在法庭上說出真話。至少這一點我還能相信妳。」

此時美鈴面臨了兩個選項。

第一個選項是把所有事情告訴調查她的警察，調查機關看到這段錄影就不會逮捕她了。不過，這麼一來幫馨保管證據的第三者就會揭穿美鈴的往事。

第二個選項是照著馨的劇本演戲，也就是在公審之前扮演凶手，然後在準備好的舞臺上證明兩人的無辜。

無論她選擇哪條路，她過去犯的罪都會暴露在社會大眾的面前。

「簡單說，你要用自己的性命去換取再審的機會？你這麼做值得嗎？」

「我本來就該死，我只是給自己的死亡加上一個理由。」

「理由？」

「無辜之制裁。」

馨微笑了。他在這段影像裡第一次露出這麼柔和的表情。

「什麼意思？」

「應該不需要我解釋吧。為了證明父親的無辜，我對同學施加了處罰。我放過該罰的罪，引誘別人去犯罪，甚至親自犯了罪。這些毫無疑問是違反審判者職責的不公正行為，所以我必須受到懲罰。」

美鈴朝馨走近一步。兩人之間的距離縮短了一點。

「就算你有罪，也不至於要死吧？」

「罰則是由審判者決定的。」

「為什麼你對自己的處罰特別重……這樣太傲慢了。」

「我沒辦法拯救父親，所以這也是一種同等報復。」

「你不是已經在計畫拯救他了嗎？如果你死了，誰來守護這計畫啊？」

美鈴又向前一步，兩人之間的距離近到伸手可及。

「對不起，美鈴。接下來的事就拜託妳了。」

馨用力舉起右手的刀。

「住手！」

美鈴立即朝馨撲去，刀子也同時逼近了馨。

在作證發言臺前，馨和美鈴撞在一起。

美鈴被馨壓倒在地，兩人的身影從螢幕上消失。

我沒有聽到任何預期的聲音。

像是美鈴的尖叫，或是馨的呻吟……

現場寂靜得讓人忘了那是錄影畫面，沉默凝重到令人喘不過氣。

然後，只有美鈴一個人緩緩站起。

身上沾了血的美鈴注視著攝影機的鏡頭。

22

大批的記者在101號法庭外面等著我和小咲。

本該安靜的法院走廊吵鬧不休，雖然法院員工催促人群快點離開，但記者們一看到我就全部圍上來。

「先先，我們快逃吧。」

小咲的反應很快，還沒等我回答就加快腳步向前走。我已經很累了，所以不理那些記者，跟在小咲的身後走著。

回到 Girasole 法律事務所之前，我和小咲都沒有開口說話。我想應該不會有記者無禮到闖入事務所，但還是姑且鎖上了門。

「你真受歡迎呢。」

小咲一邊拿衣架掛外套，一邊說道。

「沒辦法，今天表演得太精采了。」

「明天鐵定會有大幅報導，這樣客戶就會源源不絕地湧進來……也就是說，Girasole 法律事務所終於到了向日葵盛開的季節呢。」

「什麼跟什麼啊。公審又還沒結束，現在開心還太早。」

小咲泡了兩杯咖啡。

「謝謝。」

如果這件事上報，重點一定會放在那段錄影畫面吧。

影像裡紀錄了已死的馨的身影和話語，沒有其他的立證方法可以讓人確認模擬法庭發生的悲劇的全貌，所以這段影像既是無可替代的證據，供述的內容又極為可信。就像古野檢事說的一樣，若想挖掘真相，那段影像是非提調不可的證據。

「先先和美鈴小姐會勝訴吧？」

「妳等法官宣判之後再來問我。」

「看了那段影像，沒人會覺得她有罪啦。」

為了接下這案子的辯護人，我已經給小咲添了很多麻煩，現在我不該再裝模作樣，而是要坦白地回答她的問題才對。

「早在決定起訴美鈴的時候，檢方就注定會失敗了。」

「這麼說來，不起訴才是正確的囉？」

分歧點確實是在那個地方。

「正不正確不是由我決定的。如果檢方起訴的目的是為了找出案件的真相，起訴就不是錯誤的決定。」

「可是，檢察官只有蒐集到確切的證據之後才會起訴吧？」

她學了很多呢，看來我不需要多做補充。

「嗯，如果檢方對結果沒有把握，通常會選擇不起訴。美鈴若想完成在模擬法庭做的約定，一定要極力避免演變成這種結果。」

打到嫌犯面前的牌，不起訴的機率遠遠高於起訴。嫌犯都覺得不起訴等於釋放，起訴等於有罪，美鈴卻要想盡方法讓檢方選擇起訴。

檢察官一定連作夢都想不到，竟然會有人期望被起訴，期望在法庭上被揭穿罪行，所以他們根本無從發現美鈴的用意。

「說是這樣說……但美鈴小姐在幾個月前已經被起訴了，她想早點拿出影像也行吧？」

「藏起來的證據更有力。」

「什麼意思？」

「在第一審宣告判決之前都可以取消公訴。如果公訴取消，就不會舉行審判。一旦拿出那麼明確的無罪證據，很有可能因嫌疑不足而取消公訴，所以美鈴才會一直保持緘默，為了要在法庭上揭露自己的罪行。」

「竟然做到這種地步……」

「就算公訴沒有取消，檢察官也可能放棄有罪求刑。如果公審以被告無罪的前提舉行，可能就不需要提調那段影像作為證據了，所以一定要讓檢察官堅決主張她有罪。」

「美鈴小姐真是費盡心機呢。」

「劇本早就寫好了。」

看到影像之後，檢察官和法官就知道自己被分配到什麼角色了。

「警方怎麼都看不出來結城先生是死於自殺？」

「如果只有美鈴在演戲，或許瞞不過警方和檢方的眼睛，但是連身為被害人的馨都把美鈴塑造成凶手，加害者和被害人聯手演戲，他們當然沒辦法看穿真相。」

小咲把手中的杯子放到桌上。

「已死的結城先生把美鈴小姐塑造成凶手？」

「馨在死前已經做好了一切準備。他的手上有很多證據會洩漏他和美鈴之間的關係，像是他對美鈴做過調查的痕跡、從佐沼那裡得到的聲音檔、父親前科的紀錄……調查機關只要找到其中一件，就會開始起疑。」

「這樣啊……所以他是先處理掉那些證據，才在模擬法庭和美鈴小姐見面？」

美鈴要我去申請開示類型證據的範圍非常廣泛，我本來以為她是要找尋對自己有利的證據，其實她只是想確認馨應該處理掉的證據沒有落入檢方的手中。

「馨不只湮滅了證據，誘導檢方發現無辜遊戲真相的也是他。」

「難道……你是說告發信函？」

「是啊。索取機構照片的社群網站對話截圖，以及網路攝影機拍到的圖片，馨都可以輕易地拿到，因為這些都跟他自己有關。」

馨一定早就發現佐沼在檔案裡夾帶病毒、入侵網路攝影機的事，可是他連這個意外狀況都拿來利用，把美鈴引導至他期待的方向。

「然後他寄出告發信函揭穿主謀是自己，誘導美鈴小姐主動去找他……」

「美鈴就是這樣被他引去了模擬法庭。」

「美鈴小姐遭人騷擾是在案發的一年前，收到告發信函卻是在案發的兩週前，沒錯吧？」

「嗯，妳整理得很清楚。」

我不用聽下去也知道小咲想問什麼。

「拿到竊聽的聲音檔，結城先生就有充分的證據能證明父親無辜了。可是他卻等了一年，直到父親自殺之後，才把美鈴小姐叫到模擬法庭？」

「正好相反，是因為父親自殺才使得他展開行動。」

「你可以用我聽得懂的方式解釋嗎？」

我思索了幾秒鐘，想到一個法律條文，才又繼續說：

「馨的目的不是讓美鈴認罪，而是為了打開再審的門。」

「是，到這裡我還聽得懂。」

被稱為非常救濟程序的再審也是一種訴訟，所以法律詳細規定了申請條件。

「原則上，刑事訴訟的再審只有被判有罪的被告本人能申請，而這件案子唯一能申請再審的就是馨的父親。」

「喔？原來還有這種規定？」

「馨一定勸過父親，但佐久間悟並沒有申請再審。請求權人若不行動，其他人也不能擅自幫他申請。」

「連家人也不行嗎？」

我默默地點頭，從六法全書找到該條文，拿給小咲看。

「真的耶。咦？可是上面寫著配偶和親人也能申請……」

「開頭應該寫了先決條件。」

「啊……被判決有罪之人已經死亡的情況……」
確認小咲理解情況之後，我才說出答案。
「沒錯，如果被判罪的人死了，配偶和某些親人就會成為請求權人。馨的母親已經跟丈夫離婚，所以不算配偶，而馨在父親死後就有了申請的資格。」
「所以他等父親死後才開始行動啊。」
我剛才的解釋沒有半點虛假。馨一定是基於這個理由而行動的。
不過小咲一定發現了這條文和馨的選擇之間有矛盾之處。
「妳還想問什麼嗎？」
「你不是一開始就看穿這一切吧？」
「是半途才發現的。老實說，我陷在局中很久，是美鈴在我快要趕不上的時候才告訴我的，我自己一直都沒有看穿。」
我露出自嘲的笑容。如今回頭再看，這一路真是走得太驚險了。
「為什麼美鈴小姐就連對你都不說出真相呢？」
「因為她知道我會試圖阻止。」
「阻止……阻止什麼？」
「如果我在她被逮捕之前知道此事，我一定會勸她把真相告訴警察。如果我在她仍是嫌犯的時候知道，我一定會避免讓她受到起訴。如果是在公審前整理程序時知道，我一定會提出不用揭穿她罪行的主張。因為美鈴的決定實在太糟糕了。」
看到小咲的眼神，讓我發現自己的語氣在不知不覺中變得情緒化。

「真的有那麼糟糕嗎？」

「馨說他把證據託給第三者保管了，但我們根本不知道是不是真的有這個人。說得難聽點，馨搞不好只是在唬人。」

但是我好像猜得到他說的第三者是誰。

「但是美鈴小姐相信結城先生沒有說謊，既然結果都一樣，乾脆把一切都說出來。我覺得她的判斷並沒有錯。」

「美鈴在公開的法庭上揭露了自己從前犯的罪，在場那麼多旁聽者都聽到了，被媒體報導出來之後就傳得更廣了，就算最後判決無罪，美鈴也會遭受千夫所指。這樣妳還是覺得結果都一樣嗎？」

「這……」

我做了個深呼吸，讓心情鎮定下來。

「美鈴就是知道我會這麼做，才要一直藏著真相，直到無法撤回主張的時候。美鈴之所以選我當她的辯護人，想必是因為其他律師不像我這麼好操縱吧。」

「美鈴小姐一定不是基於這種消極的原因，而是想要跟你一起奮戰啦。」

「謝謝妳，小咲……」

我的胸中隱隱作痛。我還是說不出最重要的話。

＊

宣判當天。

這一天終於來了。我喘了一口氣，抬頭看著眼前的建築物。成排的銀杏樹之間露出了環繞著等距窗戶的淺灰色外牆，只重視功能性的堅固外觀或許是表示法院的公平中立。

為了讓流程進行順利，被告在開庭的三十分鐘前就會被送到法院地下室的單人房等待傳喚，而我也在相同時間來到法院，請職員帶我去會客室。

法院的地下樓層像迷宮一樣錯綜複雜，不知道是為了防止逃跑還是有設計上的因素。如果我和職員走散了，一定會立刻迷路。

我經過幾道門，來到了會客室。警察局拘留處、拘留支所、法院，不論是哪裡的會客室，設備都只有壓克力板和鐵管椅。

我拉開椅子，只坐了一半。美鈴很快就進來了。

「終於要宣判了。」

「你跑來這陰暗的地下室就是為了說這句話？」

美鈴用諷刺的語氣說道。

「我的事務所也是在地下室，所以我早就習慣陰暗的地方了。等妳獲釋之後可以來看看，到處都裝飾著向日葵……」
「要聊天等宣判之後再來聊吧。」
美鈴打斷了我的話，她似乎急著討論正題。
「這應該是最後一次會客。」
「既然如此，你應該更早來看我的。」
「太早也不行。不管我們在這裡談了什麼，判決的結果都不會改變，所以……我希望妳可以誠實地回答我的問題。」
「什麼問題？」美鈴盯著我的嘴巴，疑惑地歪著腦袋。
「我想要解開懸而未決的謎題。」
能直接問馨是最好的，可是這個心願永遠都無法實現了。
「聽起來不是什麼好事。」
我早就決定在辯論結束之前不問這些問題，因為這些事完全無法幫助我們建構主張。
「為什麼馨知道他的父親是無辜的？」
想要挖出真相，就該從這點開始釐清。
「因為他竊聽了我的公寓。」
「一定是更早之前。佐久間悟在公審時認罪，而且沒有上訴，接受了法院判決的徒刑。連馨的母親都沒有想過他是冤枉的，馨卻決心拯救無辜的父親。我想知道這是為什麼。」
「可能是因為結城很仰慕父親，所以相信他是無辜的。」
「妳這種說法跟檢察官有什麼不一樣？馨甚至知道是我和妳陷害了他的父親，光靠對父親的信任不可能看出這一點。」

辯論結束之後，美鈴就不需要再保持緘默了。

「你知道了答案又能怎樣？」

「我希望毫無牽掛地迎接宣判。只是為了讓自己心裡舒服點。」

就算知道真相，事情也不會有所改變，所以這只是為了自我滿足。

「你真的要我說？」

「嗯。我做好心理準備了。」

壓克力板對面的美鈴輕輕嘆了一口氣。

「結城當時也在那裡。」

「……哪裡？」

美鈴還沒回答，我的心底就先浮現了一個畫面。

逐漸遠去的寬廣背影。罪惡的右手沒有抓住任何東西。

「車站月臺。當時結城站在離我們稍遠的地方，他全都看到了。」

當時的記憶又清晰地重現。

我們在電車上選中了佐久間悟作為下手的目標。美鈴抓住男人的手，放聲大喊，在月臺上跟他談了起來。男人掏出警察手冊，美鈴一見就準備逃走。最後兩人隨著重力摔下樓梯。

馨從頭到尾看著這些事發生。

「他也目睹了父親和女高中生一起摔下樓梯的那一幕？」

美鈴點頭。她一定知道我想問什麼。

「就算要跟所有人為敵，結城還是相信父親，因為他親眼看見了發生在月臺上的真相。」

啊啊……原來如此。這個答案消除了像沉澱物一直積在我心底的異樣感。

我不打算問馨出現在月臺上的理由。或許他每天都搭和父親同一輛電車去上學，又或許他只是剛好從反方向的電車下來。

這種事根本不重要。

「馨跟警察說過這些事嗎？」

「你也知道警察會怎麼看待家屬的證詞，調查機關已經認定結城的父親有罪，根本沒什麼好說的。」

就算說出真相，也沒有人相信。無辜的父親放棄辯解，認命地服刑。父母離婚，家人分散。

高中時代的馨會是多麼地絕望。

「馨沒有在父親死前執行計畫，妳一定猜得到這是為什麼吧？」

「因為被判刑者死了以後，家屬才能獲得再審請求權人的地位。」

美鈴果然想到了和我一樣的答案。

「擁有申請再審的權利，才叫再審請求權人。」

「換成這種說法又有什麼意義？」

「擁有權利很重要。如果有權利卻不行使，就跟沒有一樣。」

「你到底想說什麼？」

我不是故意講得這麼抽象，也不是在談法律理論。

我接下來要說的只是簡單的道理。

「馨為了得到再審請求權人的地位而等待父親過世，後來他等到那一天了，卻沒有行使這權利就死了。獲得權利卻又放棄權利，這兩個行動互相矛盾。」

「他一定是期待我在法庭上說出真相後，其他家屬或檢察官就會申請再審吧。」

我不打算用這種含糊的答案敷衍過去。

「妳覺得馨會為了這麼不明確的可能性而賭上自己的性命嗎？」

「結城被父親的前科和死亡深深束縛了。我在模擬法庭見到他時，他顯然不太正常，就算做出不合理的行動也不奇怪。」

「如果他的目的只是要證明父親的無辜，根本不用等到父親過世，從佐沼那裡弄到竊聽的錄音時就已經可以行動了。」

美鈴瞪著我看，我絲毫不迴避她的視線。

「結城自殺是事實，你也看到了那段影像吧？還是說，你以為他是受我威脅而演出來的？」

馨在模擬法庭確實說過，他要用自己的死亡把美鈴塑造成凶手。我不認為這一切全是假的，應該說，影像的大部分內容都是真實的，但摻雜了一點謊言。

「在演戲的人是妳。」

「你到底在說什麼啊？」

我瞄了一眼手上的電子錶，確認時間。

「我現在就要說出馨寫好的劇本。」

「隨你高興。」

只剩一點點時間了。這應該會是最後的確認。

「馨的目的是要推動再審，方法則是在法庭上揭露真相。我和妳想的劇情到這裡都是一致的，可是馨要讓妳背負的罪名並不是殺人，而是殺人未遂。」

一樣是把利刃刺進要害，如果受害者的性別年齡不同，結果也可能不同。如果弱小的學生被刺死了，那就成了殺人，如果強壯的拳擊手活了下來，那就成了殺人未遂。

殺人和殺人未遂的差別不在於行為的嚴重性，而是在於結果有沒有致人於死。

「只要在大眾矚目的案件裡揭露真相，就能提出新證據，推動再審。但這個案件不必是殺人案，換句話說，馨不一定要死。」

如果被害人活了下來，殺人未遂案也可以成為裁判員審判的案件。

也就是說，就算馨沒有死，也能製造出引發大眾矚目的案件。

「是我的理解能力太差嗎？我還是看不出你想說什麼。假設結城沒有死又有什麼意義？」

「如果妳阻止馨揮刀，那他就不會死了。我說的不是假設，而是生與死的選擇。」

美鈴的眼神再次變得銳利。

「你這話也太過分了。你是說我要為結城的死亡負責嗎？」

「是的，馨是因為妳才死的。」

我明確地說道。美鈴一聽這話，訝異地睜大了眼睛。

「我本來想救結城的……可是來不及。」

「馨應該指示過妳要阻止他揮刀吧？」

就像以前的我一樣。伸出的右手原本可以救人，我卻沒有救。

不，不只如此……

為什麼我沒有早一點發現呢？

「妳和馨在模擬法庭見面之前，他已經把計畫告訴妳了。」

「你又在突發奇想了。為什麼這樣想？」

「因為他必須事先把劇本告訴妳。」

「……你一直提到劇本，到底是什麼劇本？」

馨拿到竊聽的錄音時，需要的證據就已經齊全了，他一定會帶著證據去找美鈴，軟硬皆施地叫她幫忙。

「他一定跟妳說了自己是佐久間悟的兒子，還有父親到死為止的遭遇，要求妳在公開的法庭上扮演被告的角色，迫使法院接受再審申請。大致上和妳在這次審判所說的一樣。」

「應該還有下文吧？」

我點點頭，把接下來的話一口氣說完。

「影像裡紀錄的互動是你們早就講好的。妳指出他身為審判者的不公正行為，馨說出自己的動機是要幫無辜的父親洗刷冤屈，然後馨假裝自殺，把刀刺向自己的胸口，而妳最後的戲分就是要阻止他揮刀。」

依照馨的計畫，稍晚到場的我應該要撞見他們兩人正在拉扯。

他準備了目擊者和證據，為了製造出殺人未遂案。
就像我們誣陷佐久間悟是色狼一樣。
「你覺得是因為我故意不阻止，所以刀插進了結城的胸口？」
我沒有贊同美鈴說的話。若說馨是因為相信美鈴會阻止而用力過猛刺死了自己，我絕不會相信。馨才不會犯這麼愚蠢的錯誤。
「馨的死亡是妳蓄意造成的。」
「……」
「你們在作證發言臺前一起倒下時，妳把馨手上的刀刺進他的胸口。檢察官的主張是正確的，妳確實殺死了馨。」
美鈴沒有回答。她看起來像是在思索。
大概過了二十秒，這沉默才被打破。
「我為什麼要殺死結城？」
「為了滅口。」
「我在法庭上把自己犯的罪都說出來了，哪有什麼必要滅口？」
「已經夠了。妳是為了保護我吧？」
我和美鈴互相擔任對方的影子。一個人犯的錯，另一個人負責收尾。我們兩人一直是這樣走過來的。
「妳說馨從頭到尾目睹了月臺上發生的一切，既然如此，他一定也看到了父親和女高中生摔下樓梯的那一幕。」

「別再說了。」

「佐久間悟被判刑的罪有兩件，一件是在電車上騷擾女生，違反了防止騷擾條例，另一件則是把織本美鈴推下樓梯的傷害罪……」

「夠了！」

美鈴的聲音聽起來好像快哭了，但我不能就此打住。

「揭穿妳是色狼詐騙的慣犯，就能洗刷他違反防止騷擾條例的罪名。但光靠妳的供述還不足以免除他的傷害罪，因為他或許會為了避免惹禍上身而把妳推下去。」

只洗刷其中一條罪名，不足以拯救馨的父親。

馨確信父親也沒有犯下傷害罪，所以決心推動再審。

「那只是意外事故。不是嗎？」

「不是的。是我在背後推了佐久間悟，你們才會一起摔下樓梯。」

看到他們兩人在月臺上爭執時，我心想一定要幫助美鈴。

於是我無意識地伸出右手。

不是為了拉住人，而是為了把人推下樓梯……

那個背影在我右手的前方逐漸遠去。

「結城已經死了，你又何必再提那些事。」

「如果妳因殺人未遂罪被起訴，我犯的罪也會曝光。馨要用妳的證詞和他蒐集到的證據證明父親的無辜，讓法院同意再審。這就是他所寫的劇本。可是妳擅自改了結局，獨自扛下所有罪名，還把馨給滅口了。」

感情逐漸從美鈴的臉上消失。

「你希望我回答什麼？」

「為什麼……妳在演變成這種情況之前不先找我商量？」

「找你商量又有什麼不同？」

「我會去勸馨，如果行不通，那我就跟妳一起贖罪。」

「我就是知道你會這麼做，才不告訴你的。」

無論再怎麼後悔，馨都不會活過來了。

雖然我明知如此……

「為什麼馨一定要死？」

他在無辜遊戲中擔任審判者時，確實做過一些不公正的事。

就算這樣，他也罪不至死。

「結城早就決定，看到再審的結果之後就要結束生命。」

「為什麼……」

「因為這世界的一切都令他感到絕望，包括接受不真實的罪名而選擇死亡的父親、曲解真相的周遭人們、不承認判斷錯誤而緊閉大門的司法機關，還有為了達到目的而犯下諸多罪行的自己……他活下去的理由只剩證明父親的無辜、在再審中贏得無罪判決。」

我無法輕易相信美鈴說的話，因為我不確定這是否只是她的期望，也不確定她是否為了推卸責任而說謊。

不過，無論馨是不是早就決定自殺，我的決定都不會改變。

「美鈴……是妳殺死了馨吧？」

我想聽她親口承認此事。

「是的，是我殺了馨。」

美鈴認罪了。不是在法庭的作證發言臺，而是在這狹小的會客室。

「為什麼……要為了我殺人？」

「在我陷入絕望時，是你救了我。」

「是我把妳逼入了絕境。如果我沒有刺傷喜多，我和妳就不會走上歪路，這麼一來，馨的父親和馨都……」

「這麼一來，我或許會繼續受人侵犯。」

都是因為高中時代的我太輕率地舉起刀，才讓美鈴的人生受到束縛。

「你們在月臺上爭執的時候，也是因為我做了錯誤的行動……」

「你一定沒聽到我們在月臺上說的話吧？」

「嗯。」

「我抓住他的手之後，他問我『妳不是第一次做這種事吧』。」

「啊？」

「竟然……」

「他看穿了我是詐騙的慣犯。」

「我求他放過我。你知道他怎麼回答嗎？」

我想不到任何答案。美鈴厭惡地說道：

「佐久間悟是這麼說的……『沒關係，妳還可以從頭來過。』這麼輕鬆的一句話，這麼老套的忠告。這種事情我也知道，但我聽不下去，因為就是大人把我逼到這種處境、讓我無法從頭來過，他們明明一直對我視若無睹、對我見死不救，竟然還跟我說什麼沒關係。」

「美鈴……」

「那副善人的嘴臉讓我非常厭惡，我想著『不可原諒』，打算拉著他一起摔下樓梯，但我還沒出力，佐久間悟就失去了平衡。不可能發生這麼巧的事，但我們確實摔下了樓梯。」

「我是想要幫助妳……」

「當時我看見你站在佐久間悟的背後，你看起來就像正義的英雄。」

「別說了！」

我一直很討厭別人叫我正義，因為我知道自己只有裝出來的正義。我只能用犯罪的方式實現我的正義。

「你幫我做了我做不到的事，而且你還幫了我兩次。」

「我做的只是犯罪。」

「就算是這樣，你還是讓我找到了活下去的理由。」

我不打算反駁。這個自我滿足的行動差不多該結束了。

「妳還有其他要補充的嗎？」

「沒有了。」

「我知道了。謝謝妳告訴我這些。」

我永遠相信美鈴。從前是這樣，今後也是如此。

「你打算重新展開辯論，主張是我殺死了結城嗎？」
只要還沒宣判，都能藉著當事人的申請和職權重新展開辯論。如果說出真相，法院或許會重新審理。
「我是妳的辯護人。只要對被告有好處，我就不會說出真相。」
我本來覺得應該在法庭上說出真相，可是完成了和馨的約定之後，我才想起辯護人的使命。
「這樣真的好嗎？」
「只要我是妳的辯護人，我就會尊重妳的想法。」
我把手伸進外套口袋，摸到一個冰涼的金屬物體。
馨給我的訊息就寫在裡面。
「清義，你是怎麼查出真相的？你一開始就知道了嗎？」
我搖頭。
「馨早就猜到妳會殺死他。」
「啊？」
「他在案發的一年前拜託過我一件事，他要我帶著龍膽花去看他父親和爺爺的墳墓。為了實現約定，我去了結城家的墓地，卻發現結城家的墓誌裡面沒有佐久間悟的名字。」
我在公審開始之前去七海墓地確認過這件事。
「我很在意這件事，所以我也找到了佐久間悟的墳墓。佐久間家的墳墓完全沒人打理。我依照馨的請求，把龍膽花插進花瓶，結果發現裡面有東西。」

我從另一邊口袋拿出隨身碟，舉到壓克力板前。

「這是什麼？」

「馨在錄影畫面裡說過，他為了防止妳背叛，所以把證明父親清白的證據交給第三者保管。他說的就是這個隨身碟。」

我毫不遲疑地開啟檔案，因為我知道這是自己應該收下的東西。

「結城把蒐集來的證據託付給你？」

我了解美鈴為什麼要再問一次，她一定不敢相信吧。

「如果殺人未遂的劇本如實演出，他就沒必要把證據託付給別人。反過來說，他知道自己可能會死在模擬法庭，才會把隨身碟藏在父親的墳墓。馨早就猜到妳會背叛他了。」

「怎麼會……」

「隨身碟裡存了佐沼錄到的聲音檔、調查我和妳過去經歷的報告、申請再審的法律文件，還有他和妳商量如何製造殺人未遂案的錄音檔。」

馨把這些重要證據交給了我，而不是交給別人。

「結城一定是希望自己死後有人替他揭穿真相，可是，他為什麼選了你……」

「馨知道是我把他父親推下樓梯。把證據交給共犯，等於是建議對方湮滅證據。」

馨一定知道，對我來說讓美鈴無罪釋放比揭露真相更重要。

「裡面有信件或遺書之類的東西嗎？」

「他沒有留言給我。」

「結城到底想要你做什麼……」

漫長的沉默籠罩了我們。我心想，如果美鈴沒有其他問題，那我就要去法庭了。

可是在我起身之前，美鈴又開口問道：

「清義。」

「什麼事？」

「你為什麼沒戴律師徽章？」

美鈴的視線盯著我的西裝領片扣眼。

我下定決心，輕嘆一口氣。

我一定是在等她發現這件事。

「今天是我最後一次以律師身分站上法庭。」

「不好笑。」

美鈴認真地說道。我也沒有露出笑容。

「我必須受到報應。」

坐在鐵管椅上的美鈴上身猛然一顫。

「犯罪的人是我，不是你。」

「殺死馨的人是妳，但我們都對佐久間悟犯了罪，妳對他犯下的是誣告罪，我對他犯下的是傷害罪……」

「那些……都是十年前的事了。」

「不對。那是我們高三那年夏天發生的事，所以是九年前。」

我聽見壓克力板的對面發出倒吸一口氣的聲音。

「你注意到了？」

「我好歹也是個法律人士，當然知道法定刑和公訴時效的關係。」

公訴時效——美鈴一聽見我說出這個詞彙就低下頭去。

我盯著美鈴垂低的脖子，繼續說道：

「妳犯下的誣告罪，法定刑是三個月以上、十年以下的有期徒刑，我犯下的傷害罪，法定刑是十五年以下有期徒刑或五十萬圓以下的罰金。公訴時效的長短跟法定刑的輕重有關，以長期徒刑為標準，誣告罪的公訴時效是七年，傷害罪的公訴時效是十年。」

所以九年這個數字的意義非常重大。

美鈴的誣告罪已經過了時效，但我的傷害罪還要半年以上才會超過時效，如果檢方在這段期間調查結束、提出起訴，公訴時效就會停止進行。

「理論上是這樣沒錯，但警方和檢方怎麼可能去調查九年前的案件？證據早就一點都不剩了。」

就常理而言，美鈴說得一點都沒錯。但是……

「這次的公審讓調查機關顏面盡失，因為我們主張有人因冤罪而喪命。雖然決定是否再審的是法院，但調查機關還是得重新徹查，而我犯下的傷害罪也在調查的範圍之內。」

美鈴也有想到我說的法定刑和公訴時效，就是因為她很了解情況，才會決定幫我掩蓋罪行。

馨的目的是推開再審的門，如果美鈴的罪在法庭上被揭露，頂多只會受到輿論攻擊，但我的罪還帶著公訴時效這條導火線。

所以美鈴才要奪走馨的性命，為了幫我擺脫過去的罪行。
「結城和他父親……都已經不在世上了。」
「我很清楚，知道真相的只有我和妳。」
「既然如此……」
「就算過了時效，就算確定無罪判決，也不代表我還清了罪債。」
美鈴嘴脣顫動，像是在尋思要怎麼勸我。
「你只是放棄思考……只是想選擇最簡單的路吧。」
「犯了罪就應該受到相應的懲罰。」
馨很堅持的同等報復並不是鼓勵復仇的理論，而是寬容的理論。若是揭露真相，罪過就能得到原諒。我們得到了贖罪的機會，卻又棄之如敝屣。
「我……我才不要受罰，我寧願帶著罪活下去。」
美鈴說道，眼中逐漸盈滿淚水。
就像刺傷喜多的時候一樣，我的決定折磨著美鈴。
「對不起，美鈴。」
「與其道歉……我寧願你陪我一起奮戰到最後。」
在馨被殺害的模擬法庭裡，我答應美鈴要當她的辯護人。
我已經決定要違背這個約定。
「我之後會把剛才那個隨身碟交給妳，這樣檢方就不會得到新證據了。就算檢方控訴妳，只要妳繼續主張無罪……」

「我才不想聽你說這些事！」美鈴像在求救似地大喊。

「我們這一路都是兩個人一起走過來的……可是你……」

美鈴的心情我再清楚不過了。

我們總是焦不離孟，美鈴的身邊一定有我，我的身邊一定有美鈴。

沒有其他人可以依靠，也沒有人來指正我們的錯誤、告訴我們該走的路。

為了活下去，為了繼續向前走，我們讓無辜的人陷入了不幸。

想要幸福……我們只是想要過得幸福。

打開 Girasole 法律事務所的門，小咲和美鈴都在裡面，小咲面帶笑容，美鈴一臉困惑。幸福就在伸手可及的地方，近到我能想像出她們兩人的身影。

只要我們繼續保持緘默，就能得到期盼的未來。

可是……那個未來沒有馨。

「聽完判決之後，我就會去自首。」

「為什麼……」

美鈴的臉頰流下淚水。

「因為馨託付給我的不只是證據，還有他的心情。」

美鈴一再地搖頭。

「我不懂啦。清義……」

我把犯了罪的右手往前伸出。

因為壓克力板的阻擋，我沒辦法擦去美鈴的眼淚。

「差不多該去法庭了。」

「等一下！」

看到她濕潤的眼睛，讓我的心底湧出一股情緒。

我脫口說出了早就決定不能說的話。

「我也很想和妳一起走下去。」

我站起來，留下失聲痛哭的美鈴。

走出會客室，爬上一樓，進入101號法庭。

大批記者和旁聽者盯著我走向辯護人席。

無論法官宣告的判決是有罪還是無罪，他們的心中一定都會發出驚呼。因為沒人覺得這案子理所當然會判決有罪。

我沉沉地靠在椅背上，閉起眼睛，從口袋裡掏出一個金屬物體。

放在佐久間悟墳墓花瓶裡的東西不只是隨身碟。

要發起無辜遊戲，必須滿足兩個條件。

第一是犯下違反刑罰法規的罪，第二是留下天秤的記號。

依照一般的解讀，天秤象徵著制裁和正義。

正如拿著劍和天秤的忒彌斯女神被視為司法公正的象徵。

藉著制裁，贖清罪債……

可是放在花瓶裡的並不是天秤，而是十字架形狀的項鍊墜子。

誡命與赦免……這是十字架的象徵意義。

我很清楚，我和美鈴沒資格懇求赦免。
馨一定是要我們背起誡命的十字架。
或許這只是我一廂情願的解讀。或許這只是我私自的期望。
就算是這樣，贖罪的方式只能由我自己決定。
因為把心情寄託在十字架的人已經不在世上了。
我選擇認罪，選擇受罰。
美鈴選擇不受罰，帶著罪走下去。
只有神才知道哪一種選擇是正確的。
法官席後方的巨大門扉開啟，法官和裁判員魚貫而入。
審判長手上的文件記載著美鈴即將面對的命運的一部分。
正當的報應到底該由誰決定呢？
是行使司法權的法官嗎？還是犯罪者自己呢？
站在作證發言臺前的美鈴筆直注視著法官席。
她的眼睛看到了什麼？
是坐在法官席正中央的審判長嗎？還是一直坐在那邊的馨的影子呢？
馨賭上性命設下的法庭遊戲即將迎來結局。
他期望的是怎樣的結局呢？
是制裁罪人嗎？還是救濟無辜者呢？
等法庭被寂靜籠罩之後，審判長讀出簡短的判決主文。

「主文。被告無罪……」

本書榮獲第六十二屆梅菲斯特獎時的標題為《無辜之神》。

※本書內容純屬虛構，與實際的人物或組織一概無關。

逆思流

法庭遊戲

（原名：法廷遊戯）

作者／五十嵐律人　譯者／ＨＡＮＡ
執行長／陳君平　榮譽發行人／黃鎮隆
協理／洪琇菁　國際版權／黃令歡
總編輯／呂尚燁　美術編輯／方品舒
執行編輯／丁玉霈　企劃宣傳／陳品萱
發行／英屬蓋曼群島商家庭傳媒股份有限公司城邦分公司　尖端出版
台北市中山區民生東路二段一四一號十樓
電話：（〇二）二五〇〇—七六〇〇（代表號）
傳真：（〇二）二五〇〇—一九七九
中彰投以北經銷（含宜花東）／楨彥有限公司
電話：（〇二）八九一九—三三六九
傳真：（〇二）八九一四—五五二四
雲嘉經銷／威信圖書有限公司　嘉義公司
電話：（〇五）二三三—三八五二
傳真：（〇五）二三三—三八六三
客服專線：〇八〇〇—〇二八—〇二八
南部經銷／威信圖書有限公司　高雄公司
電話：（〇七）三七三—〇〇七九
傳真：（〇七）三七三—〇〇八七
香港總經銷／城邦（香港）出版集團有限公司
香港灣仔駱克道１９３號東超商業中心１樓
電話：（八五二）二五〇八—六二三一
傳真：（八五二）二五七八—九三三七
E-mail：hkcite@biznetvigator.com
馬新經銷／城邦（馬新）出版集團　Cite(M)Sdn.Bhd.
E-mail：Cite@cite.com.my
法律顧問／王子文律師　元禾法律事務所
台北市羅斯福路三段三十七號十五樓
二〇二三年三月一版一刷

■中文版■

郵購注意事項：
1. 填妥劃撥單資料：帳號：50003021戶名：英屬蓋曼群島商家庭傳媒（股）公司城邦分公司。2. 通信欄內註明訂購書名與冊數。3. 劃撥金額低於500元，請加附掛號郵資50元。如劃撥日起 10～14日，仍未收到書時，請洽劃撥組。劃撥專線TEL：(03) 312-4212 ・ FAX：(03) 322-4621。E-mail：marketing@spp.com.tw

國家圖書館出版品預行編目資料

法庭遊戲 / 五十嵐律人 著 ; HANA 譯.
--1版.--臺北市：尖端出版, 2023.03 面 ; 公分.
--(逆思流)
譯自:**法廷遊戯**
ISBN 978-626-356-313-1(平裝)

861.57 112000432